TODAS AS PEQUENAS COISAS

VINÍCIUS FERNANDES

TODAS AS PEQUENAS COISAS

astral
cultural

Este livro foi revisado segundo o Novo Acordo Ortográfico da Língua Portuguesa.

Editora Natália Ortega
Coordenação editorial Brendha Rodrigues
Edição de arte Tâmizi Ribeiro
Produção editorial Gabriella Alcântara e Thais Taldivo
Preparação de texto Fernanda Costa
Revisão de texto Carlos César da Silva e Lara Freitas
Foto do autor Gabrielli Lima
Ilustração da capa Amanda Santos
Concepção de capa Duílio Lima

Dados Internacionais de Catalogação na Publicação (CIP)
Angélica Ilacqua CRB-8/7057

F412t

Fernandes, Vinícius
Todas as pequenas coisas / Vinícius Fernandes. – São Paulo, SP : Astral Cultural, 2025.
256 p.

ISBN 978-65-5566-656-4

1. Ficção brasileira 2. Homossexualidade I. Título

25-3680 CDD B869.3

Índice para catálogo sistemático:
1. Ficção brasileira

BAURU
Rua Joaquim Anacleto
Bueno 1-42
Jardim Contorno
CEP 17047-281
Telefone: (14) 3879-3877

SÃO PAULO
Rua Augusta, 101
Sala 1812, 18º andar
Consolação
CEP 01305-000
Telefone: (11) 3048-2900

E-mail: contato@astralcultural.com.br

Para o meu irmão, Victor,
que partiu cedo demais.

PARTE 1

Eu tenho um sonho,
Eu quero o mundo
Meu amor, eu quero tudo
E pra buscar...
Vou precisar te deixar

"Rádio", Jão

UM (ÚLTIMO) BEIJO À MEIA-NOITE

UM ANO ANTES DO FIM DO MUNDO

A explosão no céu trouxe uma saraivada de cores que refletiu nas águas do mar. O espetáculo de luzes dos fogos de artifício pintava em diversas tonalidades a praia e as dezenas de pessoas na areia. Em meio a um pisca-pisca multicolorido — ora azul, ora vermelho, ora verde ou roxo — Lorenzo deu um passo à frente, ignorando a multidão que celebrava a chegada do novo ano gritando, se abraçando ou pulando com os amigos, e pegou as mãos de Conrado. Sorriu para o namorado e agradeceu ao universo por tê-lo em sua vida.

Quase que de maneira imperceptível, uma estrela cadente, em silêncio, cortou o céu por trás dos fogos. Mas, enquanto ela cruzava as estrelas que iluminavam a noite junto com os fogos, os dois a notaram.

— Faz um pedido! — Lorenzo riu, enquanto fitava a estrela cadente. Os dois pareciam ter sido os únicos a vê-la. As pessoas ao redor estavam distraídas abraçando umas às outras, desejando um feliz Ano-Novo.

— Você sabe que aquilo na verdade é um meteoro, né? — Conrado falou enquanto sua cabeça acompanhava o movimento da estrela cadente até ela desaparecer pelo horizonte. Sua expressão era carrancuda, com o cenho franzido como se estivesse preocupado com alguma coisa. — Vai se desintegrar antes mesmo de cair no solo.

— Ai, não estraga! — Lorenzo apertou as mãos do namorado entre as suas. Em seguida, em tom de brincadeira, acrescentou: — E desde quando você entende de astronomia? Andou pesquisando pra escrever alguma música sobre isso?

Conrado virou o rosto para encará-lo, ainda sério, os lábios tão contraídos que até mesmo a linha da sua mandíbula parecia tensa. A pele lisa refletia as luzes dos fogos que ainda estouravam no céu.

Lorenzo não pôde deixar de notar, pela enésima vez, como o tom da pele do namorado contrastava com o cabelo curto levemente ondulado, combinando com seus olhos — nem claros nem escuros, apenas algum tom perdido entre o castanho e o preto, algo meio avelã — e a boca avermelhada, como se tivesse passado um batom forte. Lorenzo nunca resistia quando olhava para aqueles lábios tão atrativos. Sorriu, mesmo sem receber outro sorriso de volta, e ergueu as mãos para segurar o rosto do rapaz entre elas. Conrado o olhava com uma expressão estranha, como se algo o incomodasse.

Ainda hipnotizado por aqueles lábios, Lorenzo o puxou para um beijo no exato momento em que o relógio do seu celular, dentro do bolso de sua calça branca, marcava meia-noite e um. Mas foi como beijar um boneco sem vida. O fervor do beijo de Conrado tinha sumido. Do nada. Ficou no ano que tinha acabado de terminar, um minuto antes.

Afastou-se do namorado, estranhando, e viu Conrado fitando-o com o cenho franzido, uma expressão de impaciência no rosto. Como se não quisesse estar ali.

— O que foi? — Lorenzo finalmente perguntou, enquanto mais uma explosão colorida iluminava a noite. Alguém estourou uma garrafa de champanhe e gritou em comemoração perto deles.

— Não dá mais — Conrado declarou.

A brisa que trazia o cheiro salgado da marola bagunçou seus fios de cabelo e ele jogou uma mecha para trás da orelha. Ele tinha aquela mania. Mesmo com o cabelo curto, jogava a bendita mecha para trás da orelha o tempo todo. Lorenzo sabia de todas as manias do namorado. E gostava de *cada uma* delas.

— Você entendeu o que eu disse? — Lorenzo piscou, voltando à realidade ao ouvir a pergunta de Conrado. Seu cérebro devia ter se desligado, preso às manias do namorado. Ou talvez fosse uma válvula de escape para fugir da notícia iminente. — Acabou, Lorenzo. Eu tô...

— ... terminando comigo? — A pergunta começou em seus pensamentos e terminou saindo em voz alta.

Subitamente, o som dos fogos ficou abafado. A multidão de pessoas na praia e o barulho do mar ficaram para trás, como se uma bolha acústica os tivesse engolido, separando-os do resto do mundo. Era óbvio que aquele dia chegaria. Que Conrado não aguentaria ficar com ele. Mesmo depois de todo aquele tempo, a insegurança tão costumeira havia diminuído, mas não cessado. Ela estava presente, dizendo para ele que estivera certa desde o começo. Rindo da sua cara. Um nó na garganta embolou sua voz, impedindo-o de falar qualquer outra coisa. Ainda não conseguia entender o que estava acontecendo, embora soubesse que os sinais estiveram ali o tempo todo. Ele só tinha escolhido os ignorar, fingir que não via. Mas sempre estiveram ali. Desde que...

— Oi! — Uma mulher de cabelo cacheado e volumoso se aproximou, chamando a atenção dos dois rapazes. Ela usava um vestido branco e segurava uma taça de champanhe na mão direita; na esquerda, o celular. Abriu um sorriso tímido e se curvou um pouco enquanto se aproximava do casal, sem notar que interrompia um momento dramático. — Desculpa incomodar... — Ela olhou para Lorenzo, mas logo se voltou para Conrado, afinal, ele era a pessoa mais importante ali. — Você é o Conrado Dias, não é?

O sorriso que faltava no rosto dele quando Lorenzo o beijou nasceu de repente, bem quando fogos verdes explodiram no céu. Ele assentiu, e a moça pareceu se segurar para não gritar.

— Ai, eu sabia! — Ela já desbloqueava o celular quando falou: — Posso tirar uma foto com você?

— Claro que pode. — Ele nem parecia o mesmo cara que tinha recusado um beijo do namorado minutos antes. A má vontade de Conrado e o desânimo tinham dado lugar a uma empolgação que lhe cabia perfeitamente bem.

— Você se importa? — A moça dirigiu-se a Lorenzo, empurrando o celular em suas mãos. Depois, se aproximou de Conrado, ajeitou o cabelo e sorriu enquanto posava para a foto, abraçando-o pela cintura.

Você nem o conhece, garota! Que intimidade é essa?

Mas o sempre educado Lorenzo apenas assentiu e pegou o celular. Olhando pela tela, viu que Conrado Dias — o cantor em ascensão, que tinha acabado de lançar uma música em parceria com a cantora pop mais famosa da atualidade — tinha um futuro brilhante pela frente.

Só que aquele futuro não tinha espaço para Lorenzo Mendes.

Conrado ia brilhar sozinho.

Para Lorenzo, aquela virada de ano foi como se o seu mundo tivesse sido destroçado. Como se, daquele momento em diante, sua vida fosse se tornar um pós-apocalipse sem Conrado.

Mal sabia ele que, muito em breve, o mundo ia acabar.

Literalmente.

EXISTE AMOR... NO METRÔ DE SÃO PAULO

TRÊS ANOS ANTES DO FIM DO MUNDO

Lorenzo se apaixonou pela voz de Conrado primeiro, antes mesmo de qualquer outra coisa. Nunca o tinha visto, não o conhecia e não fazia ideia de quem era, mas algo aconteceu quando aquela voz invadiu seus ouvidos.

Quando ainda era um universitário, anos antes daquela viagem à praia que culminaria no fim, Lorenzo estava no metrô de São Paulo, sentado perto da porta lendo um artigo sobre programação de jogos em seu Kindle. Estava tão acostumado com aquela rotina de transporte público que mal percebia o que se passava ao redor. Concentrava-se no texto que lia quando os versos de "Beija Eu", da Marisa Monte, o distraíram da leitura. Apesar de conhecer bem a letra da canção, a bela voz, vinda de algum lugar no fundo do vagão, eriçou seus pelos. Ergueu o olhar, hipnotizado pelas palavras que tinham um poder maior ainda naquela voz desconhecida.

Seja eu
Seja eu
Deixa que eu seja eu
E aceita
O que seja seu
Então deita e aceita eu

A voz ganhou corpo quando o olhar de Lorenzo recaiu sobre o rapaz de pé, com um violão nos braços, tocando enquanto cantava. Ele se perdeu em meio às notas e ao choque que aquela visão lhe causou.

Molha eu,
Seca eu,
Deixa que eu seja o céu
E receba
O que seja seu.
Anoiteça e amanheça eu.

Ficou preso nos lábios avermelhados por onde saíam as palavras da canção.

O cantor entoava a letra com tanta placidez que tinha os olhos fechados, como se a sentisse com cada um de seus sentidos. O cabelo, cujas laterais eram mais curtas que a parte no topo cabeça, brilhava com a luz do vagão. Os fios não eram nem loiros e nem escuros; se perdiam em algum tom entre um e outro.

Então beba e receba
Meu corpo no seu corpo,
Eu no meu corpo,
Deixa,
Eu me deixo
Anoiteça e amanheça

Lorenzo perdeu a noção do tempo e só percebeu que o observava com a boca aberta quando reparou em seu reflexo no vidro da janela ao lado. Parecia embasbacado e jurou que estava babando, embora, ao passar o dorso de uma mão nos lábios, não o sentiu molhado. Só quando o vagão irrompeu em aplausos que se deu conta de que não era o único concentrado no rapaz, que finalizava os versos com um "aaah, aaah, aaah", os quais arrepiaram os pelos de sua nuca.

De um jeito bom, pensou. Era a voz mais linda que já tinha ouvido em toda sua vida. Ficou tão hipnotizado por ela que quase não esboçou reação quando o cantor começou a passar entre os passageiros com um chapéu na mão, recolhendo algumas moedas e notas que a plateia satisfeita depositava.

Começou a tremer quando ele foi se aproximando de seu assento. Primeiro viu o chapéu entrando em seu campo de visão, e os dedos bonitos (*alguém acha os dedos de outra pessoa bonitos?!*) que o seguravam. Ergueu a cabeça lentamente e viu que os olhos nem claros nem escuros (*igual ao cabelo dele!*) o encaravam de volta com um sorriso encorajador no rosto.

Nossa, que dentes bonitos!

Lorenzo mal conseguia controlar seus pensamentos, muito menos seu corpo, que demorou a se tocar que o rapaz esperava algum pagamento pelo mini-show. Ele já ia seguindo em frente, percebendo que não receberia nada, quando Lorenzo se mexeu, contorcendo-se no assento para tirar uma nota de cinco reais do bolso traseiro da calça.

— Me desculpa — disse, encabulado, enquanto colocava o dinheiro amassado no chapéu. — Só tenho essa nota amassada.

O cantor piscou um olho em sinal de agradecimento antes de virar-se e continuar andando pelo vagão, recolhendo mais contribuições.

De vez em quando, Lorenzo tinha os pensamentos mais aleatórios possíveis. Naquele momento, estava tomado por um deles: *É possível uma piscada de olho provocar tanto calor assim em uma pessoa*?

Quando Lorenzo saiu do metrô e seguiu rumo à faculdade, a imagem — e a voz! Ah, aquela voz tão... *macia*? — do músico estava estampada em sua mente. Tinha até se esquecido do artigo que estava lendo, só conseguia pensar naquele cantor de rua do qual nem mesmo sabia o nome. Só pensava em como ele o tinha deixado sem reação.

Com a cabeça lotada, seguiu até o elevador, um pouco depois da entrada do prédio. Apertou o botão para chamá-lo, mal notando o vai e vem de pessoas pelo corredor. Ainda era cedo, portanto era provável que sua sala estivesse vazia e ele ainda pudesse tirar um tempo para continuar estudando o artigo que vinha lendo no metrô... se conseguisse parar de pensar *nele*.

Lorenzo nunca tinha notado como aquela música era linda. Ou será que só era linda na voz do músico sem nome que insistia em invadir seus pensamentos? Sua cabeça era uma confusão enorme. Quem o visse parado ali não imaginaria o quanto estava disperso, perdido naquele vagão de metrô. Já tinha tido inúmeras paixões de transporte público. Quase todo dia se deparava com algum rapaz que prendia sua atenção e despertava seus instintos, fazendo-o imaginar cenas que ele nunca teria coragem de revelar em voz alta. Entretanto... aquele músico conseguira prender mais do que sua atenção. Ele havia prendido também seus pensamentos, só podia ser. Afinal, por que ainda estava pensando nele e em todos aqueles detalhes que tinham ficado gravados em sua memória?

O ruído das portas do elevador se abrindo o fez dar um pequeno sobressalto. Três pessoas saíram conversando alto e rindo, passando por Lorenzo sem nem o notar. O rapaz entrou logo em seguida, pressionando o botão com o número quatro. As portas iam se fechando novamente quando uma mão surgiu de repente entre elas no último momento, impedindo que se fechassem por completo. Quando elas se abriram, os olhos de Lorenzo quase saltaram das órbitas ao ver quem era o dono daquela mão.

Não era possível! Ele só podia estar ficando doido.

O músico sem nome do metrô entrou no elevador, com o violão pendurado nas costas dentro de uma capa preta de couro. Se não era ele, devia ser alguém muito parecido. Mas só podia ser ele. Aqueles cabelos ondulados perdidos entre um tom loiro e outro mais escuro, os olhos da mesma cor e aqueles lábios convidativos, macios, avermelhados, pulsantes...

— Você tava no metrô, não tava? — os lábios falaram, e só então Lorenzo se deu conta de que devia estar olhando-o com uma cara de idiota, quase que comendo o rapaz com os olhos ao repassar mentalmente todas aquelas características perfeitas. Desviou o olhar, pigarreando de leve para disfarçar. Coçou o topo da cabeça, sem graça.

— Err... — Não conseguia pensar em nada útil para falar. Só conseguiu gaguejar: — Tava... É, tava sim.

O moço-sem-nome sorriu e quase desmontou Lorenzo. Ele se aproximou, e seu coração parou de bater por alguns segundos.

Meu Deus, o que ele tá...? Ah, tá.

As bochechas de Lorenzo coraram, e ele agradeceu mentalmente por as pessoas ainda não serem capazes de ler pensamentos. O músico tinha apenas se aproximado para apertar o número de seu andar no elevador, mas a proximidade momentânea foi o suficiente para acelerar o coração do estudante de programação de jogos.

— Desculpa por praticamente ter te obrigado a pagar pelo meu show. — As bochechas marcadas por aquele sorriso eram uma visão que Lorenzo não se importaria de ter pelo resto do dia.

— Eu gostei muito. — Ele se surpreendeu ao dizer algo que fizesse sentido, pois sua cabeça e seu coração ainda lutavam, resultando num suor repentino que brotou na testa. — Você canta muito bem. Tipo, muito bem *mesmo*.

Aquilo pareceu deixar o outro garoto um pouco sem graça. Ele olhou para baixo, rindo encabulado, alguns fios caindo sobre a testa. Lorenzo não conseguiu conter os pensamentos obscenos que lhe acometeram. Podia muito bem imaginar os dois se amassando em um canto do elevador. Era isso que seu corpo pedia. Pedia *loucamente*.

— O que... — começou, na tentativa de afastar aquelas impurezas da mente — ... o que você tá fazendo aqui?

O rapaz o olhou desconfiado por um instante, uma sobrancelha erguida. Depois, comprimiu os lábios num sorriso e respondeu:

— Eu estudo aqui.

As portas se abriram naquele instante, revelando um corredor vazio com o número quatro pendurado na parede logo à frente.

— É... — Lorenzo balbuciou, assentindo com a cabeça. — Eu também estudo.

— Imaginei — respondeu, apontando para o corredor que se estendia além das portas abertas. — É o seu andar?

Lorenzo olhou para fora, mas a mente demorou a trabalhar. Era como se seus pensamentos estivessem embaixo d'água e tudo se movesse vagarosamente.

— Ah, é sim. — Deu um passo para fora, mas continuou olhando para dentro do elevador. As portas começaram a se fechar de novo. Agindo mais por impulso do que por vontade própria, Lorenzo ergueu o braço direito para impedi-las. Olhou o rapaz nos olhos e ia dizer algo quando o músico tomou a iniciativa:

— Eu acho que tô te devendo cinco reais, né? — Ele coçou a nuca, meio encabulado. — Posso te pagar um café ou algo assim depois da aula hoje?

Lorenzo encarou os próprios pés, fitando os tênis de camurça verde-água que calçava. Assentiu antes de levantar o olhar para o rapaz à sua frente.

— Só se eu for convidado pro seu próximo show — respondeu, sentindo uma enorme vontade de rir.

— Eu te dou todos os detalhes durante nosso café. — As portas começaram a se fechar outra vez. — Te encontro aqui mesmo mais tarde.

Lorenzo não teve tempo de responder. Menos de um segundo depois, estava encarando seu próprio reflexo nas portas metálicas do elevador, que agora continuava subindo, levando o homem mais bonito que ele já tinha visto em toda sua vida consigo.

QUERIA QUE VOCÊ ESTIVESSE AQUI

UM ANO ANTES DO FIM DO MUNDO

Lorenzo estava sentado, imóvel. A tela do computador à sua frente era a única fonte de iluminação no cômodo. A luz refletia em sua pele, dando-lhe um brilho azulado. Seus olhos fitavam o monitor num ponto fixo, mas não prestavam atenção. Estavam ali simplesmente por estar, parados, atônitos, assim como o seu coração.

Ele se sentia vazio por dentro, engolido por uma escuridão sem fim. Já nem tinha mais vontade de tentar seguir em frente, pois tinha perdido toda e qualquer perspectiva de futuro desde a virada do ano, poucos dias antes. Conrado havia lhe arrancado a vontade de viver, como se um monstro tivesse cravado as garras pontiagudas em seu coração pulsante e o puxado para fora, somente para lamber o sangue e mastigar o órgão, deliciando-se. Era isso que as palavras de seu namorado... *ex*-namorado... haviam lhe causado.

Lorenzo se sentia como um zumbi, incapaz de fazer qualquer coisa por muito tempo. Tentou se concentrar no projeto de um jogo de terror para computador e celular em que vinha trabalhando, mas sua mente não conseguia focar por muito tempo. Tudo, absolutamente *tudo*, lhe trazia lembranças de Conrado.

Era incrível como passar tanto tempo com uma pessoa podia afetar alguém. Os dois tinham se conhecido havia pouco mais de dois anos, e a vida de Lorenzo agora parecia incompleta, como se uma parte dele tivesse sido arrancada de maneira violenta. Conrado estava em todos os pequenos detalhes e, mesmo que quisesse, seria impossível esquecê-lo.

O apartamento era de Lorenzo, mas o cheiro que estava em todo canto era o de Conrado. Aliás, ele tinha passado tanto tempo ali que não o ter perambulando pelos cômodos era estranho. A cama vazia e com os lençóis bagunçados já não era mais tão convidativa como quando Lorenzo podia se aninhar nos braços do ex-namorado.

O sangue ferveu em suas veias quando pensou na cena que já tinha vivido tantas vezes, mas que agora não seria mais possível. Ele não podia simplesmente jogá-lo fora depois de tudo que tinham passado juntos. Conrado era um ingrato sem coração. Ele não tinha o mínimo de responsabilidade afetiva. Como podia jogar tudo para o alto e, pior ainda, durante o réveillon?

Belo jeito de começar o ano, hein, Lorenzo!

Uma parte de si queria se deixar afundar na melancolia e ser engolida pelo luto do fim de um namoro. Terminar um relacionamento nunca tinha sido tanto como uma sensação de morte para ele... Porém, uma outra parte, mesmo que pequena, não o deixava se entregar por completo. Tinha vivido grande parte da sua vida sozinho, com seus pensamentos como sua única companhia. Já havia passado por tanta coisa só. Sobrevivido a tanto. A verdade é que, depois de conhecer Conrado, agora estava desacostumado com a solidão... e aquela era uma sensação da qual não queria se lembrar.

Lorenzo olhou para a tela do computador, vendo o emaranhado de códigos que tinha digitado. Respirou fundo e os dedos começaram a acertar as teclas mais forte que o normal, canalizando a raiva e a tristeza, os únicos sentimentos que era capaz de sentir naquele momento.

Era melhor focar na história sombria, fictícia e facilmente manipulável daquele jogo em desenvolvimento do que na sua, que era real e impossível de controlar.

Não tinha percebido que havia pegado no sono até acordar de supetão com o celular tocando. Levantou a cabeça, assustado, procurando a origem do som enquanto a baba escorria pelo canto da boca. Estivera apoiado sobre os braços cruzados na mesa por tanto tempo que os sentiu formigando e pesados quando esticou a mão para pegar o aparelho ao lado do computador. A luz da tela quase o cegou quando ele deslizou o dedo para atender a chamada.

— Coloca uma roupa. Tô chegando na sua casa — disse a voz familiar do outro lado da linha.

— E quem disse que eu tô pelado, Michele? — Lorenzo se espreguiçou na cadeira, ajeitando a postura. — Que horas são?

Ele estreitou os olhos, olhando pela janela do quarto e enxergando apenas o céu escuro através das cortinas que balançavam com a brisa.

— Você tava dormindo, né? — Um resquício do sotaque nordestino de Michele escapou na frase. Pela respiração ofegante, devia estar andando. — São quase oito horas. Eu vou pegar uma pizza e daqui a pouco tô aí.

— Eu não... — Lorenzo tentou dizer, mas a voz saiu baixa e a amiga continuou falando como se ele não a tivesse tentado interromper.

— E não adianta tentar recusar, porque eu já estou a caminho, e você não vai fazer uma desfeita dessa, vai?

O rapaz suspirou, passando a mão pelo cabelo desgrenhado e oleoso. Precisava de um banho com urgência. Havia passado o dia trabalhando sentado, programando o jogo. Aliás, há dias que sua rotina se resumia a isso. Trabalhar, pedir comida por delivery e só. Não conseguia fazer mais nada.

Teve a impressão de que só haviam se passado dez minutos desde que Michele tinha ligado quando ouviu o interfone tocando. Não tinha nem se levantado, mas foi só olhar no celular que percebeu que estivera ali por quarenta minutos.

Arrastou-se pela casa escura até o interfone na parede perto da entrada e autorizou a subida da sua amiga. Menos de cinco minutos depois, ouviu o som do elevador parando no corredor do lado de fora e abriu a porta. Michele estava sorridente, sua pele bronzeada e o cabelo preto ondulado contrastando com o vestido amarelo que usava. A caixa de papelão vermelha que equilibrava na mão indicava que tinha passado na pizzaria favorita de Lorenzo.

— Fala aí se eu não sou a melhor amiga que alguém poderia ter, hein? — Ela entrou, usando o ombro esquerdo para dar um pequeno empurrão amigável no amigo. — Pode tirar essa cara de depressão do rosto, porque eu trouxe sua pizza favorita.

Lorenzo fechou a porta enquanto Michele deixava a pizza no balcão da cozinha. Quando abriu a caixa, o cheiro de pepperoni com muçarela que Lorenzo tanto gostava se espalhou pelo apartamento, mas nem mesmo aquilo foi capaz de trazer um pouco de ânimo ao rapaz.

— Michele, não precisava — disse, a voz embargada como se o tempo em que tinha se enfurnado dentro de casa sem contato com outras pessoas o tivesse feito perder a capacidade de falar. — Eu nem tô com tanta fome assim.

— Tô nem aí. — Ela virou, seguindo em direção aos armários da cozinha e abrindo as portas. Retirou dois pratos de lá e os colocou na mesa, começando a fuçar nas gavetas à procura de talheres. — Eu tô com fome, e nós vamos comer.

Vendo que não havia como ganhar aquela batalha, Lorenzo suspirou e cedeu. Sentou-se em um banco em frente ao balcão enquanto a amiga servia a pizza. Depois que os dois se acomodaram e começaram a comer, Michele perguntou:

— E aí, como você tá?

— Eu? Tô Bem. É... eu tô bem. De boa.

Os sentimentos de Lorenzo estavam tão emaranhados dentro do peito que ele nem sequer conseguia encontrar uma palavra para descrevê-los. Continuou cortando a pizza no prato por mais tempo que o necessário só para evitar estender o assunto.

— Um caralho! — Michele rebateu de imediato, com a boca cheia, a frase saindo embolada. Ela ergueu o garfo e apontou para a sala logo ao lado, com embalagens de comida vazias espalhadas pela estante e pelo chão. Dali também era possível ver parte do quarto desarrumado. — Olha a zona que tá sua casa! Eu te conheço, e nunca vi uma pessoa mais arrumada que você. É óbvio que você não tá nada bem e tá precisando sair dessa.

— Falar é fácil quando não é com você! — Lorenzo devolveu num tom mais rude do que pretendia. Abaixou a cabeça, se arrependendo no mesmo instante. Ele estava com ódio de Conrado, mas não podia descontar na amiga. Ela não tinha culpa do acontecido. — Desculpa. Eu tô puto, mas não é com você.

— Só vou deixar passar por causa da situação. Eu também estaria nervosa e, se fosse comigo, não ia deixar barato.

Lorenzo ergueu o olhar, a visão um tanto turva com as lágrimas que se acumulavam nos olhos. Não sabia se eram de tristeza, de raiva ou os dois. Talvez fossem tudo junto, mas ele não ia chorar por Conrado, não mais. Já tinha chorado muito nos sete dias desde o término.

— Eu sinto falta dele. — As palavras escaparam de seus lábios, contrariando sua mente. — Eu...

Parou, o rosto se contorcendo, tentando encontrar as palavras certas. Seu peito era uma bagunça descompassada e sem tradução. Entristecida, Michele o olhava e sentia a dor do amigo.

— Isso é normal. Queria poder te dizer que tem uma fórmula mágica pra esquecer ex-namorados de um dia pro outro, mas vou ficar devendo.

— Eu tô com um ódio dele, Michele! Eu tô com *tanta* raiva, mas tanta que...! — Fechou os olhos, tentando tirar da mente a imagem dos dois na areia. Ainda conseguia ouvir o som do mar, os fogos e as pessoas ao redor naquele fatídico dia. — Mas também sinto falta dele. Muita. Eu não sei o que eu tô sentindo de verdade.

Michele levantou do banco e contornou o balcão para sentar-se ao lado do amigo. Puxou-o para um abraço e Lorenzo apoiou a cabeça em seu ombro. Ele tentou segurar, mas as lágrimas ganharam e rolaram silenciosamente pelo seu rosto, pousando no vestido amarelo da moça.

Lorenzo engoliu o choro, desejando que Conrado estivesse no lugar da amiga. Era ele quem devia lhe trazer uma pizza de pepperoni com muçarela para se desculpar por ter terminado daquele jeito tão covarde. Mas, é claro, ele devia estar em algum lugar da cidade naquele momento, apenas se preocupando com a fama e com a carreira. Será que pensava em Lorenzo? Como era possível não ter valorizado o apoio que tinha recebido enquanto namoravam? Ingrato! Talvez... Será que ele havia encontrado alguém mais interessante? Alguém mais bonito, melhor que Lorenzo? Não era impossível que ele tivesse sido trocado por outro, afinal, agora que Conrado estava cada diz mais famoso, conhecia pessoas o tempo todo, e todo mundo ficava bajulando a mais nova celebridade do país.

— Isso passa — Michele disse, acariciando as costas do rapaz numa tentativa de o consolar. — Vai doer, não vou mentir. Mas vai passar.

Lorenzo deixou-se descansar por mais algum tempo no ombro dela. Ouviu suas palavras, mas seu coração doía tanto naquele momento que foi difícil acreditar que algum dia aquela dor fosse realmente passar.

O JEITO QUE ELE COÇA O NARIZ

TRÊS ANOS ANTES DO FIM DO MUNDO

— Você vai ficar arrumando esse cabelo aí até quando? — Leonardo perguntou, entrando no banheiro e parando ao lado do amigo. Lorenzo estava em frente ao espelho, mexendo nos fios ondulados, procurando uma posição que não o deixasse parecendo relaxado. Atrás dos dois rapazes, os boxes do banheiro da faculdade estavam todos desocupados. Só havia eles ali. — Daqui a pouco vai ficar careca de tanto que passa a mão.

— Tem certeza de que tá bom? — Descontente, Lorenzo olhou para o próprio reflexo no espelho. O penteado ainda parecia meio torto. Ele não podia sair com o músico daquele jeito. Não quando o garoto era praticamente a perfeição em pessoa. Seu coração disparava só de lembrar das bochechas meio rosadas e daqueles olhos sem cor definida.

— Amigo, vai por mim — Leonardo chegou mais perto da pia, abrindo a torneira para lavar as mãos —, você tá ótimo... só precisa confiar um pouquinho mais em você.

Inclinou-se de leve e bateu com o ombro esquerdo em Lorenzo de maneira amigável, numa tentativa de encorajá-lo. O rapaz negou com a cabeça, ainda encarando seu próprio reflexo. Será que o músico o achava bonito também? Não conseguia entender como um cara como aquele poderia se interessar por ele. Lorenzo não se achava atraente e não gostava do modo como o cabelo nunca ficava do jeito que queria. Evitava tirar fotos de si mesmo, pois nunca ficava satisfeito com o resultado. Além do mais, o que ele tinha para oferecer de legal? Não passava de um nerd que gostava de jogos e só tinha entrado na faculdade com o intuito de aprender a criá-los para poder trabalhar com aquilo um dia.

— Ei! — Leonardo estalou os dedos em frente ao seu rosto, tirando Lorenzo de seu transe autodepreciativo. — Você tá bem?

Lorenzo piscou algumas vezes, respirou fundo e puxou a barra da camiseta para desamassá-la, embora não fosse necessário. Precisava se certificar de que tudo estava em ordem antes de ir encontrar o... músico. Só então se deu conta de que não sabia nem o básico sobre o rapaz. Como era possível lembrar-se dos detalhes daquele rosto, dos fios de cabelo ao sorriso perfeito, sem nem ao menos saber o nome dele? Fez uma nota mental para perguntar assim que o encontrasse.

— Tô, tô sim. — Abriu um sorriso para tentar encontrar a confiança que não tinha e olhou para Leonardo. — Vou lá, daqui a pouco ele deve estar por aqui.

Léo sorriu de volta e deu um tapinha no ombro do amigo.

— Boa sorte! — Piscou um olho. — Depois me conta como foi.

Os dois saíram do banheiro e cada um seguiu para um lado no corredor. Enquanto caminhava distraído, Lorenzo passou por alguns alunos que zanzavam por ali. Sua cabeça começava a fervilhar, tornando-se um amontoado de pensamentos que mal conseguia organizar. Quem garantiria que o músico estaria mesmo esperando por ele perto do elevador? Não tinham combinado um horário, afinal. A única coisa que ele tinha dito foi: "te encontro aqui mesmo mais tarde". *Mais tarde* só podia significar *depois da aula,* né?

Ou será que o rapaz tinha sido apenas gentil e Lorenzo havia entendido tudo errado? Era bem capaz de chegar até a curva no final do corredor e encontrar apenas as portas do elevador fechadas, sem ninguém esperando por ele. Era isso! Ele tinha entendido tudo errado. Como alguém tão bonito e talentoso poderia se interessar por alguém como ele, sem qualidade nenhuma?

Precisa confiar um pouquinho mais em você.

A lembrança da voz de Léo foi um tapa na sua cara, o lembrando de evitar pensamentos autodepreciativos como aquele. Lorenzo parou por um segundo, prestes a virar o corredor, respirou fundo para recuperar a pouca confiança que tinha e seguiu em frente.

Todos os questionamentos se desvaneceram quando seus olhos captaram a cena. Ele estava ali, encostado na parede, mexendo no celular com a coluna levemente curva. Alguns fios de cabelo pendiam diante da testa. A luz do sol que entrava pela janela bem em frente a ele o iluminava, lhe dando uma áurea angelical que fez Lorenzo sentir vontade de rir. Era a segunda vez que sentia uma vontade inexplicável de simplesmente rir quando o via. O músico levantou o rosto e aquele olhar de avelã quase o desmontou por completo, porém o sorriso continuou estampado em sua face.

— Oi! Você veio... — Os lábios dele pareciam cantar mesmo quando falavam algo tão simples. O tom vacilante na voz denunciou que ainda tinha dúvidas se Lorenzo ia ou não aparecer para o encontro marcado às pressas e sem muitos detalhes.

Ele franziu o cenho antes de responder, fingindo estar ofendido.

— É claro que eu vim. — Deu mais dois passos, aproximando-se devagar. — Você achou que eu ia perder a chance de recuperar meus cinco reais?

— Eu já tava achando que ia levar um bolo.

— Em minha defesa — Lorenzo ergueu as mãos como quem dizia ser inocente —, não combinamos nenhum horário específico. Então não tem como eu estar atrasado.

— A gente fez igual àquela galera de filme. — O músico-ainda-sem-nome riu enquanto balançava a cabeça. — Eles sempre dizem "te encontro amanhã", "te vejo mais tarde" e mesmo sem falar um horário e lugar, esses encontros sempre dão certo.

— É porque o deus da ficção abre todos os caminhos pra que as coisas aconteçam do jeito que ele quer. — *Isso era pra ser engraçado, Lorenzo*? Às vezes tinha raiva de si mesmo por falar demais quando ficava nervoso. O sorriso no rosto vacilou e ele sentiu o suor frio começar a brotar dos poros, mesmo quando o rapaz soltou uma risada alta à sua frente.

— RÁ! Então quer dizer que o nosso deus da ficção... ou deusa, vai saber... está abrindo os caminhos pra que a gente se encontre?

Lorenzo deu de ombros, encarando novamente seus tênis verde-água. Não conseguia sustentar por muito tempo o olhar encantador do músico, tinha medo de se quebrar se o olhasse demais. Seu coração podia explodir dentro do peito, e não achou que estivesse exagerando. As batidas aceleravam de um jeito que o fazia desconfiar de que estava tendo um ataque cardíaco.

— Acho que sim — disse, enfiando as mãos no bolso da calça antes que começasse a mexê-las por causa do nervosismo. — Mas tem uma coisa que ele esqueceu de contar pra gente.

O rapaz o encarou com uma sobrancelha erguida, causando um alvoroço e um frio em sua barriga.

— O quê? — perguntou ele, desconfiado.

— Como eu posso ser fã de um cantor se nem ao menos sei o nome dele? — Lorenzo manteve o olhar fixo no outro dessa vez.

O músico riu alto, e o som foi como se a melodia daquela música da Marisa Monte que ele tinha cantado mais cedo entrasse em seus ouvidos novamente.

— Conrado. — Ele esticou uma mão. *Gente, até a mão dele é perfeita! Será que ele tem algum defeito?* — Conrado Dias.

Lorenzo retribuiu o gesto e apertou a do músico, os olhos descendo para a boca com um leve toque de vermelho nos lábios.

— Lorenzo. Só Lorenzo mesmo.

— Agora que sabemos mais uma informação um sobre o outro, *Só-Lorenzo-Mesmo* — Conrado soltou a mão do garoto —, podemos ir? Tem um lugar legal aqui perto.

Lorenzo ainda sentia em sua palma o calor da mão de Conrado, e uma forte vontade de tocar o rosto só para transferi-lo para as bochechas tomou conta de si. Precisou de força para não passar a imagem de um maluco.

— Vou confiar em você — rebateu, quando começaram a caminhar na direção do elevador. Apertou o botão para chamá-lo até aquele andar —, senhor Conrado Dias. Seu nome soa bem.

Conrado encarou Lorenzo de lado com um meio sorriso. Ele conseguia ficar ainda mais bonito visto de perfil.

— Guarde bem esse nome. Um dia ele ainda vai ser conhecido por todo mundo, aí você pode dizer que já pegou elevador comigo antes de eu ficar famoso.

Lorenzo riu no mesmo instante em que as portas do elevador se abriram. De certa maneira, Conrado tinha razão. Seu nome um dia viria a ser conhecido por muitos, e aquele momento no elevador não seria nada além de uma lembrança de um tempo em que tudo parecia mais promissor e brilhante.

— Ai, tá quente! — Conrado colocou o copo na mesa e abanou em frente à boca aberta, causando uma pequena crise de riso em Lorenzo.

— Mas é claro que tá! — conseguiu dizer em meio às risadas. — Ou você achou que o quente do chocolate era só um sobrenome?

Os olhos de Conrado lacrimejavam por causa da bebida que tinha acabado de queimar sua língua. A cafeteria na qual estavam tinha uma luz baixa, e várias lâmpadas que emitiam um tom laranja ao ar estavam espalhadas por todos os cantos. Várias mesas estavam dispostas no centro e perto das paredes. Era em uma dessas que os dois se encontravam, sentados em uma espécie de sofá de estofado verde.

— Não ri da minha dor! — Conrado ainda abanava o ar em frente à boca com uma mão enquanto limpava as lágrimas com a outra.

Lorenzo deu e ombros antes de tomar um gole de seu chá gelado e dizer:

— Mas me conta — pousou o copo na mesa —, você faz mesmo shows em outros lugares além do metrô?

— Faço. — Conrado parecia ter se recuperado. Os olhos agora não lacrimejavam e ele levou o copo para perto da boca, assoprando a bebida, enquanto encarava Lorenzo ao seu lado. — Quer dizer, às vezes eu faço. Dou aula de música em uma escola e de vez em quando toco na noite. Você podia ir qualquer dia.

Lorenzo riu, desviando o olhar. Os dedos tamborilavam no copo gelado que segurava.

— Claro. Vou adorar.

— Os shows no metrô são só pra me divertir e ganhar uma graninha extra. — Ele piscou para Lorenzo. — Ou então tentar encontrar um carinha gato que vai me dar cinco reais.

O frio na barriga. *De novo*. Lorenzo sustentou o olhar de Conrado por alguns segundos, sentindo as bochechas esquentando. Não sabia como reagir a elogios, afinal, não era sempre que escutava algum. Apenas riu sem graça e bebeu mais um pouco do chá para evitar ter que falar algo.

— Mas me fala de você. O que faz além de ser gentil com artistas de rua? — Conrado tocou o braço de Lorenzo ao final da pergunta, e o calor de seus dedos imediatamente causou um arrepio gostoso no rapaz.

— Ah, nada tão empolgante quanto você. — Olhou para o braço onde Conrado o havia tocado antes de voltar a encará-lo. — Eu meio que gosto de videogames e tô estudando pra isso... Pra poder criar jogos e tal.

— Mas isso é legal pra caramba! — Conrado bebeu o chocolate quente, sem queimar a língua dessa vez. — Eu não tenho QI pra essas coisas. Sou mais das artes.

— Vou adivinhar — Lorenzo estreitou os olhos numa expressão pensativa —, você cursa música aí na faculdade.

Conrado levou a mão ao peito de maneira teatral. Abriu a boca e balançou a cabeça em negação. Encarou Lorenzo, notando um sorriso que começava no brilho de seus olhos e terminava na boca rosada. Uma barba tímida despontava no maxilar, adicionando um charme que Conrado enxergava, mas Lorenzo não.

— Meu Deus! Como você sabia disso? Estou chocado!

— Pois é, eu sou muito observador. — Lorenzo riu outra vez, encarando o rapaz ao seu lado.

O cabelo de Conrado parecia tão macio que Lorenzo queria poder tocá-lo para sentir a textura. Até mesmo nas laterais, que eram bem rentes à cabeça, tinha vontade de passar as mãos. E aquela boca avermelhada contrastando com a pele lisa e perfeitamente hidratada? Seu coração disparou só de olhar para aqueles lábios, que pulsavam uma atração e o convidavam para beijá-los. O rapaz lutava para resistir. Conrado levou a mão ao nariz e o esfregou, depois bocejou em meio a uma risada quando tentou segurar o bocejo. Lorenzo não conseguiu falar nada, apenas ficou encarando cada movimento, embasbacado com qualquer ação vinda dele. A cara de sono que começava a surgir e o jeito como ele coçava o nariz antes de bocejar só faziam aumentar a vontade de pular e agarrá-lo ali mesmo.

— Desculpa — Conrado conseguiu falar após se recompor. Esfregou o nariz de novo, causando mais um frio na barriga de Lorenzo. — É que eu acordei cedo hoje pra dar umas voltas no metrô e cantar antes da aula.

— Tudo bem. — Lorenzo fez um movimento com a mão, indicando que não tinha importância. — Eu também estou sempre com sono. Essa é a vida do universitário moderno. Sempre com sono, mas sempre na luta.

— Só espero que os dias de glória cheguem, porque, olha, não tá fácil, não!

— E vão chegar. Logo você vai fazer shows lotados e eu vou ter que lutar para conseguir um *meet*. — Lorenzo hesitou antes de continuar. Não era muito bom em flertar, mas tinha que tentar. — Melhor eu aproveitar agora enquanto não tem filas de fãs gritando por você.

Conrado riu alto, e Lorenzo o copiou sem perceber. Era fácil rir ao lado dele.

— Ou então eu vou te levar pro camarim nos meus shows — disse o músico, inclinando-se para chegar mais perto. Tocou o ombro de Lorenzo, espalhando arrepios por todo o corpo do rapaz. — Vou lembrar da época em que eu tocava no metrô e de quem me apoiou.

Lorenzo enrubesceu ao sustentar o olhar de avelã de Conrado. Seus olhos brilhavam, uma imensidão se projetando dentro deles. Ele queria entrar ali e conhecer cada coisinha que habitava dentro do aspirante a cantor.

— Além disso, eu nunca esqueceria um rostinho bonito como o seu — acrescentou, e as bochechas de Lorenzo explodiram. Ele desviou os olhos para o chá na mesa, mas os lábios se partiram num sorriso que agradou a Conrado. Ele se afastou, levando o chocolate quente aos lábios. Bebeu, encarando Lorenzo por cima do copo.

Lorenzo terminou a bebida e tirou o celular do bolso para ver a hora. Precisava estar na empresa onde fazia estágio em meia hora. Desejou que não tivesse obrigações. Queria mais tempo com Conrado, mesmo que ficasse sem palavras a cada elogio recebido. Gostava da sensação que o músico despertava nele. Um desejo físico, mas ao mesmo tempo uma conexão diferente que não sentia com frequência.

— Eu preciso ir — disse, com pesar. — Tenho que estar no trabalho daqui a pouco.

— Claro! — Conrado virou o chocolate quente, que já não devia estar tão quente, de uma vez só. — Mas antes...

Tirou o próprio celular do bolso e o estendeu para Lorenzo, com a tela desbloqueada.

— Coloca o seu número aí. Vou tocar em um bar no fim de semana e seria legal se você fosse.

Lorenzo pegou o aparelho com um sorriso no rosto. Sua mente fértil já imaginava o próximo encontro dos dois apenas ao digitar seu número e salvar o contato: Conrado no palco cantando somente para ele. Apesar da multidão, seus olhos só focavam nele, se declarando através das músicas. Chacoalhou a cabeça, afastando os pensamentos fantasiosos quando devolveu o celular.

— Eu te passo todas as informações por mensagem — Conrado continuou. — E, se você for, a gente pode fazer algo legal depois do show também. Se quiser, é claro.

— É claro que eu quero. — O sorriso acendeu o rosto de Lorenzo, exaltando uma pequena covinha do lado direito. Conrado fixou o olhar ali por um instante e depois se levantou.

— Que bom — disse. — Vou caprichar pra não fazer feio nessa apresentação.

— Impossível. — Lorenzo se colocou de pé também, ambos caminhando para a saída lado a lado.

Do lado de fora, pararam um em frente ao outro, se encarando com sorrisos perdidos. Conrado era alguns centímetros mais alto que Lorenzo, o que o fazia baixar os olhos um pouco para observá-lo.

— Te vejo no sábado, então? — Conrado perguntou, pousando o olhar discretamente nos lábios do outro.

— Vou ficar aguardando as informações. — Lorenzo continuou a sorrir, sentindo-se sugado pelo mundo dentro do olhar do músico.

— Vou pensar em uma música especialmente pra você, então tem que ir.

Conrado deu um passo à frente, e o coração de Lorenzo disparou com a proximidade. Os braços dele o envolveram e o calor foi tão reconfortante que Lorenzo soltou um riso tímido ao apoiar o queixo no ombro do cantor. A despedida durou apenas um segundo, mas mesmo depois que se soltaram e seguiram caminhos separados, Lorenzo ainda sentia o cheiro do perfume de Conrado misturado ao seu.

Continuou em direção ao trabalho com a sensação de que tinha ganhado na loteria, saboreando o resquício do perfume nas narinas e rindo ao se lembrar de como Conrado era lindo até mesmo coçando o nariz.

A PROFECIA DA LADY GAGA

UM ANO ANTES DO FIM DO MUNDO

Às vezes Lorenzo tinha a sensação de que seu peito doía. Doía de verdade, literalmente, e não de maneira figurada. Como se estivesse com alguma coisa apertando seu coração por dentro. Talvez uma mão invisível ou então a força da falta que Conrado fazia. Se fosse possível sentir dor no buraco vazio do peito, era isso que ele sentia.

— Isso aqui tá um nojo. — Michele pegou uma embalagem de hambúrguer que Lorenzo havia pedido sabe-se lá quando do chão da sala. Enfiou-a em um saco de lixo que tinha nas mãos e olhou para o amigo, que a observava sentado no balcão da cozinha.

Lorenzo deu de ombros, e o olhar perdido tomou conta de seu rosto de novo. Coçou o nariz e bufou ao se lembrar de como Conrado fazia a mesma coisa o tempo todo. E de como era bonito fazendo uma coisa tão simples como aquela.

— Você tem que começar de algum lugar. — Michele estava de pé no meio da sala, segurando o saco de lixo com uma mão e com a outra apoiada na cintura, olhando-o como quem o julgava por estar imerso na tristeza e melancolia. — E pra começar a limpar a bagunça que tá aí *dentro*, tem que começar a limpar a que tá aqui *fora*. Vem, levanta daí e me ajuda a limpar essa casa nojenta. Pelo amor de Deus!

— Você não vai me deixar em paz enquanto eu não começar a me mexer, né? — Um sorrisinho puxou os lábios de Lorenzo para cima quando ele olhou para a amiga. Ela o encarava de canto de olho, ainda na mesma pose. Lentamente, começou a se mexer numa dança que só ela sabia fazer, arrancando uma risada mais alta do rapaz.

— Ainda bem que você me conhece. Agora coloca uma música na TV e bora arrumar essa casa!

Lorenzo sentiu um pouco de ânimo ao se levantar do banco e pegar o controle remoto perdido em meio às almofadas no sofá. Ligou a televisão direto no YouTube e quase desejou que não tivesse feito aquilo. A primeira imagem que apareceu foi a sugestão do novo clipe de Conrado Dias, "Você não soube me amar", com a miniatura do vídeo mostrando o rosto irritantemente lindo dele e uma praia ao fundo. É claro que ele ia estar nas sugestões, ainda mais agora que estava cada vez mais famoso.

Antes que caísse na tentação de dar play no vídeo para ver a música nova, Lorenzo passou para o próximo e escolheu um show ao vivo da segunda cantora pop mais famosa do Brasil. Ele gostava mais da primeira, mas Conrado tinha feito uma música em parceria com ela e agora até mesmo a cantora fazia Lorenzo se lembrar do ex-namorado.

—

Michele lhe entregou o saco de lixo e Lorenzo passou a recolher as embalagens e papéis de comida largados pelo chão, pelos cantos do sofá e em cima da mesinha de centro. Não tinha percebido antes quanta sujeira havia feito naqueles dias. Estava realmente precisando de uma limpeza. Ele estava se abaixando para pegar um copo plástico amassado quando Michele se aproximou correndo e deu um tapa na bunda dele.

Lorenzo pulou por reflexo, olhando para a amiga com olhos arregalados. Michele, por sua vez, riu e começou a dançar, segurando uma vassoura na mão.

— Você vai limpar ou vai ficar sarrando a vassoura? — ele perguntou, afastando-se da amiga quando ela ameaçou dar mais um tapa nele.

— Corre não que eu vou dar mais uns tapas na sua bunda! — Ela ria enquanto começava a se aproximar. Lorenzo foi se afastando, usando o saco de lixo na mão como escudo, mas não pôde segurar o riso que insistia em escapar da sua garganta. — Aquele Conrado é um idiota mesmo. Quem é que ia perder uma bundinha dessas? Olha, toda pra cima, bem redondinha.

— Que tal a gente parar de falar da minha bunda e focar na limpeza? — Lorenzo estava começando a corar, mas sentiu a autoestima quase inexistente inflar um pouquinho.

Michele ergueu as mãos, em sinal de redenção. Em seguida, começou a varrer o chão enquanto Lorenzo levava o saco de lixo para a cozinha. Encheu-o com mais alguns papéis antes de amarrá-lo e deixá-lo em um canto. Aproximou-se da pia, cheia de louça suja acumulada, e estalou os dedos para começar a limpar. Conforme a água fria escorria pela louça, levando a espuma do detergente embora, Lorenzo ergueu os olhos e viu Michele dançando e cantando na sala ao mesmo tempo em que varria. Ela parecia tão leve, desprendida e despreocupada. Agia como se nada no mundo pudesse derrubá-la. Vê-la daquele modo acendia um pingo de esperança dentro do peito dele. Talvez ele não fosse sucumbir, talvez conseguisse superar Conrado, mas não naquele momento. Ainda doía muito.

— Tá me olhando com essa cara por quê? — Michele o encarou, parando de dançar.

— Nada — Lorenzo respondeu, colocando um copo no escorredor. — Você é feliz demais. Me dá raiva às vezes.

— Desculpa. — Michele pareceu realmente sentida. — Não queria...

— Tá tudo bem. — Ele abriu um sorriso triste. — É bom ter alguém pra equilibrar. Eu sou um poço de depressão e trevas. Você pelo menos tá me ajudando a sair dele. Olha só essa sala, sabe? Nem parece a mesma de antes.

Lorenzo respirou fundo e sentiu que podia organizar a bagunça dentro de seu peito também. Só precisava colocar todas as sobras e todo o lixo para fora. Limpar os cantos, remover tudo aquilo que só estava acumulando sujeira. Poderia ficar novinho em folha outra vez. E com a ajuda da amiga, sentia que era possível. Por mais que fosse um processo doloroso, teria que seguir em frente e reconstruir.

É, talvez ele fosse ficar bem.

Ele nunca ficaria bem. Tinha quase certeza disso, e a crise existencial que bateu no final de semana após a visita de Michele o fez acreditar que seria muito difícil que as coisas voltassem a ser como antes. O apartamento estava mais arrumado desde então, e havia momentos em que Lorenzo acreditava que estava superando o término; mas, em outros, parecia que seu mundo estava acabando.

Um desses momentos foi no sábado, durante o banho. Embaixo d'água, lembrou-se das vezes em que ele e Conrado haviam ficado ali, sob o mesmo chuveiro. Às vezes só tomavam banho, às vezes se amavam como se não houvesse amanhã. A lembrança da textura da pele de Conrado sob seus dedos, dos lábios macios e do cheiro dele fizeram Lorenzo petrificar no box. A água caía em suas costas, mas sua mente voava para o passado, que parecia muito melhor que a solidão do presente.

Por mais que Lorenzo odiasse se sentir daquele jeito, não conseguia evitar. Também não conseguia se lembrar de quando tinha criado aquela dependência. Não sabia em que altura a sua vida tinha se tornado tão entrelaçada à de Conrado a ponto da falta dele lhe deixar com aquele abismo no peito. Haviam ficado juntos por dois anos, mas sentia como se tivesse sido mais, muito mais, embora não tivesse vivido metade das coisas que queria viver com o ex-namorado.

Deixaram tantos planos para depois. A carreira de Conrado vinha sempre em primeiro lugar, e Lorenzo não se queixava disso. Pelo contrário, sempre o apoiou e teria continuado apoiando quantas vezes fosse necessário. Mas isso sempre tinha deixado o relacionamento em segundo plano, e Lorenzo só começou a se dar conta da realidade ali, embaixo do chuveiro quente, parado como um zumbi.

Tinham tantas coisas a fazer juntos antes de tudo terminar. Ele nunca mais saberia a sensação de realizar cada uma delas.

Lorenzo finalizou o banho de modo automático, se vestiu, passou o perfume que havia ganhado no último Dia dos Namorados e saiu de casa para encontrar Michele. A amiga estava decidida a tirá-lo da fossa. Havia insistido a semana toda para que os dois saíssem para um karaokê que ela adorava e ao qual ia praticamente todo final de semana.

Quando entrou no estabelecimento, Lorenzo viu Michele sentada de costas para ele, curvada sobre o celular, digitando alguma mensagem. Ele atravessou por entre as mesas do lugar, que tinha uma decoração alaranjada com detalhes de madeira nas paredes e luzes amareladas penduradas no teto. Os uniformes dos garçons e o tom amadeirado e laranja do lugar lembravam um pouco o estilo de alguns restaurantes mexicanos que Lorenzo já tinha frequentado. Ao fundo, logo após as mesas, um palco com caixas de som e dois tripés de microfone se erguia um nível acima.

O lugar estava quieto, sem cantorias. Apenas uma garçonete com cabelo encaracolado organizava os aparelhos e verificava se tudo estava funcionando. A funcionária mexeu em algumas teclas do computador ao lado do som e pouco depois as caixas se acenderam, ganhando vida com a voz alta de Conrado nos versos da sua música mais recente, "Você não soube me amar". Alguns dos clientes começaram a dançar ao ritmo da música e Lorenzo revirou os olhos, respirou fundo e se jogou no banco estofado em frente à mesa em que a amiga estava sentada.

— A Lady Gaga lançou a profecia pro ex dela, mas parece que bateu em mim também.

Michele levantou os olhos do celular, e o sorriso estampado no rosto pela mensagem que trocava demorou alguns segundos até se transformar em uma expressão confusa que se espalhou pelo rosto e terminou nas sobrancelhas franzidas dela. Lorenzo viu a dúvida em seu olhar, então começou a explicar:

— Um ex-namorado da Lady Gaga uma vez falou pra ela que ela nunca seria famosa. Sabe o que ela respondeu? — Ao ver a cabeça de Michele balançando em negação, Lorenzo continuou: — Ela disse que ia chegar o dia em que ele não ia conseguir pedir um café numa lanchonete sem ouvir o nome dela. E aconteceu!

— Você não tá comparando o Conrado com a Lady Gaga, tá? Oxe! — Michele encarou o amigo de lado, como se ele tivesse dito algo muito duvidoso.

— Não, é claro que não, mas... — ele hesitou, passando os olhos por um grupinho de pessoas na mesa ao lado que cantava a música de Conrado a plenos pulmões — ... bom, eu entrei no karaokê e tô ouvindo uma música dele, não tô? Na internet e na TV, só vejo falar dele...

— Tá, mas ele não é uma Lady Gaga. Nem nunca vai ser.

— Não! — Lorenzo encarou Michele, os lábios apertados num semblante sério. — Eu não quero que ele falhe na carreira. Apesar de tudo, ele sempre lutou muito pra chegar aonde chegou. Eu até fico feliz que ele esteja conseguindo o que sempre sonhou. Pena que não teve espaço pra mim nessa vida dele, né?

— Você é muito bonzinho às vezes. Eu, hein! — Michele ergueu o braço direito, e logo um garçom se aproximou com um sorriso cordial.

Para começar a noite, ela pediu uma garrafa de cerveja. Lorenzo pensou em pedir uma de Mike's, mas hesitou. Até a bebida lhe lembrava o ex. Não queria engolir mais lembranças, então, no fim, decidiu que ia acompanhar a amiga. Não demorou muito para que a cerveja estivesse na mesa, suando gotas que escorriam por toda a extensão do recipiente.

— Tá, mas chega de falar de mim! — Lorenzo encheu o copo e o levou à boca, sentindo o sabor amargo descer gelado pela garganta. — Quero saber com quem a senhora estava falando aí no celular. Eu vi sua cara de boba apaixonada. É algum *boy* novo? Ou uma garota de novo? Quem é dessa vez? Me conta logo!

— Oxe, Lorenzo. Deixa disso! — Michele bebeu um gole extremamente longo da cerveja para evitar responder à pergunta. — Não tem ninguém, não. Tava vendo o Instagram.

— Hmmm, sei. — Lorenzo a encarou por cima do copo enquanto virava mais cerveja goela abaixo.

Antes que houvesse qualquer resposta, alguém anunciou no microfone que o karaokê estava oficialmente aberto e chamou a primeira pessoa da noite. Uma garota que não devia ser muito mais jovem que Lorenzo subiu ao palco e logo embalou na letra de um sertanejo que ele não conhecia. Michele, por outro lado, ergueu seu copo de cerveja, gritando de alegria com a música e cantando junto.

A menina no palco parecia não se importar com a voz desafinada: fazia sua própria apresentação, visivelmente empolgada. *Certa ela*, pensou Lorenzo. Queria ter a mesma desenvoltura e não ligar para o que outras pessoas pensavam, mas ele não era assim.

— Tá, pega seu celular aí — Michele disse após os primeiros versos da música.

— Quê? Pra quê? — Lorenzo estranhou, puxando o aparelho para perto do corpo. Michele era capaz de ligar para Conrado e xingá-lo. Ou pior, mandar uma mensagem se passando por Lorenzo e *também* xingá-lo. De qualquer modo, todas as alternativas que lhe passaram pela cabeça envolviam alguma ofensa.

— Você precisa se abrir pra conhecer gente nova. Vou baixar o Grindr aí e te arrumar um gatinho.

— Não, Michele. Eu não...

Numa habilidade surreal que não o permitiu reagir, Michele arrancou o celular da mão de Lorenzo, erguendo o aparelho em frente ao rosto do amigo para desbloquear a tela e completar o serviço.

— Como você conhece esse aplicativo? — ele perguntou ao pegar o celular de volta e ver o aplicativo instalado.

— Eu sou uma mulher informada. — Ela deu de ombros e sorveu um grande gole da sua cerveja. — Usa e tenta esquecer o Conrado.

Se pudesse, apagaria Conrado da memória. Só que não era assim tão simples. Como esquecer um ex que estava na mídia, nas músicas que todo mundo ouvia e até mesmo na droga de um karaokê? Antes que Lorenzo tivesse a chance de rebater, uma voz veio do palco, começando outra música que ele não conhecia. Saiu tão alta no microfone que, mesmo que ele tivesse tentado responder, não teria sido ouvido.

Lorenzo e Michele olharam ao mesmo tempo para o homem alto de cabelo cacheado e barba rala que cantava. Aquele físico prendeu o olhar de Lorenzo.

Lorenzo engoliu em seco, estendeu a mão e virou o resto da cerveja que tinha no copo, enchendo-o outra vez logo em seguida.

— Gatinho, né? — A voz de Michele o fez se virar para ela.

— É... — respondeu, meio aéreo. Fazia tanto tempo que não olhava para outros homens daquele modo, com desejo, com paquera, que havia se esquecido da sensação. Quando estava com Conrado, não sentia a necessidade. Conrado o satisfazia por completo, mas agora aquela parte estava faltando.

Lorenzo voltou o olhar para o homem no palco, que finalizava a música. Ele desceu e caminhou sorrindo para uma mesa não muito longe, se aproximando de duas mulheres que o aplaudiam. As duas estavam tão próximas uma da outra que Lorenzo supôs que elas fossem um casal.

Quando se virou para Michele, levou um susto, pois ela havia se levantado e já estava dando a volta ao redor da mesa, seguindo em direção ao grupo.

Lorenzo arregalou os olhos, sentindo o coração pulsar no peito quando Michele curvou-se, sorrindo para aquelas pessoas até então desconhecidas. Trocou algumas palavras com o rapaz, que a ouviu com um olhar alegre antes de se inclinar na cadeira e olhar diretamente para Lorenzo.

Se ele pudesse evaporar de constrangimento, teria virado fumaça ali mesmo. Conhecendo a amiga, não queria nem imaginar o que ela estava dizendo para aquele trio, mais especificamente para o rapaz bonito que não tirava os olhos de Lorenzo. Um olhar de puro desejo, como se fosse capaz de comê-lo com o olhar. Comê-lo de todas as maneiras possíveis.

As bochechas de Lorenzo só faltaram pegar fogo com aquele pensamento. Ainda mais quando o homem se levantou e começou a caminhar na sua direção. A cada passo, ele quis sumir ainda mais.

— Oi. — O rapaz sentou-se na cadeira ao lado de Lorenzo, que estava sem reação. — Sua amiga me falou que você "me achou uma gracinha"... palavras dela, não minhas... e disse pra eu vir falar com você.

Lorenzo gaguejou mentalmente e quando tentou verbalizar algo também.

— Não, eu... É que... — Esfregou as mãos, sem saber o que fazer com elas. Talvez enfiá-las na cara de Michele, por fazê-lo passar por aquela situação constrangedora, fosse uma boa ideia. — Ela é meio biruta, não liga pra ela, não.

— Então você não me achou uma gracinha? — O rapaz desconhecido o encarou com uma sobrancelha erguida, apoiando um cotovelo no encosto da cadeira e se sentando de lado para ficar frente a frente com Lorenzo.

A confiança daquele desconhecido o deixava com raiva. Raiva porque ele próprio nunca sabia onde encontrar aquele tipo de confiança dentro de si. Olhou para Michele, agora sentada com as duas meninas e conversando como se fossem velhas amigas, rindo alto, alheias aos dois bem ali.

— Não... Droga! Quer dizer, achei, mas... — Lorenzo se atrapalhou tanto que mal conseguia encarar o rapaz nos olhos.

— Então não precisa ficar nervoso. — A mão dele segurou a de Lorenzo, espalhando um calor que o fez erguer o olhar, encontrando os lábios desenhados do outro e se perdendo na barba despontando. Ele era mesmo muito atraente. O frio na barriga e o pequeno impulso involuntário que surgiu no meio das suas pernas não o deixavam mentir. — Eu também gostei de você.

Era impressão de Lorenzo ou a boca dele estava se aproximando de seu rosto? Senhor! As palpitações de seu coração o fariam ter um ataque cardíaco já, já se continuassem daquele jeito.

— Mas eu nem sei o seu nom...

Lorenzo foi calado com um beijo repentino. Quando se deu conta, seus lábios se esfregavam nos do homem sem nome. A barba roçando sua pele lhe causou arrepios que se espalharam pela nuca. O calor do beijo intensificou-se quando o rapaz colocou uma mão em sua perna e com a outra o segurou firme pela cintura, firmando-o ali para que pudesse apreciar o beijo. Lorenzo se deixou levar pela sensação gostosa que lhe invadiu e retribuiu com vontade. Segurou o homem pela nuca, prendendo-o naquela posição e fazendo a festa com sua língua enrodilhando-se na dele. A pulsação no meio das suas pernas explodiu quando a mão que pousava em sua coxa subiu um pouco mais, aproximando-se perigosamente da virilha.

Então ele parou. O rapaz sem nome finalizou o beijo com um selinho e se afastou, um sorriso malandro pendurado na boca.

— Lucas — disse ele, passando o polegar ao redor dos lábios úmidos de Lorenzo. — Mas isso não é tão importante agora.

— Quê? — Por um momento, Lorenzo tinha se desestabilizado e não entendia o que o outro estava dizendo.

— O meu nome... Eu me chamo Lucas.

— Ah, tá. — Lorenzo riu, sem graça. Mas algo dentro de si havia sido despertado. O beijo cheio de desejo havia sido muito diferente daquele último com Conrado na praia. Tudo o que ele queria era se render aos prazeres físicos com Lucas. A excitação entre suas pernas nebulou seus pensamentos. Lorenzo não sabia se aquilo o faria bem ou mal, mas sabia que precisava daquele tipo de diversão, nem que fosse apenas por uma noite.

— O meu é Lorenzo, mas, como você mesmo disse, isso não importa agora.

E partiu com ferocidade para cima de Lucas outra vez. Esquecendo-se completamente de que tinha chegado ali com a amiga, se perdeu nos beijos quentes e cheio de mãos bobas que vieram a seguir.

É POSSÍVEL SE APAIXONAR POR UMA VOZ?

TRÊS ANOS ANTES DO FIM DO MUNDO

Lorenzo passou o resto da semana com a imagem de Conrado coçando o nariz durante o café que tomaram juntos. As únicas vezes em que conseguia deixar de pensar naquela imagem eram quando estava estudando ou quando dormia, mas, mesmo assim, por pouco tempo. Na noite de sexta para sábado, chegou a sonhar que encontrava Conrado em um show lotado. Bem, *encontrava* não era bem a palavra certa. Ele estava no meio da multidão assistindo ao show e tentava a todo custo chegar perto do palco, mas não conseguia. Quanto mais se esgueirava entre os fãs enlouquecidos, mais distante o palco parecia ficar a cada vez que Conrado coçava o nariz.

Porém, a vida real não se parecia em nada com o sonho. Quando entrou no bar no sábado à noite, o lugar ainda estava vazio, com exceção de algumas mesas nas quais pequenos grupos ou casais se sentavam, já bebendo ou comendo alguma coisa. Lorenzo se encaminhou para uma mesa desocupada mais ao fundo e uma garçonete se aproximou com um cardápio e um sorriso no rosto. Depois de anotar o pedido, ela se afastou, e o rapaz olhou ao redor. Perto da entrada, havia um pequeno palanque de madeira com uma cadeira, um violão apoiado na parede e um suporte para microfone, mas nem sinal de Conrado.

Por um instante, Lorenzo achou que estava no bar errado, mas, quando checou o horário no celular, percebeu que ainda faltava meia hora para o início do show, segundo a mensagem de Conrado. Ver o nome salvo nos contatos e a foto sorridente do rapaz, vestindo uma camiseta preta que contrastava com seu tom de pele, fez Lorenzo abrir um sorriso involuntário. Não tinham se visto mais durante a semana, no entanto, tinham trocado mensagens praticamente todos os dias.

— Tá me *stalkeando* aí, é? — A voz que surgiu sobre sua nuca poderia tê-lo assustado, mas antes mesmo de se virar para encarar o dono dela, Lorenzo já sabia quem esperar. Afinal, foi aquela voz que o tinha feito notar Conrado no metrô apenas alguns dias antes.

— Na verdade, eu tava olhando pra ver se ia te reconhecer por aqui — respondeu Lorenzo, bloqueando a tela do celular enquanto Conrado se sentava na cadeira vaga à frente dele. — E depois pedir uma foto antes que fique muito difícil me aproximar de você entre um milhão de fãs.

Conrado riu. Jogou a cabeça para o alto, a risada escapando solta, livre, feliz e desimpedida. Os fios de cabelo balançaram e depois voltaram ao lugar quando ele olhou para Lorenzo.

— Tomara, viu? No caso, só a parte do um milhão de fãs, e não a que você não consegue se aproximar de mim.

— Que bom, porque eu vou querer me aproximar mesmo — Lorenzo falou antes que seu cérebro pudesse impedi-lo.

Não demorou para que Lorenzo sentisse o rosto queimar. Apesar de aquilo ter lhe soado muito direto, para Conrado não pareceu. O cantor apenas devolveu um sorriso, e seus olhos estreitaram-se com o movimento das bochechas subindo. Um incêndio inexplicável surgiu abaixo do estômago de Lorenzo ao observar aqueles dentes perfeitos, aqueles lábios avermelhados que estavam tão longe dos seus...

— Gostei que você veio. Obrigado por isso — o cantor falou, encarando-o com um brilho no olhar.

Conrado apoiou os cotovelos e os antebraços na mesa, pousando as mãos perigosamente perto das de Lorenzo. Tão perto que ele baixou os olhos e pôde jurar ter visto faíscas no mísero espaço entre sua pele e a dele.

— Eu não ia perder um show inteiro depois daquela demonstração que eu tive no metrô, né?

Conrado retribuiu segurando uma das mãos de Lorenzo, lançando um sorriso carregado de segundas intenções. Ele estreitou os olhos, se aconchegou mais perto da mesa ao arrastar a cadeira e se inclinou levemente para a frente. A distância entre os rostos dos dois foi reduzida a ínfimos centímetros. As faíscas viraram um fogaréu que subiu por todo o braço de Lorenzo e explodiu na sua garganta. O coração bateu duas vezes mais rápido, e ele apreciou o toque em sua mão, sentindo a maciez das palmas do outro rapaz contra as suas.

— Ah, se todos meus amigos pensassem assim, esse lugar estaria lotado hoje. — O sorriso no rosto de Conrado deu uma vacilada, mas a mão continuou onde estava. Seus pensamentos vagueavam.

— Ué, eles não vêm aos seus shows? — Lorenzo perguntou, ainda olhando para a mão que segurava a sua de maneira tão natural e despretensiosa.

Conrado deu de ombros antes de responder:

— Quando eu comecei a cantar em bares, eles até vinham. Muitos acharam que eu ia ficar famoso da noite pro dia. Mas, quando perceberam que as coisas não acontecem assim tão rápido, acabaram parando de acompanhar.

— Eles que tão perdendo. Quando você estiver levando multidões pros seus shows, vão ter que pegar fila como todo mundo.

Lorenzo riu, e Conrado acompanhou.

— Você acredita mesmo nisso, não é? — disse Conrado, levantando uma sobrancelha, como se estivesse desconfiado.

— Por quê? Você não acredita? — Lorenzo ajeitou-se na cadeira com cuidado para que a mão que Conrado segurava não saísse daquela posição tão reconfortante.

— Não é isso. É que... — Ele interrompeu a si mesmo no meio da frase. Aquela hesitação não combinava com a pose confiante de Conrado. Tudo bem que eles mal se conheciam, mas não, Conrado não combinava com insegurança. — Quando você fala, eu sinto verdade nas suas palavras. Não é só, tipo... da boca pra fora como a maioria das pessoas. Elas só falam por falar, não acreditam no que dizem. Acham que é o que eu quero escutar.

— Não é isso o que você quer escutar? — Lorenzo brincou, dessa vez encarando os olhos avelã de Conrado, que brilhavam enquanto ele falava.

Era lindo ver uma pessoa falando daquilo que amava, enxergar a alma falando através dos olhos, mas mais lindo ainda era ver Conrado se abrindo daquele jeito para alguém que ele conhecera há apenas poucos dias. Lorenzo se sentiu eufórico e, sem perceber, apertou a mão de Conrado entre as suas, entrelaçando seus dedos nos dele.

— É claro que é. — Ele riu pelo nariz e entrelaçou seus dedos aos de Lorenzo ainda mais. Faziam aquilo sem nem pensar, apenas se conectavam com aquele gesto simples e natural. — Mas eu sei que eles só dizem por dizer. Até hoje, não tinha conhecido ninguém que acreditava nisso tanto quanto eu.

Houve um momento de silêncio, no qual os dois apenas ficaram se olhando. Um garçom passou atrás deles, e o burburinho de conversas e o tilintar de copos pelo bar ressoaram. Mas foi como se o tempo não estivesse passando.

Se ficassem ali, naquela mesa, parados um frente ao outro por mais cem anos, o mundo ao redor mudaria, mas não os dois. A calmaria do silêncio era tão reconfortante quanto a conversa. Uma redoma de confiança, troca e parceria começou a ser criada. Dentro dela, sentiam-se seguros, mas o problema era exatamente esse: sentir-se seguro demais, confortável demais. Até o momento em que a redoma começa a rachar, e o mundo lá fora a invade de repente.

— A não ser, é claro, meu pai. — Conrado riu de novo, trazendo todo o barulho dos arredores de volta, dissolvendo a fina camada imaginária na qual tinham entrado nos breves instantes que permaneceram calados. Riu com vontade e com tanta leveza que fez Lorenzo acompanhá-lo na gargalhada.

— Já sabemos quem é seu fã número um, então — disse. — Por falar nisso, sua família não vem aos shows?

— Meu pai não mora na cidade. Eu vim pra São Paulo tentar a vida, me jogar de vez na carreira, mas ele ficou no interior de Minas, onde eu nasci.

Lorenzo assentiu, a mente se voltando para seus próprios pais. Há quanto tempo não falava com eles? Tinha até perdido as contas. Não se lembrava de quando havia parado de pensar neles...

— Tá na minha hora. — A voz de Conrado, perfeita até mesmo quando não cantava, o arrancou de seus pensamentos. Ele soltou as mãos que se entrelaçavam e se colocou de pé. — Quero continuar isso aqui depois do show.

Então ele acariciou de leve os cabelos de Lorenzo e foi até o palanque de madeira. Pegou o violão que o aguardava e sentou-se na cadeira vazia ao lado do microfone. O ajustou no suporte e se ajeitou para falar, com a voz amplificada ecoando pelas caixas de som do estabelecimento.

— Boa noite, pessoal.

Lorenzo se empertigou em seu lugar, e a garçonete para a qual havia feito seu pedido deixou uma garrafa azul na mesa antes de se afastar. Algumas pessoas olharam para aquele homem até então desconhecido no palco, outras não deram a mínima para ele, mas nada importava, pois Conrado olhava direto nos olhos de Lorenzo.

— Eu quero dedicar o show dessa noite a um rapaz que eu conheci tem poucos dias, mas que, mesmo tendo me ouvido cantar só uma vez, parece ter certeza de que sou o próximo Adam Levine ou algo do tipo.

Lorenzo riu. O que era aquele formigamento na sua espinha? Fosse o que fosse, não era ruim. Era uma eletricidade que acendeu todo seu corpo, e ele sentiu vontade de se levantar, correr até o palco e meter um beijo naquela boca perfeita de Conrado. Porém, é claro, se segurou, apenas rindo para ele.

— Espero que vocês gostem do show.

Ele abriu o maior dos sorrisos e Lorenzo derreteu por inteiro. Nunca soube o motivo de não ter caído ali mesmo no chão, se liquefazendo. Talvez fosse porque se prendeu na linda visão que era o semblante feliz de Conrado fazendo aquilo que ele mais amava.

Desejo a você o que há de melhor
A minha companhia pra não se sentir só
O sol, a lua e o mar
Passagem pra viajar
Pra gente se perder
E se encontrar

Ao passo que algumas pessoas se deixaram levar pela música do grupo Melim, Lorenzo se perdeu naquela letra, imaginando como seria viver tudo aquilo junto a Conrado. *Tá, tudo bem.* Eles tinham se conhecido há menos de uma semana, mas ele não tinha culpa de estar se sentindo daquele jeito. Não escolhera isso. Apenas sentia aquela vontade louca de se jogar numa aventura com o cantor.

Vida boa, brisa e paz
Nossas brincadeiras ao entardecer
Rir à toa é bom demais
O meu melhor lugar sempre é você

Lorenzo se esqueceu por um momento de onde estava. Tudo o que viu foi Conrado com aquele sorriso estampado no rosto, e lembrou-se do som da risada dele, do jeito como ele coçava o nariz e de como jogava a cabeça para cima. Todas aquelas pequenas coisas formavam o dono da voz mais bonita que Lorenzo já tinha ouvido. E que estava ouvindo naquele exato instante. Se tivesse que escolher apenas uma música para ouvir pelo resto de sua vida, poderia ser qualquer uma, desde que interpretada por Conrado.

Será que era possível se apaixonar por uma voz?

Quero presentear
Com flores Iemanjá
Pedir um paraíso
Pra gente se encostar

Uma viola a tocar
Melodias pra gente dançar
A bênção das estrelas
A nos iluminar

Lorenzo diria que era tímido, muito mais do que gostaria. Mas algo no ar o fez se envolver nos acordes do violão e ele se deixou levar. Misturou-se ao coro que entoava a canção junto de Conrado.

Só tinha olhos para ele, então não viu as duas meninas que trocaram o primeiro beijo em uma mesa ao lado; um casal hétero que — a julgar pelas suas expressões — tinha acabado de brigar e mal se olhavam, de braços cruzados; um grupo de amigos que riu alto de alguma situação muito engraçada que alguém tinha contado; e também não viu a mulher de cabelo castanho-escuro na altura dos ombros no lado oposto do bar, apoiada no balcão, que lançava um olhar intrigado a Conrado, claramente entretida pelo show.

Mais de trinta minutos deviam ter passado sem que Lorenzo se desse conta. Entre músicas românticas, outras mais tristes e algumas mais animadas, o show terminou com um agradecimento e uma chuva de aplausos que o cantor recebeu de olhos brilhando.

Lorenzo ainda aplaudia, a única pessoa de pé entre as mesas, quando a mulher de cabelo castanho se afastou do balcão, passou esbarrando nele sem nem pedir desculpas e parou próximo do palanque de madeira. Conrado mal tinha descido, e ela já foi esticando a mão, cumprimentando-o com um aperto breve. De onde estava, Lorenzo não conseguia escutar a conversa, mas devia ser algo incrível, pois os olhos de Conrado quase pularam das órbitas quando a mulher falou algo e lhe deu um cartão. Com um sorriso explodindo no rosto após se despedir dela, Conrado foi a passos rápidos em direção a Lorenzo.

— Já tá sendo *stalkeado* pelas suas fãs? — Foi a pergunta que saiu dos lábios de Lorenzo, indicando a moça que caminhava em direção à saída. Conrado começou a rir. GAR-GA-LHAR. Jogou-se na cadeira na qual havia se sentado antes e, quando levantou os olhos, lágrimas caíam deles.

— E-eu... o quê... — Lorenzo não soube como reagir. Ele estava rindo ou chorando? Ou os dois ao mesmo tempo? — Tá tudo bem?

— Aquela mulher... — Conrado apontou para a porta do bar — ... ela é uma empresária musical e já trabalhou com um monte de gente que tá no topo das músicas mais ouvidas do pop brasileiro... — ele se interrompeu novamente, rindo, sem acreditar na própria sorte — ... tipo, um milhão de artistas de sucesso. E ela me deu o cartão dela! ELA QUER OUVIR MAIS DA MINHA MÚSICA!

Conrado se colocou de pé enquanto praticamente gritava a última frase. Eufórico, segurou Lorenzo pelos ombros, encarando-o com os olhos avermelhados pelas lágrimas de alegria que os marejavam.

— Cê tem noção do que é isso? Lorenzo, ela se interessou pelo meu trabalho.

— Isso é incrível! — Lorenzo não conseguiu deixar de rir junto. A felicidade de Conrado o cativava, mas as mãos dele o segurando pelo ombro também o deixaram bastante feliz. — Eu não falei? Eu disse que você ainda vai ficar famoso.

— Isso é surreal demais! — A voz de Conrado saiu meio fina por conta da emoção. — Caralho, eu nem acredito nisso! Foi você! — ele exclamou de repente, chacoalhando Lorenzo.

— Eu o quê?

— Você que me deu sorte. É o primeiro show meu que você vem, e isso acontece. Eu tô tão feliz que poderia...

Ele parou de falar subitamente. Permaneceu encarando Lorenzo com aquele sorriso que não sairia de seu rosto tão cedo após o encontro com a empresária. O bar estava quieto sem as músicas. Apenas o tilintar de copos e o burburinho das conversas ecoavam pelo ar.

— Você poderia o quê? — Lorenzo encorajou, com uma sobrancelha erguida.

— Eu poderia... — Conrado deu um passo à frente, seu corpo chegando tão perto de Lorenzo que o cheiro do perfume dele invadiu suas narinas. As mãos em seus ombros deslizaram pelos braços e encontraram as mãos de Lorenzo, caídas próximas à sua cintura. — Eu poderia te beijar.

Não, não foram tambores que Lorenzo ouviu. Foram as batidas de seu coração quando sentiu os dedos de Conrado entrelaçarem-se nos seus, quando o calor dele invadiu seu corpo e o fez se arrepiar dos pés à cabeça, quando o hálito de Conrado — que com certeza era de menta — chegou tão perto de seu rosto que se misturou à sua respiração.

— Só... — a palavra escapou pela sua boca e pairou entre eles por um segundo, durante o qual os dois deram um passo à frente ao mesmo tempo, ficando tão perto que suas cinturas se colaram — ... me beija, então.

Quando os lábios do dono daquela voz pela qual ele tinha se apaixonado tocaram os seus em um beijo cheio de intensidade, mas também cheio de cuidado, Lorenzo sentiu seu mundo explodir em cores. Essa mistura ambígua energizou Lorenzo e ele puxou Conrado pela cintura, apertando-o contra si enquanto investia, pressionando sua boca na dele, sentindo o sabor da língua que cantara canções tão bonitas sobre amor poucos minutos atrás.

Então, se afastaram. Conrado repousou as mãos na nuca de Lorenzo, recusando-se a deixar ele ir. Apenas se olharam mais uma vez e se atracaram de novo, pouco se importando que estavam de pé em um bar lotado. Mas ninguém pareceu dar a mínima para eles. O mundo continuava girando ao redor enquanto eles desaceleravam no tempo e apreciavam aquele momento tão particular.

Quando já estavam ficando sem fôlego, se afastaram de novo, rindo. Lorenzo apreciou os olhos de Conrado que o fitavam diretamente, os fios de cabelo, cobrindo parte de sua testa, e os afastou de maneira suave. Deixou que as pontas de seus dedos tocassem aquele rosto perfeito e falou:

— Eu disse, Conrado Dias. Eu acredito em você. — E indicou o cartão da empresária na mão do cantor.

Conrado sorriu, balançando a cabeça em negação.

— Acho que você é meu amuleto da sorte, então.

— Não, eu só...

— Cala a boca — Conrado interrompeu, brincando. — Só aceita. E, já que você é meu amuleto, acho que tô precisando de muita sorte antes de ir encontrar essa empresária.

— Ah, é? — Lorenzo sabia qual era a dele, mas entrou na brincadeira. — Então vem pegar sua sorte.

Conrado não desperdiçou um segundo. Avançou na boca de Lorenzo, que não se importaria em ser o amuleto da sorte dele se aquilo significasse enchê-lo de beijos.

SÓ UM NOVO AMOR PARA ESQUECER UM VELHO?

UM ANO ANTES DO FIM DO MUNDO

Lorenzo se viu pedindo um Uber às três e meia da madrugada na sala de um desconhecido. Bem, não *totalmente* desconhecido. As coisas com Lucas esquentaram no karaokê e, depois de algumas cervejas e outras bebidas mais fortes, ele se viu indo para a casa do rapaz.

— Vai logo, pelo amor de Deus! — Michele havia dito quando ele contou que estava cogitando aceitar o convite de Lucas, apesar do receio. Era estranho estar fazendo aquele tipo de coisa de novo.

— Faz tanto tempo que não saio com outra pessoa — dissera para a amiga, afastado de Lucas e das outras mulheres que o acompanhavam. Sentiu um embrulho no estômago. Olhou para trás, o movimento causando uma leve tontura. — Eu não sei mais flertar, amiga. Perdi o jeito, tô enferrujado...

E começou a rir incontrolavelmente. O álcool o deixava assim.

— Só me manda a localização pelo celular e, se precisar, eu vou te buscar no meio da noite — Michele havia dito, segurando-o pelos ombros e forçando-o a olhar para ela. — Vai viver!

E ele foi, mas preferia que não tivesse vivido nada daquela noite. A pegação com Lucas foi boa, e o fez se sentir vivo e desejado, pelo menos durante o tempo em que os dois ficaram. Mas depois Lucas pareceu ter se cansado da sua presença e simplesmente falou:

— Amanhã tenho que acordar cedo. Cê pode chamar o Uber lá na sala. Só encosta a porta depois.

Por isso, Lorenzo estava na sala escura, olhando a tela brilhante do celular em plena madrugada. Já haviam se passado uns vinte minutos e ninguém aceitava a corrida. Por um momento, pensou em ligar para Michele, mas o que ela poderia fazer? Não tinha carro para ir buscá-lo. E se ninguém aceitasse a corrida? Ele ficaria na sala de Lucas até de manhã, mas não sairia a pé de madrugada.

Já estava quase se sentando no sofá quando apareceu a miniatura de um veículo na tela do aplicativo, a dois minutos de distância. Lorenzo suspirou aliviado e saiu do apartamento.

Quando chegou no lobby do prédio, o carro já estava parando em frente ao portão. Cumprimentou o motorista e recostou a cabeça no encosto do banco, fechando os olhos e sentindo um aperto na garganta. Se sentia usado, vazio e completamente arrependido. Será que a ferida aberta por Conrado nunca fecharia?

O carro seguia pela cidade iluminada, e Lorenzo só queria chorar, mas se segurou até chegar em seu próprio apartamento e afundar na cama, protegido pelo escuro de seu quarto.

DEZ MESES ANTES DO FIM DO MUNDO

Somente um amor novo para esquecer um velho amor.

Lorenzo tinha acabado de assistir a uma comédia romântica. Não havia nada de especial na trama, era uma coisa bem água com açúcar que resolvera assistir para passar o tempo e aliviar um pouco a cabeça depois de um dia de trabalho. Mas aquela frase, dita por uma das personagens, ficou martelando em sua cabeça.

Verificou a hora no celular para se certificar de que não era tão tarde, então ligou para Michele em uma chamada de vídeo. Ela demorou mais do que o usual para atendê-lo, e quando sua imagem apareceu na tela, ela estava andando pela casa. Parecia estar saindo do quarto e indo para a cozinha, que ele reconheceu pela geladeira ao fundo.

— E aí, amigo? — Michele olhou por cima da câmera disfarçadamente antes de voltar a encará-lo. — Tá tudo bem? Aconteceu alguma coisa?

— Tá sim. Eu só... — Ela deu mais uma olhada para fora da câmera, dessa vez mexendo a cabeça discretamente, ao que Lorenzo acrescentou: — Cê pode falar agora? Tá sozinha?

— Posso. — O tom de voz não soava muito firme. — O que aconteceu?

Lorenzo estreitou os olhos, estranhando a reação da amiga, mas ela se mostrou impassível, aguardando a resposta dele.

— Eu tava aqui pensando... — hesitou, aproveitando o momento para tomar fôlego. Falar aquilo em voz alta era como dar o primeiro passo rumo à superação. — Acho que vou dar uma chance pra algum aplicativo. Me abrir pra conhecer alguém novo.

— Apoio demais. — Michele sorriu do outro lado, olhando novamente por cima do celular. — Vai em frente. Tenho certeza que você vai achar um *boy* gostoso. Ai, que delícia!

— Talvez encontre um que não me chute pra fora no meio da madrugada, né?

— Aquele foi mesmo um babaca, mas se algum deles fizer isso com você de novo, me avisa que eu dou um jeito no cara.

Lorenzo não conseguiu evitar uma risada.

— Ah, sim, pode deixar. Agora vou deixar você voltar pro que estava fazendo antes de eu te atrapalhar, seja lá o que for.

— Oxe, mas eu não tava fazendo nada, não — Michele se defendeu, mas, se tinha uma coisa que ela não conseguia fazer direito, era mentir bem.

Lorenzo assentiu, achando graça na postura confusa da amiga.

— Sei, sei... Vai lá, depois a gente se fala — disse, e encerrou a ligação.

Ainda um pouco afetado pela situação com Lucas, mesmo depois de dois meses, decidiu que seria melhor baixar o Tinder primeiro. As chances de achar alguém um pouco mais sensato eram maiores ali. Depois de colocar suas fotos e preencher algumas informações, começou a deslizar pelos perfis de alguns rapazes.

O primeiro que apareceu era bastante atraente, usava óculos e tinha o cabelo curto com fios repicados. "Michael, 26" tinha fotos em frente ao espelho, na praia e uma em uma casa de shows, com roupas coloridas e um copo pendurado por uma cordinha no pescoço. Lorenzo reconheceu aquele lugar, afinal, ele mesmo estivera lá, mas nos bastidores. Foi a primeira grande apresentação de Conrado, e ele assistiu ao show de camarote e quase chorou emocionado por ver a carreira do namorado... ex-namorado... começar a deslanchar.

Naquele dia, tinham transado no camarim, em uma de suas aventuras juntos. Também havia sido o dia em que uma coisa terrível aconteceu... Lorenzo evitou se afundar em lembranças, então rolou o perfil de Michael para baixo, até a parte em que era possível destacar suas músicas favoritas. Todas eram de Conrado. Sem pensar duas vezes, deslizou para a esquerda, descartando Michael. Não queria conversar com alguém que fosse fã do ex. Seria estranho e dificultaria não ter que pensar nele.

Mas Conrado parecia estar se espalhando como um vírus. A cada dez caras interessantes, pelo menos oito tinham músicas dele no perfil.

O que tá acontecendo com esses gays? Não sabem mais escutar outra coisa?

E assim perdurou por algumas semanas. Quando Lorenzo encontrava alguém sem vestígios de ser fã de Conrado e conseguia um *match*, procurava começar uma conversa. Às vezes, até rolava um papo legal por algum tempo, mas logo o outro cara simplesmente parava de responder. Alguns nem chegavam a responder de primeira.

A cada dia que passava, entendia menos. Não gostava da ideia de olhar para o celular como se estivesse olhando para um cardápio ou para o catálogo de uma loja, escolhendo o produto que mais o agradava. Mas precisava seguir em frente.

Em determinado momento, começou a achar que o problema era, de fato, ele. Será que suas fotos não estavam boas o suficiente? Será que ele era tão estúpido a ponto de ninguém mais se interessar? Quando a crise com a própria imagem começou a aflorar, Lorenzo decidiu tirar novas fotos para atualizar o aplicativo. Ousou fazer algumas sem camisa na frente do espelho um dia, e as mandou para Michele para ter uma segunda opinião, inseguro demais para postá-las por conta própria.

"Credo, que delícia!", foi a resposta dela. "Pode colocar, amigo. Vai ser sucesso com os *boys*. Até eu te pegava."

Com o apoio da amiga, Lorenzo criou um pouco mais de coragem e trocou as fotos anteriores pelas novas, na esperança de ter mais sucesso no aplicativo. Mas o ciclo se repetiu. Até começou algumas conversas a mais, porém voltou para o ponto de partida: uma série interminável de chás de sumiço.

Capaz de terem encontrado alguém de quem gostaram mais. Não entendo a cabeça desses caras. Mal entendo a minha, pensava.

Cansado de dar voltas e mais voltas, resolveu mudar a tática e abriu o Grindr. Quem sabe poderia haver alguma pérola por lá? Não custava tentar. Colocou no aplicativo as mesmas fotos em frente ao espelho, numa última tentativa desesperada, mas se arrependeu poucos minutos depois com as mensagens que recebeu.

"A fim?"

"Mamo agora."

"Tem local?"

Isso quando a primeira mensagem, ao invés de trazer palavras totalmente obscenas, não era um nude desconfortavelmente explícito para um início de conversa. Recebeu fotos das mais variadas poses possíveis e em ângulos que deixaram Lorenzo se perguntando como era possível alguém tirar uma foto daquele jeito.

— Essa vida de aplicativo não é pra mim — confessou, dias depois.

Ele e Michele estavam na sala de seu apartamento, enquanto algum filme passava na televisão, mas sua atenção estava na tela do celular. Lorenzo bloqueou o aparelho e o jogou em um canto do sofá.

— Mas é que você tá sendo exigente demais, né? — a amiga respondeu, levantando-se do sofá e indo até a geladeira. Tirou uma garrafa de cerveja de lá, virando um gole enquanto se sentava novamente.

Lorenzo reconheceu que ela estava certa e abaixou o olhar para o chão.

— Sim, talvez eu esteja mesmo, mas...

Ficou em silêncio, sentindo novamente o familiar vazio no peito. Aquilo que vivera com Conrado fora real, assim como o tempo que passaram juntos. Por isso ele deixara marcas tão profundas, e era impossível não sentir falta. Como não ser exigente depois de ter tido o melhor? Como esperar menos do que Conrado?

— Eu tenho medo de nunca mais encontrar o que eu tive com o Conrado — admitiu, em voz baixa.

— Talvez esse seja o problema — Michele rebateu. — Você tá procurando algo que não está lá. O que você teve com o Conrado foi com o Conrado. Algo único entre vocês dois, mas que já não existe mais. Não adianta buscar isso em outra pessoa, porque não tá lá.

Lorenzo olhou para Michele, que o encarou com uma expressão sabichona, mas ela tinha razão. E isso só tornava as coisas ainda mais difíceis.

— Pensa nisso — ela disse, então pegou o celular para rolar pelas redes sociais. — Aliás, você já parou de seguir ele?

Lorenzo não respondeu, apenas encarou a televisão, envergonhado, como se tivesse sido pego no flagra em algum ato ilícito.

— Isso diz tudo — Michele constatou.

— Mas eu preciso mesmo chegar a esse ponto? — o rapaz questionou, como uma criança que pergunta aos pais se precisa mesmo ir para a escola naquele dia. — Ele continua me seguindo.

Michele o encarou por alguns segundos, estudando seu rosto, mas também pensando, suas engrenagens visivelmente girando. A expressão dela se suavizou antes de responder:

— Não, na verdade, não precisa. Só que seria mais fácil pra você não ter que ver ele o tempo todo, sabe?

— Ah, mas se esse for o único motivo, não ia adiantar de muita coisa. Ele estaria em todos os lugares de qualquer jeito. Olha...

Desbloqueou o celular e virou a tela para a amiga. Abriu os *stories* e não foi preciso passar muitos para ver postagens com as músicas de Conrado. Para piorar, algumas eram registros de um show que havia acontecido poucos dias antes. Outras eram sobre a maior apresentação da sua carreira, que aconteceria em breve.

— Os fãs dele não me deixariam esquecer. — Lorenzo soltou uma risada tristonha pelo nariz. Não somente os fãs, mas cada canto daquele apartamento o lembrava do ex-namorado, das diversas vezes em que ele estivera ali, da primeira vez dos dois debaixo daquele mesmo teto, da vez em que Conrado chorou por...

— Caralho! Ele já tá com um milhão de seguidores! — Michele o trouxe de volta com a exclamação. Ela colocou a mão na boca numa expressão de surpresa enquanto via, no próprio celular, o perfil de Conrado no Instagram. — Ela tá mesmo deixando o cara megafamoso.

Lorenzo franziu o cenho. Não soube dizer se ouviu direito ou se tinha perdido alguma coisa durante seu pequeno devaneio.

— Ela quem?

— Quem o quê? — Michele parecia distraída com as redes sociais, sem olhar para o amigo, fingindo desinteresse no assunto.

— Ué, você acabou de falar. — Lorenzo a olhou desconfiado. Virou de lado, apoiando um braço nas costas do sofá. — Quem tá deixando o Conrado famoso?

— A menina lá, oxe!— Ela o olhou de lado por menos de um segundo, voltando a encarar o celular antes de continuar: — Aquela que cuida da carreira dele, que a gente encontrou algumas vezes, lembra não?

— Ah, a Samantha. — Lorenzo já a tinha visto algumas vezes, em diferentes ocasiões. Ela realmente trabalhava muito para fazer Conrado Dias acontecer. E o resultado estava lá, para todo mundo ver.

Caíram em silêncio. O som dos diálogos e da trilha sonora do filme mesclando-se com o dos dedos de Michele tocando a tela do celular era o único ruído no ambiente. Minutos depois, ela continuava mexendo no aparelho, até que Lorenzo disse, aborrecido:

— Meu, você não vai ver o filme, não? Só fica nesse celular!

— Pera, tô vendo uma... — Michele não terminou a frase. Olhava concentrada, com o rosto franzido de preocupação, para a tela nas mãos. Lorenzo desviou a atenção do filme e focou na amiga, prestes a perguntar o que era mais importante, mas ela soltou uma exclamação antes que ele tivesse a chance: — Caralho, olha isso aqui!

Ela se aconchegou para mais perto do amigo no sofá e virou o celular para ele. Um portal de notícias exibia uma foto de uma cena do filme *Não olhe para cima!*, mas com uma manchete que parecia bem real:

ASTEROIDE COM MAIS DE 100 METROS DE DIÂMETRO
PASSARÁ "PERTO" DA TERRA AMANHÃ

— O que é isso? O fim do mundo? — Lorenzo perguntou.

— Não — Michele respondeu, lendo a notícia. — Só um asteroide que vai passar perto da Terra. Mas não tão perto assim, vai passar sem causar nada pra gente. Ainda bem!

— Você tá com medo? — Lorenzo achou graça na voz trêmula da amiga.

— Oxe, claro que eu tô! — devolveu Michele, empertigando-se. — Eu tenho o maior medo dessas coisas.

Lorenzo lembrou-se de Conrado, que, apesar das canções românticas e melodramáticas, era sempre muito racional quando precisava ser. Imaginou o que ele diria se estivesse ali.

— Mesmo que estivesse vindo na direção da Terra, a NASA deve ter alguma forma de mudar o curso desse asteroide. — Não tinha certeza do que falava, mas, se a memória não lhe falhava, tinha a recordação de ter lido sobre isso em algum lugar.

— Nossa, espero que sim. Não quero morrer assim, não. Deus me livre. — Ele riu da reação exagerada da amiga, e ela lhe lançou um olhar de raiva, ainda um tanto nervosa. — É sério!

Por um segundo, Lorenzo imaginou o que faria se estivesse diante do fim iminente. Será que a explosão do asteroide seria um alívio ou... Muitas coisas lhe passaram pela mente: seus pais, sua carreira, sua amiga Michele e até mesmo Conrado. A única conclusão à qual chegou foi que definitivamente *não* seria um alívio.

Ele havia feito muitas coisas no auge de seus vinte e tantos anos, mas ainda havia muito mais que queria fazer. Ele precisava viver.

Ainda bem que o tal asteroide não ia causar nenhum impacto na Terra.

AS PRIMEIRAS DE TODAS AS PRIMEIRAS VEZES

TRÊS ANOS ANTES DO FIM DO MUNDO

As mãos até tremeram com aquela visão, e Lorenzo quase derrubou o celular. Estava pronto para filmar, mas por pouco não perdeu toda a postura ao ver Conrado sentado em seu sofá. O cantor jogou a franja para o lado, apoiou o pé esquerdo no joelho direito e posicionou o violão no colo, pronto para começar a tocar com a mão canhota.

— Assim tá bom? — perguntou, levantando o olhar para Lorenzo.

— Tá ótimo — respondeu, sincero.

A verdade era que poderia passar horas olhando para o rapaz sentado daquele jeito, sem nada de excepcional na pose, mas admirando cada detalhe: os olhos avelã, a pele meio rosada depois de sair do sol, a forma como os dedos seguravam o violão, ansiosos para tocar e mostrar ao mundo seu talento...

— Não tá estranho, não? Essa pose...

— Tá perfeito, Conrado. Relaxa e faz o que você sabe fazer de melhor.

Poucos dias haviam se passado desde o show no bar. Conrado havia entrado em contato com a empresária, Samantha, que pedira alguns vídeos dele cantando, mesmo já o tendo visto ao vivo. Gravar na sua própria casa não seria uma boa ideia, já que, além dos colegas com quem dividia o aluguel serem barulhentos, um dos vizinhos estava realizando obras. Então, se não quisesse que a melodia ficasse enfeitada com o som de furadeiras e martelos, teria que achar outra opção.

Foi então que Lorenzo o convidou para ir encontrá-lo em seu apartamento, aproveitando que o colega de quarto dele, um tal de Léo, não estaria em casa.

— Ele vai se mudar em breve e precisa sair pra resolver umas coisas da casa nova. Logo vou ter o apartamento só pra mim — Lorenzo comentou, incerto, tímido demais. — Se quiser, te ajudo a gravar.

Conrado aceitou na mesma hora, então, ali estavam os dois, escolhendo a melhor pose para expressar confiança no vídeo. O repertório já tinha sido definido, mas Conrado vinha fazendo mistério. Só queria que Lorenzo descobrisse quando estivesse gravando.

— Pronto pra descobrir a primeira música? — perguntou, estreitando os olhos.

Lorenzo assentiu, numa impaciência fingida, e começou a gravar. No mesmo momento, os dedos de Conrado deslizaram pelas cordas do violão e as notas musicais subiram no ar. Demorou uns dez segundos para que ele entoasse os versos da canção, mas Lorenzo já tinha reconhecido qual era a música antes disso. Por algum motivo que ele não conseguiu explicar, sentiu uma súbita timidez e as bochechas enrubescendo.

Ô dengo
Me fala tudo sobre o mundo
Que eu não consigo debater
Me apresenta tuas opiniões
Deixa eu lhe convencer

Quando Conrado levantou o olhar do violão, foi difícil manter o celular firme. Ainda mais ao ser alvo de um sorriso carregado de segundas intenções, que corroboraram as palavras que lhe saíam pelos lábios como a música mais linda que Lorenzo já tinha ouvido.

Na voz de Conrado, *qualquer* música ficava ainda mais bonita. Era como mágica.

Que tu é o ser mais bonito
Que eu tive a sorte de conhecer
E agora que tá aqui comigo
Não vai mais não

Conrado travou o olhar não na câmera do celular, mas diretamente nos olhos de Lorenzo. Um arrepio suave ameaçou subir pela espinha do rapaz no mesmo momento em que um frio agradável agitou sua barriga. Enquanto isso, a expressão ao mesmo tempo suave, confiante e feliz do músico deixava claro que ele não só cantava aquela música, como também acreditava no que dizia e queria que Lorenzo entendesse. Estava cantando para ele.

Ô dengo
Se tu prometer ficar
Te canto todos os dias
Todas as alegrias
Que você me presentear
Juro café da manhã preparar
Dar-te mil beijos pra te acordar
Me deixa cumprir
É só não ir

Lorenzo se perdeu em Conrado durante o resto da canção. Absorveu cada detalhe que captou. Os olhos que se fechavam por alguns segundos enquanto sentia as palavras. O sorriso colado nos lábios que nunca vacilou e que o fez acreditar em conto de fadas, porque, nossa, como era encantador! O conjunto de toda aquela cena de repente fez os olhos de Lorenzo marejarem. Como era possível sentir tudo aquilo em tão pouco tempo?

A música acabou e Conrado colocou o violão de lado, mas não o sorriso. Lorenzo ficou estático, ainda segurando o celular, gravando por mais alguns segundos, incapaz de se mover.

— Pode parar de gravar. — Conrado avisou e continuou sentado, achando graça.

Só então Lorenzo se mexeu, despertando. Parou o vídeo, soltando um "uau" baixinho enquanto se aproximava do sofá, entregando o celular a Conrado.

— Eu posso cortar o fin... — Conrado se interrompeu de repente ao olhar para o rapaz mais de perto, parado de pé à sua frente — ... você tá chorando?

Lorenzo riu desconcertado e passou as costas das mãos pelos olhos, secando a lágrimas que não chegaram a cair.

— Não, eu só... — Virou de costas, envergonhado demais. Sentiu o corpo se retesar por um momento e um arrepio na nuca quando Conrado se levantou e o abraçou por trás. Apesar da novidade, Lorenzo percebeu naquele mesmo segundo que os braços de Conrado poderiam se tornar seu lugar favorito. — É que você tem tanto talento, canta tão bem. Sua voz passa toda a emoção da música, como se você respirasse aquelas palavras, e me fez pensar que... Parecia que...

De repente, sentiu-se bobo e se perdeu no meio da frase. Ele estava imaginando coisas e se deixando levar pelas emoções. Era fácil deixar acontecer, mas também difícil de perceber o que era real e o que era invenção de seus próprios desejos.

Conrado esperou. Apertou o corpo contra Lorenzo e beijou sua nuca, deixando os lábios descansarem na pele macia, sentindo os pelinhos do rapaz eriçando.

— Parecia o quê? — encorajou.

— Nada. Eu tô imaginando coisas...

— Será?

Conrado virou Lorenzo em seus braços, fazendo-o encará-lo de frente. Estavam tão próximos que seus narizes quase se tocavam e podiam sentir a respiração um do outro. Mas Lorenzo não conseguiu formular uma frase que fosse. Seus olhos foram atraídos para a boca convidativa de Conrado.

— Me conta, parecia o quê? — ele insistiu.

Respirando com dificuldade ao tentar lidar com tudo ao mesmo tempo, Lorenzo respondeu:

— Que você acredita nas palavras da música... — tomou mais fôlego, sentindo as mãos de Conrado em sua cintura — ... que você dizia elas...

— Pra você — Conrado completou, avançando num beijo caloroso, capaz de incendiar o apartamento inteiro. Lorenzo apertou a nuca dele, retribuindo com todo o clamor que bagunçou seu peito.

Seus lábios de descolaram num estalo e em dois sorrisos brilhantes. Conrado sussurrou, no ritmo da canção, com sua voz perfeita:

— *Se tu prometer ficar, te canto todos os dias.*

Mal cabendo dentro de si, Lorenzo emendou:

— Eu não iria pra nenhum outro lugar, só se eu fosse doido.

— *E agora que tá aqui comigo, não vai mais, não.*

A resposta de Lorenzo de que "não vou, não" foi um puxão brusco em Conrado, trazendo-o para junto de seu corpo e segurando seu rosto com as mãos, encaixando um beijo em sua boca como se fosse o primeiro e o último ao mesmo tempo. Não era nem um nem outro, e ele ficou muito empolgado de pensar que talvez, só talvez, eles teriam muitos outros como aquele, porque sim, Lorenzo queria ficar e ouvir Conrado cantando todos os dias, para o resto de sua vida.

Com a mudança de Léo, Lorenzo ficou com o apartamento todo só para ele. Mas isso também significou ficar com todas as despesas, então precisou procurar maneiras de aumentar sua renda. Como ainda era estagiário, faltando um tempo para terminar a faculdade, seu salário não era muito. Teve que dividir seu tempo entre as aulas, o estágio e algumas aulas particulares de inglês.

E Conrado, é claro. O que, para Lorenzo, não era nenhum esforço. Com o passar dos dias, adorava cada momento a dois e apreciava mais e mais a companhia e o modo como a presença do músico em seu apartamento enchia o lar com vida. Lorenzo nunca havia sentido algo parecido antes. Não queria nomear aquilo por medo de ser muito cedo, mas tinha certeza de que era *amor*.

— Nenhuma resposta da Samantha sobre os vídeos? — Lorenzo perguntou a Conrado, enquanto saíam de mão dadas pelos portões, caminhando sob as sombras das árvores na calçada. Às vezes, Conrado acompanhava Lorenzo até o trabalho.

— Nada — Conrado suspirou fundo. Os ombros tensos denunciavam a apreensão que ele vinha sentindo desde o minuto em que os enviara para a empresária. Cada segundo sem resposta era uma tortura.

Lorenzo se postou atrás dele e colocou a mão na curva entre seu pescoço e ombros. Massageou a área tensa, e Conrado sorriu ao receber o carinho, deixando-se relaxar um pouco.

— Vai dar tudo certo. Daqui a pouco ela te retorna e... eu não faço ideia do que geralmente acontece em seguida nessas situações, mas já imaginei tudo.

— Imaginou, foi? — Conrado perguntou, divertido. Por um momento, pareceu mesmo esquecer toda a tensão sob a qual estivera vivendo nos últimos dias.

Lorenzo conseguia ver claramente a cena em sua mente. Foi andando e massageando os ombros de Conrado, mas o olhar perdido à frente já visualizava o futuro que criou.

— Claro! Essa empresária vai entrar em contato, vai te lançar e te deixar superfamoso, porque você merece. Você vai realizar seu sonho e se tornar um dos maiores, senão *o maior*, cantor do Brasil todinho. Vai encher estádios nos seus shows, vai ter fãs gritando por você na rua e...

Sua voz falhou por um momento, e o rosto encantado de Conrado enquanto imaginava aquele futuro se desfez também. Lorenzo ficou inseguro de repente, não por causa de Conrado, mas de si mesmo. Estava gostando tanto de tudo que estava acontecendo em sua vida, mas pensamentos invasivos estragavam tudo, como se ele não merecesse viver coisas boas. Como se não fosse merecedor do que imaginava para aquele futuro.

Conrado percebeu sua preocupação, parou de andar e virou de frente para Lorenzo, segurando-o pela cintura. Encarou-o e abriu um sorriso antes de falar:

— E você estará comigo em cada show, em cada passo dessa história. Afinal, eu vou precisar de você pra me inspirar a escrever músicas românticas, né?

Lorenzo não conseguiu segurar a risada. Era tão fácil e tão difícil imaginar aquele futuro com Conrado. Quando via o rapaz fazendo planos que o incluíam, aquilo o deixava feliz e esperançoso, fazendo-o acreditar por um breve instante que as coisas poderiam dar certo para ele também.

Inclinou-se para a frente, sentindo o perfume fresco de Conrado, e o beijou, demorando-se nos lábios dele, apreciando a textura macia deles contra os seus e o calor de seus corpos misturando-se à medida que o fôlego ia embora.

— Credo, dois gays! — A voz chegou aos ouvidos de Lorenzo e ele abriu os olhos, descolando da boca de Conrado.

Ao lado deles, passando despretensiosamente e digitando no celular, Michele agia como se não tivesse dito nada ou sequer visto os dois. Conrado parecia confuso, ao passo que Lorenzo começou a rir, balançando a cabeça.

— Conrado, esta é a Michele. — Lorenzo apontou para a moça, que se virou, abrindo um sorriso e guardando o celular no bolso ao se aproximar dos rapazes. Estendeu uma mão para cumprimentá-lo. — Ela trabalha comigo.

— Então você é o famoso Conrado Dias. — ela disse, quando, menos confuso ao notar que tudo não passava de uma piada interna, Conrado apertou a mão dela.

— Famoso, é? — Conrado lançou um sorriso maroto e estreitou os olhos, virando-se para o rapaz ao seu lado.

— Pois é, menino! — Michele falava, com as mãos na cintura, como se já fossem íntimos. — O Lorenzo falou tanto de você que eu acho que já sei tudo. Cê tá famoso, pelo menos pra esse aí.

Ela indicou o amigo com a cabeça e ele enrubesceu, colocando uma mão no ombro dela.

— Ela tá exagerando. — Ele girou Michele e deu um pequeno empurrão nela. — Por que você não vai em frente e eu te encontro no trabalho?

— Credo, tá com vergonha de mim? — Ela se fez de ofendida. — Tem que me assumir pros seus *boys* também, viu?

Conrado achou graça da situação toda. Gostou de Michele imediatamente.

— Vamos marcar uma cerveja um dia desses, Conrado — disse Michele, antes de seguir seu caminho.

Depois que ela já estava longe, Conrado abraçou Lorenzo, colando o rosto no dele.

— Famoso, é? — repetiu, dessa vez em um tom sensual e provocador.

Cada vez mais à vontade perto do homem mais bonito que já tinha visto em toda sua vida, e ainda sem acreditar que ele estava ali, agarrado nele, Lorenzo admitiu:

— Pra mim, você é e sempre será famoso, Conrado Dias.

— Ah, é? — ele sussurrou, roçando os lábios nos de Lorenzo, causando um arrepio nele. — Gosto da ideia. Famoso *e seu*.

A ênfase no fim da frase acendeu em Lorenzo uma chama que o fez beijar Conrado ainda mais forte. Não se importaram de estar no meio da calçada, com gente passando por perto. A química entre eles era forte demais para ser contida.

Lorenzo estava debaixo do chuveiro, com os olhos fechados, sentindo a água cair diretamente em seu rosto, quando ouviu o interfone tocando na sala. Demorou alguns segundos até desligar tudo e sair do banho, se enrolando na toalha às pressas. Já passava das dez horas da noite e ele não tinha pedido nada para comer, então estranhou que alguém estivesse na portaria o chamando. Só podia ser engano. Não seria a primeira vez.

— Oi, seu Lorenzo — cumprimentou a porteira, Janaína. — O Conrado tá aqui na frente. Posso liberar?

Seu coração deu um salto no peito e quase pulou pela boca em euforia ao ouvir aquilo. Demorou mais do que o normal para se recompor da surpresa boa e responder, um pouco confuso:

— Er... claro. É... Pode deixar ele subir. Obrigado, Janaína.

Lorenzo desligou o interfone e voltou para o banheiro. Em frente ao espelho, passou um creme de pentear e ajeitou os fios de cabelo molhados e secou as pontas com uma toalha de rosto. Sem se dar por satisfeito com a aparência, com medo de parecer desleixado ou algo assim, virou o rosto de um lado ao outro, certificando-se de que estava tudo em ordem, mesmo que não soubesse o que exatamente estaria fora de ordem.

As batidas na porta da sala vieram e ele teve que sair para atender. Demorou apenas alguns segundos para cruzar parte do apartamento de quarenta metros quadrados, mas foi o suficiente para que mais cinco batidas ressoassem. Respirou fundo duas vezes antes de abrir a porta.

Conrado não esperou o convite. Entrou, parando no meio da sala, inexpressivo. Tinha a boca meio aberta e um olhar perdido, um tanto desolado. Lorenzo fechou a porta, olhando para o rapaz no meio da sua sala, preocupado.

— O que aconteceu? — Lorenzo temeu, pois chegar de surpresa àquela hora da noite só podia ser um mau agouro.

Ao dar mais um passo em sua direção, pôde observar melhor e perceber que Conrado parecia incrédulo, não desolado. Lorenzo conseguiu enxergar seu próprio reflexo dentro dos olhos do rapaz, dentro da galáxia que habitava em Conrado.

— Eu não conseguiria te contar por mensagem — ele disse, a voz trêmula, segurando algo.

Lorenzo já imaginou o que viria a seguir. Sua insegurança característica ativou as vozes de sua cabeça, que lhe gritaram dizendo que Conrado daria um ponto final àquilo que eles nem começaram. Ele começou a se preparar. Era melhor assim mesmo. Terminar tudo antes que começasse, para evitar estreitar qualquer tipo de laço. As palavras que saíram da boca de Conrado o atingiram com um baque, mas não o desestabilizaram.

— Ela adorou os vídeos, Lorenzo — ele começou, e sua expressão incrédula foi se transfigurando, o rosto se iluminou e ele ficou ainda mais bonito, se é que isso era possível. — A Samantha! Ela me ligou...

Conrado fez uma pausa. Seus olhos brilhavam por causa do acúmulo de lágrimas de alegria neles. Ele se aproximou de Lorenzo e o segurou pelos ombros, chacoalhando-o de leve ao continuar:

— Ela me ligou e quer gravar músicas autorais! Ela quer que eu escreva e grave minhas próprias músicas!

Lorenzo sentiu o alívio ao mesmo tempo em que a euforia o dominou. Ficou tão feliz por Conrado que também quase chorou. Abriu um sorriso e o puxou pela cintura para um abraço apertado enquanto gritava junto com ele, sem se importar que os vizinhos escutassem e reclamassem por causa do horário.

— AAAAAAH, eu sabia! Eu sabia! Eu sabia! — Lorenzo entoou, animado.

Conrado gritou, abafado pelo ombro de Lorenzo, onde apoiava a cabeça. Mal conseguindo se conter, os dois se afastaram por um instante, se encararam e riram alto, pulando como se comemorassem um gol em Copa do Mundo.

— Eu sabia, Conrado!

— Eu nem consigo acreditar nisso!

— Não esperava menos de você!

— Ela quer assinar um contrato comigo! Eu não sei nem o que dizer.

— Não precisa dizer nada, só grita.

Conrado parou por um momento, encarando-o com um sorriso de orelha a orelha. Ergueu uma sobrancelha, pedindo permissão. Lorenzo assentiu, então ele abriu a boca e gritou:

— CONSEGUI, PORRA! EU VOU ASSINAR UM CONTRATO DE GRAVAÇÃO! AAAAH!

Lorenzo puxou as mãos de Conrado, dançando com ele ao som da música que eram seus gritos alegres de celebração. Se levasse uma multa, não se importaria, pois nada era mais precioso do que ver a felicidade do rapaz à sua frente. Perdeu-se na cena, vendo tudo acontecer em câmera lenta. Seus pulos, seus gritos, os dentes que compunham seu sorriso, as mãos se tocando, a dança empolgada. A euforia era de Conrado, mas Lorenzo a sentia como se fosse dele próprio. Que estranha e boa era a sensação de ficar genuinamente feliz por outra pessoa.

Com os dedos entrelaçados, pararam de pular e se olharam, rindo à toa. O rosto de Conrado estava molhado pelas lágrimas. Ele respirou fundo e só então pareceu olhar para o resto do corpo de Lorenzo, uma expressão maliciosa cobrindo-lhe a face de repente.

— Você tá de toalha — afirmou, não perguntou.

Enrubescendo ao perceber que nem tivera tempo de colocar a roupa, sentindo-se subitamente exposto, Lorenzo cruzou os braços e assentiu.

— Você chegou de repente — disse. — Eu tava no banho, não tive nem tempo de me arrumar direito. Eu vou...

Antes que conseguisse terminar a frase e fosse para o quarto se vestir, sentiu a mão de Conrado segurando seu punho de leve. Uma pequena onda elétrica disparou do ponto onde foi tocado por todo seu corpo quando ele o encarou. Lorenzo parou e esperou. Por vários segundos, os dois apenas se olharam, suas respirações baixas sendo o único som ecoando.

Como se uma corda invisível os conectasse e encurtasse pouco a pouco, foram se aproximando. O hálito fresco de Lorenzo fez cócegas na pele de Conrado. Impelido pela sensação que o toque suave causou, ele avançou, encaixando as mãos na cintura de Lorenzo, e o beijou. Lorenzo estremeceu ao sentir o toque diretamente em sua pele, as mãos de Conrado suavemente invadindo a toalha enrolada em seu corpo. Segurou-o pela nuca e tocou a língua dele com a sua num beijo efervescente.

A toalha caiu no chão de uma vez, e Lorenzo não se importou de estar completamente nu. Pelo contrário, sentiu uma onda elétrica ativar cada átomo de seu corpo, causando arrepios que percorreram suas curvas. Tomado por uma coragem súbita, arrancou a camiseta de Conrado entre beijos ofegantes e o empurrou até o sofá, onde ele caiu sentado, com um sorriso no rosto.

Aquele olhar provocante, alegre e convidativo excitou Lorenzo, ainda mais quando Conrado levantou uma mão e o tocou no meio das pernas. Uma explosão de cores e sensações ofuscou sua visão, e Lorenzo fechou os olhos. Quando sentiu a boca de Conrado envolvê-lo, Lorenzo teve certeza de que fora transportado para uma dimensão à qual somente aquele rapaz poderia levá-lo. Esse era mais um de seus poderes mágicos. Sentiu o vai e vem da boca de Conrado e quase perdeu o equilíbrio quando ele usou a língua, matando-o de tanto prazer. Um gemido alto escapou pelos seus lábios. Com as duas mãos, Lorenzo agarrou a cabeça de Conrado, seus dedos perdendo-se entre os fios macios de seu cabelo, e permitiu-se apenas sentir a melhor sensação que já experimentara em uma situação como aquela. Conrado era mesmo o melhor em tudo que fazia.

Quando houve uma pausa, inclinou-se e beijou os lábios de Conrado, sentindo o próprio gosto nele. Depois, ajoelhou-se diante dele no sofá e abriu as pernas do cantor. Com agilidade, tirou sua calça e jurou que podia ficar anos a fio admirando a beleza do homem sentado em sua sala. Somente olhando, sem fazer mais nada. Mas não podia deixar o momento passar.

— Agora é a minha vez — disse, lançando um sorriso maroto para Conrado. Inclinou-se ainda mais e o chupou. Conrado se recostou, soltando gemidos de prazer enquanto agarrava o estofado.

Não conseguiu discernir o tempo que ficou ali, mas soube que foi considerável quando percebeu o quanto estava molhado na boca de Lorenzo após ter sido levado às nuvens. Pegou seu rosto com as mãos, levantou-o um pouco e se inclinou para beijá-lo.

— Vamos terminar isso no seu quarto.

Lorenzo, ofegante, sorriu e assentiu. De pé, os dois deixaram as roupas e a toalha no chão da sala e se apressaram para a cama.

— Eita, porra! Eu nem vi a hora!

Conrado sobressaltou-se quando olhou para a Alexa na mesa de cabeceira. Enrolados em meio aos lençóis quase duas horas depois de terem ido para o quarto, os dois estavam suados, ofegantes e satisfeitos. Conrado descansava no peito de Lorenzo, que acariciava seu cabelo, mal conseguindo acreditar que um encontro com um músico no metrô o levara até aquele momento, deitado sem roupa com ele em seu apartamento.

— O que foi? Você tem algum outro lugar pra ir hoje?

— Não. — Conrado sorriu e sentou-se na cama, fazendo com que os lençóis se emaranhassem em suas pernas. — É que eu fiquei tão empolgado pra te dar a notícia que nem percebi que era tão tarde quando vim pra cá.

— Foi uma das coisas mais fofas que eu já vi!

Lorenzo acariciou o rosto perfeito de Conrado, percorrendo seu queixo com os dedos. Saber que ele foi a primeira pessoa em quem o rapaz pensou quando recebeu a notícia o fazia dar pulos de alegria por dentro.

— Me desculpa por ter vindo tão tarde. — Conrado quase nunca se envergonhava, mas estava ficando sem graça, a julgar pelo leve enrubescer de suas bochechas, que já eram naturalmente um pouco rosadas. — Amanhã a gente precisa ir cedo pra aula, então eu vou te deixar dor...

— Você tá usando isso como desculpa pra ir embora, é? — Lorenzo questionou em tom de brincadeira, mas no fundo tinha um leve receio de que fosse verdade. — Fica comigo hoje.

Conrado não respondeu, apenas o encarou com um olhar indecifrável. Aos poucos, seus olhos foram ganhando um brilho e um sorriso surgiu em seus lábios. Ele pulou para cima de Lorenzo, beijando-o como se fosse a primeira vez de novo.

— Eu fico. — As palavras saíram abafadas entre um beijo e outro. — Eu fico sempre que você quiser.

Embolaram-se entre abraços e carícias em meio aos lençóis amassados, e aquela foi a primeira vez que passaram a noite juntos, depois de terem sua primeira vez. Foram as primeiras de muitas primeiras vezes que ainda teriam juntos.

Ainda naquela noite, o gosto, o cheiro e a presença de Conrado começaram a se estabelecer naquele apartamento. Mesmo alguns anos depois, quando ele já não estivesse mais ali, essas sensações ainda perdurariam, para não deixar que Lorenzo se esquecesse dele.

Como se isso algum dia fosse possível.

TUDO O QUE ELE FAZ

TRÊS ANOS ANTES DO FIM DO MUNDO

— E se ela não gostar e tudo acabar antes mesmo de começar?

— Relaxa, Conrado. Eu que sou o nervoso e inseguro aqui. Ela mesma disse que amou o material enviado... Quais foram as palavras dela mesmo?

— Que nunca tinha visto "tamanha autenticidade e sentimento".

Conrado fez o sinal de aspas com os dedos enquanto as portas do elevador que ele dividia com Lorenzo se abriram, revelando a recepção do pequeno, mas luxuoso, estúdio. Antes que o recepcionista pudesse dizer algo aos dois, Samantha apareceu de um corredor do lado direito, se aproximando com os braços abertos e uma expressão sorridente no rosto, que combinava com os óculos de sol cor-de-rosa que cobriam quase toda sua face.

— Olha só se não é minha futura estrela! — disse ela ao dar um abraço forte em Conrado. Todo o nervosismo pareceu sumir de seu corpo quando ele sorriu ao ser chamado de *estrela*. Até sua postura ficou mais confiante.

— Cuidado que eu posso acabar gostando de ser chamado assim — brincou ele.

— É pra se acostumar mesmo, porque é isso que vai acontecer, bebê! — Ela tocou o queixo dele com o indicador, levantando sua cabeça para completar a pose imponente.

Conrado não conseguiu conter a empolgação tomando conta de sua feição. Com um brilho no olhar, virou-se para Lorenzo.

— Ah, Samantha... — ele começou a dizer, indicando o rapaz com as mãos — ... esse é o Lorenzo, meu...

Conrado perdeu a voz, o fim da frase se dissolvendo em um silêncio no meio do caminho. Coçou atrás da cabeça, um pouco sem graça ao não saber como terminar a frase.

Samantha esperou com um sorriso no rosto, mas como não houve continuação, ergueu a mão para Lorenzo, que a apertou de maneira cordial. Os olhos por trás dos óculos chamativos o fitaram e ela abriu um sorriso, esperando uma resposta, que demorou mais alguns segundos para chegar.

— Eu sou o assistente dele — Lorenzo brincou, olhando de uma para o outro. — Fui eu quem fiz as gravações. Acho que o material tem tudo pra viralizar daqui um tempo como "Conrado Dias antes da fama".

Samantha riu. Gargalhou como se tivesse acabado de ouvir uma piada muito boa. Colocou as mãos no peito, parando um minuto para retomar o ar.

— Gostei desse daqui, hein, Conrado! Muito prazer, xuxu!

Samantha virou para o corredor de onde tinha vindo. De costas, ergueu uma mão e sinalizou com o indicador para que eles a seguissem.

— Bora ver o futuro álbum de estreia mais famoso do país nascendo?

Conrado só faltou explodir de alegria. Olhou para Lorenzo e estendeu a mão para ele, que a segurou sem pestanejar. E assim os dois acompanharam Samantha estúdio adentro.

Lorenzo já tinha ouvido quase todas as músicas que Conrado havia composto nas últimas semanas, mas ficou ainda mais encantado ao vê-lo cantando ali. Tão encantado que quase esqueceu de Samantha ao seu lado e mais um rapaz que mexia em um computador ao mesmo tempo em que Conrado cantava, ajustando alguma coisa que ele não entendia.

Durante as próximas horas, ficaram gravando, regravando e editando. Em certo momento, Samantha se aproximou de Lorenzo enquanto Conrado tocava um violão e cantava um refrão do lado de dentro de uma sala acústica. Ela perguntou, perto de seu ouvido:

— Você tá preparado?

Lorenzo tirou os olhos do cantor e se virou para a mulher.

— Preparado? Pra quê?

— É — Samantha continuou, mas voltou a olhar para Conrado com um sorriso. — Ele tem tudo do que a gente precisa. Em pouco tempo, não vai ter uma pessoa que não conheça o nome dele. Você tá preparado pra ver isso?

Lorenzo ficou em silêncio. Sim, ele estava preparado para *ver*. Tentou imaginar Conrado nos holofotes, os milhares de fãs por onde andasse e a vida de um astro da música. De repente sentiu a tão familiar, porém incômoda, insegurança. Será que Conrado ainda o acharia interessante depois de conquistar o mundo? Depois de ver tudo que existia lá fora e perceber o quão pequeno Lorenzo era? Depois de ir tão alto, alcançar o céu... Será que Lorenzo conseguiria acompanhá-lo até o topo ou iria cair? Não soube responder os próprios devaneios e odiou não conseguir controlar os próprios pensamentos.

— Não deixe que ele perca essa inspiração. — Samantha não esperou pela resposta.

Mesmo sem intenção, foi exatamente isso que Lorenzo fez.

Era sexta-feira e Lorenzo tinha acabado de chegar no seu apartamento quando recebeu a mensagem de Conrado.

Posso dar uma passadinha aí?

Lorenzo começou a digitar uma resposta, mas viu os três pontinhos indicando que Conrado ainda não havia terminado.

Eu levo a janta! 😊😈

Opa! Vou querer o banquete completo!
Inclusive a sobremesa. 😉😛

Isso é um sim?

Só se você vier pra passar o fim de semana 🙊

Chego em meia hora 😋

Quarenta minutos depois, Janaína anunciou que Conrado estava na portaria. De banho tomado, dessa vez já vestido, Lorenzo liberou a entrada e esperou na porta, desamassando a roupa e ajeitando o cabelo com as pontas dos dedos.

Carregando um sorriso no rosto e uma sacola de supermercado, Conrado surgiu no corredor quando a porta do elevador se abriu. Nos ombros, uma mochila verde com alguns bottons de enfeite.

— E ele veio de mala e tudo mesmo! — Lorenzo brincou, recebendo-o com um abraço e um beijo nos lábios.

— Era essa a condição pra te ver hoje, né? — Conrado entrou na sala atrás do dono da casa, que fechou a porta em seguida. — Eu consigo fazer esse sacrifício.

Deu de ombros, com uma indiferença fingida, e colocou a sacola de mercado em cima do balcão da cozinha. Pousou a mochila em um banco e começou a desempacotar as compras. Muçarela, peito de frango, molho de tomate e outros ingredientes que foi arrumando ali.

— Hmm, acho até que vai valer a pena deixar você ficar. Pelo menos vou ter um jantar grátis em casa.

— E com um cozinheiro gostoso desses! — Conrado deu um passo para trás, apontando para si mesmo. — Realmente, só vantagens pra você.

— É, isso não posso negar. — Lorenzo ergueu as sobrancelhas, analisando o outro.

— Coloca uma música pra gente na TV enquanto eu cozinho. Hoje você vai ser servido.

Conrado lançou um olhar malicioso para Lorenzo que o fez perder o fôlego por alguns segundos. Deixando que seu impulso tomasse conta,

Lorenzo deu a volta no balcão e o beijou com todo o desejo que despertava dentro de si quando estava perto dele. Conrado revidou com a mesma vontade. Assim que se afastaram, deu um pequeno empurrão em Lorenzo.

— Vai, coloca a música lá. Você escolhe.

— Já posso colocar as suas? — brincou, enquanto pegava o controle da TV.

— Só daqui a uns meses. Estamos dando mais uns retoques antes de lançar.

— E como vai ser isso exatamente?

Lorenzo escolheu o primeiro vídeo que apareceu no YouTube, "A Cor é Rosa", do cantor Silva.

— Eu amo as músicas dele — Conrado comentou, tirando o peito de frango da embalagem e separando em uma bacia de plástico. Em seguida, continuou respondendo à pergunta: — A gente vai gravar o álbum, mas vamos lançar um single primeiro, divulgar e ver o que acontece. Aí depois soltamos tudo, vemos se rola algum show e tal — interrompeu-se por um momento, pensando. — Falando assim, parece muito fácil, né? Mas eu tô nervoso pra caralho.

— A Samantha acredita muito em você. — Lorenzo sentou-se perto do balcão. Conrado estava de costas para ele, virado para a pia. — E eu também. Sou seu fã número dois, lembra? Depois do seu pai.

— Eu amo o quanto você acredita em mim. — Conrado virou-se, sorrindo com a boca e com os olhos. — Até sinto que vou mesmo conseguir.

— Você *já está* conseguindo.

Naquela noite, Lorenzo sentiu como se estivesse em um clichê cinematográfico em que o casal cozinhava junto, se divertindo. E com direito a sonoplastia, mesmo que ela viesse da TV. Conrado queria cozinhar sozinho, então Lorenzo apenas o observou preparar uma travessa inteira de frango à parmegiana.

Entre um movimento e outro, os dois trocavam beijos, se agarravam na cozinha apertada e conversavam, rindo e curtindo. Tudo que Conrado fazia era perfeito. O modo como seu rosto franzia quando se concentrava para cortar um pedaço de frango, ou o movimento de sua mão para afastar a franja da testa, colocando uma mecha atrás da orelha. Mas o melhor de tudo era a alegria que Lorenzo sentia. Como ele cozinhava com carinho, querendo deixar o prato impecável.

Depois que a comida estava no forno, os dois sentaram-se no sofá e colocaram *Mesmo se Nada Der Certo* para assistir. Um dos filmes favoritos de Conrado, que Lorenzo já tinha visto, mas queria ver ao lado dele.

Talvez Conrado estivesse entretido demais com a TV e não percebeu, mas Lorenzo registrava cada momento em sua memória: os pés dos dois estendidos no sofá se tocavam, mesmo sem intenção. Não era um toque sexual nem nada, mas era como se fossem atraídos um para o outro. Estavam tão próximos e se tocando tão sutilmente que Lorenzo podia sentir uma pequena eletricidade e uma sensibilidade na pele. Um pequeno toque dos pés que despertava todo seu corpo.

Lorenzo tateou o sofá até encontrar a mão de Conrado e entrelaçou seus dedos aos dele no mesmo instante em que Keira Knightley começava a cantar a versão mais linda de "Lost Stars". Conrado apertou a mão de Lorenzo e se virou para ele.

— Você tá chorando? — Lorenzo quase riu ao perceber os olhos marejados dele.

— Ela é muito boa. — Ele passou a mão livre no rosto. — Esse filme mexe muito comigo. Eu fico pensando que quero viver tudo isso. Quero que as coisas deem certo pra mim como dão pra ela no final.

— Mas o namorado a abandona quando ele fica famoso. — Lorenzo tocou o rosto do rapaz, passando o polegar pela pele lisa.

Conrado riu, quase se engasgando no próprio riso.

— Eu prometo que nunca vou fazer isso com você.

Lorenzo enrubesceu com o pensamento que lhe ocorreu.

— O que foi?

— Nada. — Lorenzo tentou disfarçar, olhando para o filme.

— Eu sei que você tá pensando em alguma coisa. — Conrado chegou mais perto dele no sofá, inclinando-se para beijar seu pescoço. — Me conta.

Arrepiado sob os toques de Conrado, Lorenzo disse, um pouco hesitante:

— Bom, é que... pra você poder me abandonar, a gente tem que namorar primeiro.

Conrado abriu a boca para responder, mas o *timer* do forno apitou na mesma hora. Ele ergueu um dedo, pedindo que Lorenzo esperasse, e correu para tirar a travessa com o frango do forno. Colocou-a sobre o balcão e depois foi até sua mochila. Pegou um caderno e parou em frente à televisão. Esticou a mão para Lorenzo.

— Me empresta o controle.

Mesmo encucado com a atitude inesperada, Lorenzo obedeceu. Conrado colocou a TV no YouTube novamente e deu play em "Tudo que Eu Quero" do Silva.

— Eu me expresso melhor através da música. Até pensei em colocar uma das minhas, mas fiquei meio sem jeito, então acho que essa expressa bem o que quero dizer.

Lorenzo arrumou a postura no sofá, prestando atenção em Conrado. Ele abriu o caderno e mostrou a primeira folha, que tinha apenas o seu nome escrito, em letras grandes, que tomavam toda a página:

LORENZO...

Silva entoava a canção na televisão enquanto Conrado encarava Lorenzo com um sorriso no rosto e os olhos avelã brilhando.

Quando vi, era amor
As palavras têm poder
Tudo o que eu quero, é com você
É com você, é com você

Conrado apontou para o caderno e começou a virar as páginas, sem dizer uma palavra. Apenas dublou, mexendo o corpo no ritmo da música discretamente.

LORENZO...

VOCÊ APARECEU ASSIM: DE REPENTE. EU NÃO ESTAVA ESPERANDO NEM PROCURANDO...

Lorenzo levou a mão à boca, surpreso, mas também para conter o sorriso que explodiu em seus lábios. Quis dizer alguma coisa, perguntar o que era tudo aquilo, mas Conrado fez um sinal para que ele esperasse e continuou virando as páginas.

É INCRÍVEL COMO NÓS TEMOS ESSA SINTONIA. EU AMO QUE VOCÊ ACREDITA EM MIM, O JEITO COMO SUAS PALAVRAS TÊM O PODER DE ME FAZER ACREDITAR. AMO SUA AUTENTICIDADE, O SEU JEITO ÚNICO E QUEM VOCÊ É.

A cada página virada, a mensagem preenchia o papel em branco, causando um carnaval no peito de Lorenzo.

EU AMO O SEU OLHAR TÍMIDO, O SEU CARINHO, A SUA MÃO NA MINHA, O SEU BEIJO. AMO O QUE VOCÊ ME FAZ SENTIR.

AMO QUE VOCÊ TEM PACIÊNCIA PRA ME ESCUTAR QUANDO EU DISPARO A FALAR DE MIM. AMO O MODO COMO VOCÊ ME ESCUTA...

As mãos de Conrado tremeram um pouco, e Lorenzo percebeu que ele estava nervoso, o que o deixava ainda mais charmoso. As páginas continuaram sendo viradas, com a música ao fundo:

MAS AGORA, SOU EU QUEM QUERO TE ESCUTAR. TENHO UMA PERGUNTA A FAZER, E QUERO QUE VOCÊ ME RESPONDA.

Lorenzo começou a assentir, sorrindo de orelha a orelha, antes mesmo de a última página ser revelada:

VOCÊ ACEITA NAMORAR COMIGO? ♡

Como se tivesse sido ensaiado, a música parou no mesmo momento em que Conrado fechou o caderno e permaneceu parado, esperando por uma resposta. Lorenzo pulou para um abraço, envolvendo o rapaz pelo pescoço e o puxando para um beijo.

— Sim! Sim! É... claro... que... eu... aceito! — A cada palavra dita, foi beijando uma parte do rosto dele.

Conrado retribuiu os beijos, sorrindo e soltando o ar, parecendo aliviado depois de receber uma resposta positiva.

— Agora, quando eu for te apresentar, vou poder dizer "este é o meu namorado". Não vou me perder como aquele dia no estúdio.

Rindo, Lorenzo acariciou os fios de cabelo do rapaz. Tão macios. Amava a textura sob seus dedos.

— Acho que consigo me acostumar com isso.

Conrado o apertou num abraço pela cintura, erguendo-o alguns centímetros do chão. Giraram pela sala e então caíram no sofá, Lorenzo por baixo, segurando Conrado em cima de si. Beijaram-se outra vez, com afinco.

— Bom... — o cantor começou, descendo o beijo pela mandíbula de Lorenzo e depois passando pelo pescoço — ... agora que estamos namorando oficialmente, eu posso fazer a promessa de novo: prometo que não vou deixar você como o Adam Levine faz com a Keira Knightley no filme.

Lorenzo riu, alegre. Puxou Conrado para cima e o beijou mais uma vez.

— Posso confiar em você?

— Pode.

O erro de Lorenzo foi exatamente esse.

Ele confiou.

MUDANÇA DE ROTA

NOVE MESES ANTES DO FIM DO MUNDO

Lorenzo já não aguentava mais viver enlutado pelo fim do relacionamento. Desejou tanto uma mudança drástica no rumo que sua vida tomava, mas jamais poderia imaginar o que estava por vir.

Tudo começou com uma notícia. Ele nunca assistia à TV aberta, mas, naquele fim de tarde, após passar o dia todo trabalhando, ligou o aparelho e colocou no primeiro canal que apareceu, para deixar algum som ambiente enquanto preparava o jantar.

As imagens na tela o fizeram congelar no meio da sala com o controle remoto na mão. O programa de auditório que passava foi interrompido por uma vinheta de notícia urgente, e aquilo acelerou seu coração. Se lembrava de quando era criança e a programação era cortada para mostrar algo tão importante que não poderia esperar o noticiário noturno, geralmente um crime muito grande ou a morte de alguém famoso.

Só que ninguém havia morrido.

Ainda.

A repórter parecia estar em um salão grande. Ao fundo, um púlpito se destacava um nível acima. Ainda não havia ninguém nele, porém outros repórteres e canais concorrentes se apinhavam no ambiente. Parecia ser uma coletiva de imprensa. Juliana, a repórter, olhava séria para a câmera, pronta para dar a notícia que mudaria não só o mundo de Lorenzo, mas o de toda a humanidade:

— São exatamente seis horas e sete minutos da tarde pelo horário de Brasília e acabamos de receber uma informação...

Ela parou de falar por um segundo. Lorenzo achou que estivesse confusa, mas, na verdade, era *medo*.

— Um asteroide que devia passar próximo da Terra há algumas semanas, e aparentemente havia desaparecido, voltou a ser identificado pela NASA.

A repórter se esforçava para manter a postura diante da câmera. Lorenzo percebeu o leve tremor em sua voz quando ela continuou:

— Esse asteroide, de cerca de cem metros, passou próximo do nosso planeta, mas a uma distância totalmente segura, e seguiu em frente. Porém...

O coração de Lorenzo deu um salto. As palavras pareciam chegar devagar até seus ouvidos.

— ... um novo asteroide, que até então estava oculto, foi detectado por especialistas. Segundo a NASA e a AEB, foi confirmado que um asteroide com cerca de vinte quilômetros de diâmetro está em rota de colisão direta com a Terra.

Lorenzo arregalou os olhos, caindo sentado no sofá. O controle remoto escorregou pelas suas mãos quando ele as apoiou no joelho, mal acreditando no que ouvia. Não entendia nada sobre o assunto, mas pelo tom da notícia e a julgar pelo tamanho do asteroide, imaginou que era muito grave. Tinha o dobro de tamanho daquele que causou a extinção dos dinossauros.

A transmissão então passou para uma moça elegante de cabelo curto, preto e liso que subiu ao púlpito. Pela legenda, lia-se o nome da especialista, doutora Ananda del Rey. Lorenzo esqueceu a fome que sentia e ficou com os olhos vidrados na tela da TV. Diante da enxurrada de perguntas dos repórteres, a doutora começou:

— Apesar de a notícia parecer assustadora, não há motivos para pânico. Existem tecnologias que podem e serão usadas para mudar o rumo desse asteroide, para que ele não chegue próximo à nossa atmosfera.

Um burburinho subiu dos repórteres quando várias perguntas foram feitas ao mesmo tempo. Ananda parou para ouvir um repórter que perguntou:

— Há quanto tempo essa informação vem sendo guardada?

— Esse asteroide foi identificado há poucos dias. Embora existam tecnologias que podem detectar objetos que representem perigo à Terra com dezenas de anos de antecedência de qualquer colisão, este objeto estava numa rota cuja identificação foi dificultada, entre outros fatores, pelo brilho do Sol.

— Seguindo a rota em que ele está hoje, em quanto tempo esse asteroide pode colidir com a Terra? — perguntou Juliana, com a mão erguida.

A doutora encarou a repórter por alguns segundos. Como se hesitasse, respirou fundo e ajeitou a postura antes de dizer:

— Pela velocidade com que se move, pouco menos de um ano.

Vários jornalistas começaram a lançar perguntas ao mesmo tempo, e Ananda tentou acalmá-los com mais algumas respostas.

— Não é certo que esse asteroide atingirá a Terra...

— Mas essa missão de desvio terá sucesso? — alguém a interrompeu.

Nervosa, a doutora hesitou mais uma vez. Piscou algumas vezes, a expressão séria em seu rosto se tornando compassível. Foi como ver uma profissional falando de assuntos extremamente técnicos se tornar um ser humano cheio de emoções à flor da pele.

— Eu posso perder meu emprego por isso, mas... — ela olhou para a multidão de repórteres, refletindo. Em casa, Lorenzo prendeu a respiração junto com a plateia silenciosa — ... é muito improvável que qualquer ação humana possa mudar a rota desse asteroide. Em menos de um ano, o mundo vai acabar.

Dezenas de vozes se ergueram após a revelação, como uma enxurrada de perguntas e gritos, ficando cada vez mais alta. Vários repórteres se levantaram e correram para perto do púlpito, clamando por mais informações, por explicações, algo que fizesse sentido em meio à balbúrdia que a coletiva de imprensa havia se tornado. Um homem de terno puxou Ananda com força, fuzilando-a com o olhar e retirando-a dos holofotes.

Ele tomou o microfone para si, tentando argumentar que a doutora Ananda estava equivocada, que o caso estava em boas mãos, mas as vozes se sobrepunham à dele, tornando impossível que alguém focasse em suas palavras.

— Fim da entrevista! — anunciou o homem, abandonando o microfone e o púlpito para fugir das câmeras.

Lorenzo tentou encontrar sentido em meio ao caos que se desenrolava em rede nacional. E ao caos em seus pensamentos. Não era possível que aquela cena de ficção científica estivesse acontecendo diante de seus olhos. Um asteroide gigante em rota de colisão com a Terra? Só podia ser um sonho. Essas coisas só aconteciam em filmes. Precisava confirmar com outras fontes.

Mudou de canal quando a imagem voltou para o programa de auditório, mas, por onde passava, parecia que somente aquele assunto era relevante. Os diversos tipos de programa discutiam sobre o mesmo tema, e até alguns especialistas já estavam sendo contatados para opinar. A gama de informações fez o cérebro do rapaz travar. Não conseguiu prestar atenção em muitas coisas, mas pegou pedaços de discussões falando sobre "velocidade", "tamanho do impacto", "desastres ambientais", "missão de desvio".

Ele já não sabia no que acreditar. Desligou a TV, buscando acalmar o burburinho que surgia em sua própria cabeça, mas não conseguiu. Se estava mesmo diante do fim do mundo, não tinha a menor ideia do que fazer. Pensou em apenas três pessoas naquele momento: sua mãe, seu pai e Conrado. Relacionamentos que acabaram e ainda o machucavam muito por dentro.

Será que valia a pena procurá-los, visto que em alguns meses o mundo ia, literalmente, explodir?

A primeira tentativa foi uma ligação para Michele. Ela não atendeu, mesmo após alguma insistência. Frustrado, Lorenzo ficou olhando para a tela do celular, ponderando o que fazer. Rolou pela *timeline* das redes sociais e não se falava em outra coisa: a notícia do asteroide era o assunto do momento. Centenas de teorias começavam a surgir. Alguns acreditavam nos fatos, outros os negavam, dizendo que era invenção da mídia para criar pânico.

Invenção ou não, Lorenzo acreditou. Uma coisa daquele tamanho só poderia causar a destruição total da Terra ou, no mínimo, sequelas ambientais que dificultariam a sobrevivência da espécie humana.

Muitas vezes, a morbidez já o havia feito pensar em como morreria. Um acidente, uma doença, um assalto... mas nunca algo assim, tão próximo da ficção. Só que agora era a vida real. Não havia nada de ficção científica. E o que lhe restava fazer no menos de um ano que tinha?

Lorenzo tinha muitos assuntos não resolvidos. Coisas com as quais preferia evitar lidar. Um dia as resolveria, qualquer hora lhes daria atenção, no momento certo pensaria naquilo... sempre depois. Mas, antes, existia um *depois*. O *depois* poderia nunca chegar se ele não agisse logo.

Deslizou o dedo pela tela do celular, buscando nos contatos até encontrar a palavra "mãe". Confirmou a ligação e levou o aparelho ao ouvido, aguardando os toques.

Um...

Dois...

Sua pulsação foi acelerando, tentando achar as palavras que diria quando... ou *se*... ela atendesse. Imaginou-a vendo seu nome na tela e ignorando a ligação.

Quando o quarto toque ia começar, a voz que ele conhecia tão bem surgiu do outro lado da linha:

— *Alô?*

Em silêncio, Lorenzo prendeu a respiração. Os segundos foram se passando. O rapaz abriu a boca para falar algo, mas não conseguiu emitir qualquer som, muito menos formular uma frase. O que diria para ela depois de tudo? Depois de a mulher ter deixado claro que não queria vê-lo a não ser que ele mudasse e abdicasse do "caminho do mal"?

Não tinha o que dizer. Na verdade, seus pais é que deviam procurá-lo e pedir perdão pelas coisas horríveis que haviam dito tanto tempo atrás.

Mas, em seu coração, Lorenzo não conseguia odiá-los. No fundo, queria ouvi-los dizer que estavam errados, que o amavam. Afinal, poderiam nunca mais ter a chance de fazer isso.

— *Alô? Quem tá falando?*

Ele fechou os olhos, reprimindo uma lágrima, no mesmo instante em que ouviu a voz do pai, ao fundo, do outro lado da linha:

— *Quem é, Rita?*

— *Não sei, não tenho o número. Deve ser aquelas gravaç...*

Lorenzo desligou, incapaz de continuar ouvindo. Nem mesmo seu número de telefone a mãe guardara. Ela o tinha apagado completamente de sua vida.

Apertando o celular contra o peito, como se apertasse o próprio coração, Lorenzo olhou através da janela, percebendo o céu alaranjado do fim de tarde dando lugar à noite.

Seus pais não queriam saber dele, sua amiga Michele devia estar ocupada, já que não conseguia atendê-lo. Só restava mais uma pessoa.

Ou será que não?

Imaginou onde Conrado estaria naquele instante. Com quem estava. Como estaria reagindo à notícia do fim do mundo. Será que seu número ainda era o mesmo, agora que ele era o novo astro do pop nacional? Será que atenderia se ele ligasse para saber como estava?

Lorenzo achou o contato do ex-namorado e ficou encarando seu nome. Apenas um toque seria o suficiente para conectá-lo com ele. Só um toque e poderia ouvir sua voz de novo, falando diretamente com ele, e não por meio das músicas que todos ouviam. Mas aquela voz que já o tinha acalmado tantas vezes e o convidado para viver tantas coisas juntos, aquela voz pela qual tinha se apaixonado no metrô apenas dois anos antes, também tinha virado seu mundo de cabeça para baixo.

O dedo passeou em círculos sobre a tela do celular, seu cérebro hesitando para ligar. Mas aí se lembrou da praia, do exato momento em que o ano virou e que Conrado terminou com ele, expulsando-o de sua vida como se ele fosse um peso que o atrasaria em sua nova era de fama. E então Lorenzo desistiu.

Talvez ele fosse mesmo um peso na vida das pessoas. Nem seus pais o quiseram, por que Conrado haveria de querer?

Mais uma vez, Lorenzo Mendes estava só.

Dessa vez, sem companhia para enfrentar o fim do mundo.

NAS NUVENS

DOIS ANOS E ONZE MESES ANTES DO FIM DO MUNDO

— Mentira, gay! — Michele o encarou, surpresa e um tanto desconfiada. — É sério isso?

— Ué, é tão difícil acreditar que ele me pediu em namoro? — Lorenzo cruzou os braços, apoiando-se no encosto da cadeira, fingindo estar bravo.

— Que ele te pediu em namoro, não — ela rebateu, inclinando-se sobre a mesa para chegar mais perto do amigo. — Mas achei bem boiolinha o jeito que ele escolheu.

Lorenzo bufou pelo nariz, achando graça.

— Aposto que você ia adorar se alguém fizesse o mesmo com você!

Michele deu de ombros, desviando o olhar do amigo, observando o estabelecimento onde estavam, um restaurante decorado para simular uma praia. O chão era de areia, havia coqueiros em alguns pontos do extenso salão onde ficavam as mesas, as paredes eram azuis e, no alto, os lustres eram redondos como se fossem sóis.

— É, eu ia mesmo — admitiu, com um sorriso tímido. — Mas fiquei feliz por você. Consigo ver o quanto você gosta desse cara. Parabéns. Fala pra ele que é pra cuidar bem de você ou quebro ele na porrada.

Lorenzo riu, olhando para algum ponto por cima do ombro de Michele, então inclinou o queixo, dizendo:

— Acho que você mesma pode falar isso. Olha quem tá chegando.

Michele se virou na cadeira. Conrado entrava pelo restaurante, caminhando até os dois, com um sorriso digno de um galã de novela.

— Isso é uma emboscada? — brincou Michele.

— Não. Ele disse que queria vir me buscar no trabalho, e eu disse que ia estar aqui com você, então o convidei pra cá. Também achei que seria um bom momento pra vocês se conhecerem de verdade.

Enquanto Conrado passava entre algumas mesas, se aproximando dos dois, Michele disse:

— Ele é bem gatinho mesmo! Arrasou demais.

Lorenzo reprimiu um sorriso, olhando-o de longe. A amiga tinha razão. Ele era tão bonito que, toda vez que o encarava, seu coração batia mais forte. Conrado se aproximou tão graciosamente que pareceu deslizar até a mesa. Sentou-se ao lado do namorado, cumprimentou-o com um beijo e lançou um sorriso para Michele.

— Ouvi dizer que você tá ficando famoso — a moça soltou.

Conrado ergueu uma sobrancelha e olhou para Lorenzo, que levantou as mãos como quem dizia que não tinha culpa de nada.

— Eu não falei nada disso.

— Agora que a gente já se conhece oficialmente — Michele continuou —, você pode me levar pras festas, pros camarotes e essas coisas todas.

— Posso levar, mas vai ter que ser minha fã de verdade. — Conrado entrou na brincadeira.

— Já sou sua fã! — Ela espalmou as mãos na mesa, recostando-se na cadeira. — Só de você aguentar o meu amigo aqui, já tá de parabéns! Admiro muito quem consegue fazer isso.

— Uau, obrigado, viu, Michele! — Irônico, Lorenzo revirou os olhos para a amiga.

Ela devolveu um sorriso fingido e voltou sua atenção para Conrado:

— Mas como é ser famoso? Já tem muitos fãs correndo atrás de você?

— Ainda não chegamos nessa parte. — Conrado coçou a nuca, olhando de Michele para Lorenzo. — A gente tá mais na parte dos bastidores, gravação e tal.

— Nossa, eu ia adorar ser famosa. — A moça ergueu as mãos, formando um quadro imaginário. Olhando para ele, começou a divagar sobre a hipotética vida de celebridade. — Imagina só... todo dia uma festa diferente, conhecer outros famosos. Pegar quem eu quisesse. Nossa, eu seria foda.

— Acho que a vida de uma celebridade não se resume só a festa — Conrado comentou, divertido. — Tenho certeza que tem muito trabalho envolvido por trás de tudo que a gente vê. Eu mesmo tô trabalhando pra um caralho pra esse álbum acontecer.

— Ah, isso é só um detalhe! — Michele rebateu, abanando com a mão como se espantasse algo. — Trabalhe muito pra se divertir muito. É pra isso que a gente se mata na labuta, né?

Enquanto Conrado e Michele conversavam e riam, Lorenzo sentiu o dedo mindinho do namorado se enrodilhar no seu por cima da mesa. Olhou para as mãos dos dois e suprimiu um pequeno sorriso nos lábios.

Conrado fazia aquelas coisas sem qualquer esforço. Ele nem parecia perceber o que fazia, conversando animado com a moça à sua frente, mas Lorenzo observava cada gesto. Em meio à conversa, o cantor ergueu a mão, desvencilhando os mindinhos enroscados, mas logo apoiou a palma na nuca do namorado, massageando os fios de cabelo por trás da cabeça dele. Lorenzo sentiu um arrepio gostoso na região a apreciou a carícia. Olhou para Conrado e se inclinou para beijá-lo na bochecha em agradecimento por tudo de bom que ele o fazia sentir.

Conrado se virou para o namorado e lhe deu um selinho em resposta.

— Parem de me fazer ficar com inveja — Michele brincou.

— Ué, quer participar também? — Lorenzo devolveu, rindo para a amiga.

Michele fingiu ponderar por um tempo e deu um gole na cerveja à sua frente.

— Hmm, não. — Ela negou com a cabeça, devolvendo o copo à mesa com um baque. — Vocês são muito gays pra mim.

— Homofóbica! — Lorenzo rebateu, lançando um olhar brincalhão.

— Claro que não! É que no momento eu já estou de rolo aí com uma gatinha...

— Uma morena misteriosa — Conrado soltou, com um sorriso.

— Ué, agora há pouco tava aí falando de pegar quem você quisesse se fosse famosa! — Lorenzo interpôs, fuzilando a amiga com o olhar, mas de brincadeira.

— Cala a boca! — Michele pareceu ficar encabulada de repente. — Eu não sou o assunto, vocês são. Agora, sério: vocês combinam bastante. Formam um casal lindo. Finalmente desencalhou, hein, amigo!

Ela deu um soco de leve no ombro de Lorenzo, que olhou para Conrado com um sorriso apaixonado. Aquelas palavras o fizeram sentir um acalento dentro do peito. Ele gostava de combinar com Conrado. Como em uma canção, eles rimavam.

Uma rima perfeita que fazia seu coração pular ao som de uma música que só eles podiam ouvir.

Lorenzo colocou o *headphone* verde-escuro que Conrado lhe estendeu e fechou os olhos. O mundo ao seu redor desapareceu no mesmo instante, junto com qualquer barulho.

A voz gravada de Conrado surgiu em sua mente, parecendo um tanto metálica nas primeiras palavras que abriram a música, mas depois soando mais natural.

Linda.

Perfeita.

A melhor voz que ele já tinha ouvido em sua vida era a do cantor de quem era fã.

O homem que ele podia chamar de seu namorado.

Lorenzo sorriu enquanto ouvia a versão final do primeiro single que a gravadora havia terminado de editar. Estavam prestes a lançá-la nas plataformas de música. Conrado sairia dos vagões de metrô e se jogaria no mundo com apoio profissional pela primeira vez.

— Meu Deus, onde que eu compro um pôster seu?

Conrado franziu o cenho, estranhando a pergunta.

— Eu preciso de fotos suas na parede — Lorenzo continuou, falando mais alto que o normal, ainda perdido entre os versos que saíam do fone. — Pra poder dizer que eu já era fã antes de você virar modinha.

Conrado riu e o puxou para um beijo quando a música terminou. Lorenzo tirou o fone e retribuiu, acariciando seu cabelo enquanto o beijava calorosamente.

— Isso tá lindo. Tá perfeito. Apesar de estar um pouco mais pop do que as que eu via você cantando antes.

— A Samantha decidiu lançar essa primeiro, porque acha que tem mais potencial de viralizar.

— Com certeza vai.

— E não para por aí...

Conrado exibiu a expressão de uma criança sapeca. Como se precisasse guardar um segredo, mas, ao mesmo tempo, estivesse doido para contar.

— O que é? — Lorenzo o cutucou na barriga, provocando-o.

— Surpresa. Não posso falar — Conrado disse entre as tentativas de desviar dos cutucões do namorado, rindo por causa das cócegas.

— Ah, me poupe, Conrado! — Lorenzo se jogou em cima dele, prendendo-o no sofá com as pernas, se sentando em seu colo, de frente para ele. — Você vai me contar ou eu não vou sair de cima de você.

— Então agora é que não conto mesmo.

Conrado o segurou pela cintura, firmando-o em seu colo. Lançou um olhar cheio de segundas intenções que fez Lorenzo derreter por dentro. Tentou beijá-lo, mas Lorenzo se fez de difícil e desviou o rosto, perdido entre risadas.

— Tá bom, eu conto! Mas só se você prometer que a gente vai terminar isso no quarto depois.

Lorenzo segurou o rosto do namorado com as duas mãos, encarando aqueles olhos avelã com vontade de mergulhar ali dentro e nunca mais sair.

— Eu faço esse esforço. — Riu.

— Então, a Samantha e a gravadora estão com um plano de divulgação legal. A música vai sair nas plataformas digitais logo mais, mas antes a gente vai gravar um clipe e...

— E...? — Lorenzo sacudiu os ombros de Conrado quando ele parou de falar, ficando apenas com um sorriso bobo no rosto.

— E como ela tem os contatos dela, vai ter um lançamento em rede nacional num domingo à noite, com clipe e tudo.

— Mentira! — Lorenzo se sacudiu no colo de Conrado, empolgado.

— Verdade! Vamos gravar umas últimas cenas do clipe amanhã e enviar um vídeo meu para a emissora.

— Conrado, isso é demais!

— Pois é, essa Samantha é foda mesmo. — Ele seguia rindo com as boas notícias, acompanhado de Lorenzo, que se inclinou e o calou com um beijo nos lábios.

— Quer terminar lá no quarto agora? — perguntou, com o rosto ainda colado no do outro rapaz, sentindo sua respiração contra a própria pele.

— Pra quem tava se fazendo de difícil, até que cedeu fácil — Conrado brincou.

— Promessa é dívida, bebê.

Lorenzo puxou o namorado pela mão. Mal tinham chegado no quarto e já estavam se agarrando, arrancando as roupas um do outro e comemorando de uma maneira só deles, como se Conrado tivesse acabado de ganhar um Grammy.

— Aaaah — Conrado soltou, como se tivesse acabado de lembrar de algo. A voz saiu abafada, quase engolida por um beijo frenético de Lorenzo, que o apertava contra a cama macia. — Tem mais uma coisa que eu queria ver com você.

— O quê?

Os dois se ajeitaram na cama, e Lorenzo se apoiou em um cotovelo para encarar Conrado deitado ao seu lado.

Aquela visão, dele sem camisa em meio aos seus lençóis, era algo que nunca se cansaria de ver.

— O programa com o lançamento da música deve ir ao ar só daqui a umas duas ou três semanas, preciso ver, mas...

Ele hesitou, olhando para Lorenzo meio de lado. Depois de alguns segundos, tomou fôlego e continuou:

— Mas eu queria assistir junto com meu pai, porque ele sempre me apoiou. E quero que ele veja que estou conseguindo.

— Vai ser ótimo. Tenho certeza de que ele vai ficar muito orgulhoso de você.

— Não é só isso — Conrado prosseguiu. — Como vou visitá-lo no interior de Minas, quero que venha comigo, Lorenzo.

Silêncio. Paralisado, continuou olhando para o cantor deitado em sua cama, sem saber o que dizer.

— Quero te apresentar pro meu pai, e quero que você esteja comigo nesse momento tão importante pra mim.

Conrado virou e sentou-se de pernas cruzadas, de frente para ele.

— Você aceita?

Ver a cidade por cima era algo que fascinava Lorenzo. Na cobertura da gravadora, ele se apoiou em uma mureta para olhar os arranha-céus de São Paulo. A vida agitada por cada canto que conseguia enxergar o fazia se sentir eufórico. Tão eufórico que uma vontade louca de subir naquela mureta, abrir os braços e gritar o invadia. Por um instante, desejou poder voar para se jogar e flutuar por aí, deixando a brisa o levar.

— Cê virou *mesmo* o assistente pessoal dele, né?

A mente de Lorenzo voltou do passeio a céu aberto para onde estava quando Samantha se apoiou ao seu lado na mureta. Assentindo, resolveu deixar passar o leve incômodo que sentiu ao ouvir o comentário.

— Um pouco mais pessoal do que você — brincou, dando um sorriso para a moça.

— Essa parte eu deixo pra você mesmo — ela retrucou, cutucando-o de leve com o cotovelo.

Mais à frente, em um espaço aberto, toda uma equipe de filmagem se reunia ao redor de Conrado, que havia acabado de terminar a última tomada da gravação. Ele ajeitou o cabelo, colocando uma mecha atrás da orelha, e acenou para o namorado antes de ir correndo em sua direção. Ao chegar perto, agarrou-lhe pela cintura e o levantou alguns centímetros do chão, finalizando com um beijo longo.

— Alguém tá superempolgado — Lorenzo soltou, entre risos, enquanto apoiava as mãos no ombro do outro rapaz.

— Claro que tô! Nem acredito que a gravação acabou. Agora tudo tá ficando tão real.

Conrado soltou Lorenzo, que deu um beijo em sua bochecha e entrelaçou seus dedos nos dele.

— E vai ficar ainda mais real depois da exibição do programa — Samantha disse, respondendo alguma mensagem no celular e ajeitando os óculos de sol no rosto. Ela os abaixou por um instante e passou os olhos de um rapaz ao outro, com um sorriso maroto se formando.

— O que você tá aprontando, Samantha? — Conrado a encarou, semicerrando os olhos. Ela ajustou os óculos de novo e guardou o celular no bolso.

— Você vai ao ar no último domingo do mês. Assista pra descobrir.

A mulher, então, se afastou dos dois graciosamente, gesticulando para a equipe de filmagem e falando algo em que o casal não prestou atenção, pois Conrado abraçou Lorenzo e o prendeu contra a mureta, num beijo eufórico. Tão eufórico quanto seu interior, animado pelo que ainda estava por vir.

—

As semanas seguintes se arrastaram. A única coisa que distraiu a ansiedade dos dois foi ver a gravação do clipe editado. Lorenzo foi o primeiro a vê-lo. As cenas eram simples, intercalando entre vários ângulos do namorado na cobertura da gravadora. Uma produção de baixo orçamento que, esperavam eles, rendesse não só em dinheiro, mas também servisse como o pontapé da carreira de Conrado.

A sexta-feira da viagem para Minas chegou. Conrado havia dormido no apartamento de Lorenzo no dia anterior para poderem sair bem cedo, assim que acordassem. Conrado ficou calado praticamente o caminho todo, olhando pensativo pela janela do Uber, mas seu mindinho, inadvertidamente, se enroscou no de Lorenzo, as mãos dos dois pousadas no meio do assento entre eles.

— Tenho uma confissão pra fazer — Conrado disse, quando desceram do carro em frente ao aeroporto. Ele parou ao lado da mala de rodinhas com as mãos na cintura, com uma expressão preocupada.

O coração de Lorenzo deu pequenos saltos, preocupado. De novo tinha aquela sensação de que algo ruim ia acontecer. Fazia algum tempo que não sentia aquilo mas, apesar disso, não deixava de ser familiar. Para tentar evitar que crescesse, perguntou:

— O quê?

— Eu nunca pisei num avião antes.

Lorenzo respirou fundo, soltando um riso aliviado pelo nariz.

— Era isso?

— Você pensou que fosse o quê? — Conrado coçou o canto do nariz, um pouco encabulado.

— Nada... — Lorenzo hesitou, então começou a andar, puxando sua mala. O namorado o acompanhou. — Achei que você já tivesse voado antes.

— Nunquinha. Quando eu vim pra São Paulo, foi de ônibus. Sempre morri de medo de avião.

— E você tá com medo agora? — Lorenzo se inclinou para o lado, encostando o ombro em Conrado, num gesto provocativo.

— Ainda não — ele respondeu, ficando sério de repente. — Quer dizer, talvez. Mas acho que vai ficar mais real quando a gente chegar perto do avião.

— Não se preocupa, eu seguro sua mão.

O barulho do movimento no aeroporto corria ao redor dos dois. Alto-falantes. Pessoas andando de um lado para o outro arrastando suas malas. Conversas ao léu. Centenas de histórias. Mas nada daquilo importava para o cantor em ascensão que tinha medo de voar.

— Ah, claro, como se isso fosse impedir o avião de cair.

— Nossa, que grosseria. — Lorenzo riu do comentário debochado.

— Desculpa, eu só... — Conrado o olhou com um sorriso torto. — Não tô pensando muito bem, mas vai dar certo.

— Sim, pensa só: se a gente cair, não vamos sentir nada.

Lorenzo não conseguiu segurar a risada. Sabia que não estava ajudando, mas a vontade de provocar o namorado era maior.

— Viajar de avião é um dos meios mais seguros, né? — Conrado desembestou a falar, para distrair a si mesmo. — A probabilidade de um acidente de carro é muito maior. E fora que tem várias medidas de segurança antes do avião levantar voo, não é mesmo?

Lorenzo parou de andar e o segurou pelo pulso com uma mão. Com a outra, puxou seu queixo para que eles se olhassem.

— Calma, vai dar tudo certo. Tudo isso que você acabou de falar é verdade. Foca nos fatos. E, além disso, eu tô aqui com você.

Conrado fechou os olhos, respirou fundo, então abriu um sorriso. Assentiu, enquanto dizia:

— E tem jeito mais romântico de morrer do que ao seu lado?

— Já tá até fazendo piadinha, então nem tá tão nervoso assim. — Lorenzo o empurrou de leve por um dos ombros.

Voltaram a andar na direção do embarque para passar pelas esteiras de raio-X.

— Se bem que... — ponderou Lorenzo — ... seria mesmo romântico.

A realidade recaiu sobre Conrado quando finalmente sentou-se na poltrona do avião e a aeronave começou a se mover. As mãos apertaram os descansos de braço bem firme, as pontas dos dedos ficando brancas. Apoiou a cabeça no encosto, as pálpebras fechadas e a mandíbula pressionada. O barulho das turbinas era ensurdecedor à medida que ganhavam velocidade para deixar o chão. O mundo parecia tremer ao seu redor.

Mas então veio a calmaria repentina, e, por um segundo, ele achou que havia morrido. No futuro, riria ao se recordar dos pensamentos absurdos que passaram pela sua cabeça durante aquela decolagem, mas a coisa da qual se lembraria para sempre, mesmo anos depois, quando o mundo estivesse de fato acabando e a morte à espreita, era do toque suave da mão de Lorenzo sobre a sua.

O calor da pele dele penetrava a sua e, como mágica, espalhava uma tranquilidade reconfortante por todo seu corpo. Sentiu-se seguro para abrir as pálpebras e enxergar o rosto mais lindo que já tinha visto sorrindo para ele, com o cabelo preto contrastando com a pele clara. O sorriso inocente, os olhos brilhando. Tudo aquilo o acalmou naquele instante. Bastou sentir seu toque e encará-lo que o avião decolando desapareceu de sua mente.

Os lábios de Lorenzo se mexeram, sussurrando as palavras nas quais Conrado realmente acreditou. Ele acreditaria em qualquer coisa que o namorado dissesse, pois via como o coração dele era sincero.

— Vai ficar tudo bem.

Conrado abriu um sorriso. Jogou uma mecha do cabelo para trás da orelha, e Lorenzo seguiu o gesto com o olhar, sem dizer nada, apenas com uma expressão alegre no rosto. Aquele gesto. Aquela mania. Cada coisa que Conrado fazia aquecia seu peito.

— *Tripulação, dez mil pés* — a voz do piloto anunciou.

A aeronave agora parecia flutuar suavemente. Conrado piscou algumas vezes, saindo da dimensão onde só existiam ele e Lorenzo em meio ao nada. Olhou ao redor, vendo todas aquelas luzes acesas e algumas pessoas começando a se movimentar pelo corredor estreito em direção ao banheiro ou mexendo nas bagagens.

— Não foi tão ruim assim, foi? — Lorenzo perguntou.

Conrado fingiu uma expressão confiante, agitando uma mão como se fizesse aquele tipo de coisa todos os dias.

— Imagina! Eu tô acostumado. Não foi nada. — Se inclinou para o namorado e beijou sua bochecha, falando sério em seguida: — Obrigado. Não sei o que eu faria sem você.

Lorenzo sentiu um arrepio leve pela nuca e uma euforia agitar o peito. Nunca se acostumaria com aquilo, por mais que amasse o namorado e quisesse que acontecesse o tempo todo. Apertou ainda mais a mão de Conrado, que segurava desde o início da decolagem.

— Agora ferrou. Não vai conseguir pegar um avião sem mim — brincou.

— Na verdade, ferrou pra você, que agora tá preso comigo — Conrado rebateu.

— Se isso é uma prisão, não quero sair nunca mais.

Avançaram ao mesmo tempo, encontrando-se num beijo, quilômetros e mais quilômetros acima do solo. Conrado se afastou lentamente, encarando a janela atrás de Lorenzo. O céu era de um azul tão bonito que parecia ter sido pintado, ou ter saído de uma foto com filtro do Instagram. A nuvens brancas eram tão bem delineadas que poderiam ser tocadas, se eles conseguissem estender as mãos para fora.

— Olha só — disse, apontando. — Você conseguiu mesmo me deixar nas nuvens.

Lorenzo contorceu o rosto, tentando segurar o riso, mas não deu muito certo. Soltou uma risada espalhafatosa e se aconchegou no ombro do namorado até conseguir parar.

— Você é péssimo — soltou.

— Eu sei — Conrado concordou, orgulhoso e divertido. — Mas eu sei que você gostou.

Lorenzo não admitiu, mas, sim, ele tinha gostado. Era assim que Conrado o fazia se sentir praticamente todos os dias desde o encontro no metrô: nas nuvens.

Uma pena que, ao pisar nelas, era possível cair.

E a queda podia machucar.

NÃO TÃO SOZINHOS

NOVE MESES ANTES DO FIM DO MUNDO

— Lorenzo!

— Michele!

Em uma chamada de vídeo pelo celular, os dois se encaravam. Lorenzo ainda estava no sofá, incapaz de se levantar. Não sabia o que fazer ou para onde ir, a não ser esperar. Esperar pelo quê? Pelo fim do mundo? Ainda não tinha assimilado a ideia.

— Cê viu o que tá acontecendo? — Michele perguntou. A preocupação transparecia mesmo através da imagem pixelada devido à conexão ruim.

— Não tinha como não ver — ele respondeu, os olhos vazios encarando a parede da sala.

— Meu, será que isso é verdade?

— Não teriam por que mentir.

— O que a gente faz agora, Lorenzo?

Lorenzo não respondeu. Respirou fundo, no escuro de sua sala de estar. *O que a gente faz agora?* Ele não tinha a mínima ideia. O que ele fizera a vida toda? O pouco tempo em que realmente se sentira vivo havia sido durante seu namoro com Conrado, e mesmo assim tudo parecia tão distante. E tão pouco. Não tinha vivido muita coisa que queria.

Ele queria viajar o mundo.

Pegar estrada com Conrado ao seu lado por horas. E ouvir música nessa viagem, cantando até ficar sem voz.

Queria que seus pais não o odiassem. E não viver se preocupando com tudo.

Queria se casar um dia.

Não ter que trabalhar o tempo todo para poder sobreviver.

Ele queria *viver*.

Lorenzo pensou em Conrado, inevitavelmente. Apesar de se comunicar com a voz do coração por meio de suas músicas, ele era muito racional. Exceto quando sentia medo, como na hora de voar. E em alguns outros momentos.

Conrado cantava sobre o amor, mas será que realmente o conhecia? Depois do término na virada do ano, Lorenzo já não sabia mais arriscar uma resposta. Os pensamentos se embaralhavam em sua cabeça desde então.

— O que a gente faz agora, Michele? — devolveu a pergunta.

— Várias pessoas tão dizendo que isso tudo é mentira. — A imagem dela tremia à medida em que corria os dedos pelas redes sociais no celular. — Será que esse negócio não muda de rota?

— Só se acontecer um milagre. Mas não existem milagres.

— Estão vendo a possibilidade de tentar fazer um acontecer, então — Michele insistiu. — Vão enviar umas naves, sei lá o quê, pra tentar desviar. Ainda tem chances, Lorenzo.

Sua voz denunciava que nem ela acreditava no que dizia. Lorenzo conseguia sentir a melancolia como se fosse uma presença invisível. A percebia ali na sala com ele. Tomando conta, crescendo junto às sombras. Acompanhada da desesperança. Se aproximando dele com garras pontiagudas, prontas para empalá-lo e se deliciarem com seus sentimentos moribundos.

Ele não tinha salvação. Ninguém tinha.

— Eu estava falando sobre isso com a... — Michele ia dizendo, então se interrompeu e suspirou antes de emendar: — ... E os seus pais? Você chegou a falar com eles?

— Eu tentei — confessou, fechando os olhos e engolindo a decepção ao se lembrar da ligação para a mãe. — Mas eles não querem saber de mim.

— Isso é foda, amigo — Michele disse, com ternura na voz. — Talvez eles caiam na real de que estão fazendo besteira.

Lorenzo deu de ombros, sem ânimo. Não acreditava que aquilo fosse acontecer. Não depois de descobrir que a mãe sequer tinha seu contato salvo.

— E o Conrado? — Michele perguntou.

Houve um silêncio após a pergunta, até que Lorenzo respondeu:

— Não falei com ele.

— E você *quer* falar com ele?

Lorenzo suspirou, olhando ao redor. Se fechasse os olhos novamente, seria capaz de senti-lo ao seu lado. No sofá, gravando o material que abriu as portas para a fama, ou assistindo a algum filme. Na cozinha, preparando o jantar. Ou simplesmente andando sem roupa pelo apartamento, na pegação em cada cômodo... Mesmo ali, no precipício do fim, ele ainda estava gravado em sua memória e em seu coração.

— Não vou negar — respondeu, a voz baixa quase inaudível. — Quero sim, muito. Mas não tenho coragem.

— Se fosse qualquer outra situação, eu diria que você não deveria falar com ele, mas dadas as circunstâncias... O que mais a gente tem a perder?

— O resto da minha dignidade, talvez? — Lorenzo brincou, sorrindo sem achar graça.

— E a gente vai levar essa dignidade pra onde depois de morrer? Do que vai valer ter guardado mágoa?

Mas será que Conrado também pensava nele? Será que estava com receio de mandar uma mensagem ou ligar? Tudo que os separava era um clique na tela do celular. Uma barreira invisível que parecia impossível de cruzar. Por mais que quisesse, Lorenzo ainda não sabia se estava pronto. As lembranças ainda cutucavam sua ferida recém-aberta.

— Meus pais já não estão mais aqui, e não tenho irmãos. Eu não tenho ninguém também, Lorenzo. Não quero morrer assim. Você ainda tem a chance de dar um fim nisso, se quiser. Isso ainda não acabou pra você, né? Vai falar com ele, nem que seja pra encerrar isso e ficar em paz.

Michele tinha razão. A história dos dois ainda não tinha acabado. Lorenzo sentia isso. Mas, por mais que amasse Conrado e quisesse estar com ele, precisava de coragem para entrar em contato. Imaginava como seria sua reação ao encontrá-lo outra vez depois do ano novo na praia. Fosse como fosse, Conrado não era a única pessoa que Lorenzo tinha.

— Sei que não é muita coisa, amiga, mas você tem a mim, viu?

Michele abriu um sorriso triste.

— Apesar de você ser insuportável, eu também tô aqui por você.

— Até no fim do mundo?

— Até no fim do mundo.

Talvez eles não estivessem tão sozinhos como pensavam.

A LOJA DE MÚSICA

DOIS ANOS E ONZE MESES ANTES DO FIM DO MUNDO

Ao desembarcar no aeroporto de Confins, em Minas Gerais, Conrado já tinha se esquecido do medo de avião. Estava radiante e com um sorriso no rosto. Os óculos de sol pretos, assim como a camiseta que usava, davam a ele um ar de celebridade. O cabelo balançava ao vento quando saiu pelas portas de vidro para a calçada. Todos esses detalhes passariam despercebidos para qualquer pessoa, menos para Lorenzo, que conseguia memorizar tudo que via no namorado.

De mãos dadas, atravessaram uma rua em direção a um carro prata encostado mais à frente na calçada em frente ao desembarque. Um homem mais velho, com cabelo grisalho e pele avermelhada devido ao sol e ao calor, saiu do veículo. Lorenzo não teve dúvidas de que era o pai de Conrado, pois conseguia claramente ver a semelhança entre os dois. Era uma versão de Conrado uns quarenta anos mais velha.

— Pai!

Conrado soltou sua mala e a mão do namorado para receber o abraço do pai. Os dois se abraçaram com tanto carinho que Lorenzo não conseguiu esconder um sorriso de alegria.

— Ah, meu filho! — o homem mais velho disse. — Quanto tempo! Eu tava com tanta saudade.

— Eu também, pai — Conrado rebateu. Se afastou do homem, que segurou seu rosto para poder olhá-lo melhor.

— Já tá parecendo uma celebridade, hein!

Conrado soltou um riso pelo nariz e se virou para o lado.

— Pai, este é o Lorenzo. — Ele indicou o rapaz. — Lorenzo, este é o meu pai.

Lorenzo estendeu a mão para cumprimentá-lo, mas o homem o puxou para um abraço tão de repente que o pegou de surpresa. Mas conseguiu retribuir, rindo.

— O famoso Lorenzo de quem o Conrado tanto fala!

Ele o encarou sorridente, também segurando o rosto de Lorenzo, como se o analisasse. Pelo jeito, era uma mania que ele tinha.

— É bonitão mesmo, como você me falou, filho!

— Para, pai. — Conrado coçou a parte de trás do pescoço, encabulado.

Lorenzo o olhou, achando graça da situação, admirando a facilidade com que os dois conversavam. Como se davam bem.

— Pode me chamar de Matias, filho — o homem disse, se dirigindo a Lorenzo.

— É um prazer, seu Matias. Não sabia que o Conrado falava tanto de mim assim — brincou. — Espero que sejam só coisas boas.

— Nunca vi esse menino tão apaixonado. — Matias abriu o porta-malas do carro e começou a colocar as bagagens para dentro.

— Eu tô bem aqui, sabiam? — Conrado colocou sua mochila no porta-malas.

— Ah, desculpa! — Matias disse. Então se virou para Lorenzo de novo e colocou uma mão na boca antes de sussurrar: — A gente continua essa conversa depois.

Em seguida, entrou no carro, sentando-se no banco do motorista. Conrado se aproximou de Lorenzo e abriu a porta de trás para ele.

— Como um bom cavalheiro. — O cantor riu.

— Obrigado, meu bom moço — Lorenzo brincou.

Conrado se inclinou em sua direção e deixou um beijo em seus lábios antes de dizer:

— Seu sogro é meio doido. Não liga pra ele, não.

Lorenzo viu o próprio sorriso no reflexo das lentes dos óculos de sol de Conrado. Não respondeu nada, mas a voz do namorado foi como música para seus ouvidos. Nunca imaginou que pudesse se sentir tão orgulhoso ao saber que poderia chamar o pai de Conrado de sogro.

Às vezes, ainda não acreditava que tanta coisa boa estava acontecendo em sua vida.

Conrado e Matias passaram o caminho todo conversando. Riam e falavam alto sobre tudo. Relembravam memórias de quando Conrado ainda morava em Minas e discutiam como estavam empolgados para o programa de domingo que finalmente o lançaria ao mundo.

— Esse aqui, Lorenzo — Matias virou um pouco para trás, sem tirar os olhos da estrada, enquanto falava —, canta desde criancinha.

— Você me deu aquele microfone de brinquedo uma vez, lembra? — Conrado rememorou, esboçando um sorriso nostálgico ao olhar para o pai.

— Como vou me esquecer? — Matias voltou a olhar para frente, balançando a cabeça. — Era uma barulheira o dia inteiro. Andava pela casa sem parar, cantando, fingindo dar entrevistas e tudo mais.

— Uma celebridade mirim — Lorenzo brincou, estendendo uma mão para tocar o ombro do namorado no banco da frente.

Conrado entrelaçou seus dedos aos do namorado e continuou a conversa:

— Ah, mas a melhor parte era quando eu subia na cama, fingindo estar num estádio lotado, cantando para todos os meus fãs! Ainda consigo ouvir a multidão gritando meu nome.

Lorenzo era capaz de enxergar os olhos do namorado brilhando mesmo por trás dos óculos escuros, como se, de algum jeito, o brilho atravessasse as lentes. Poderia ouvi-lo por horas falando daquilo e não se importaria. Não tinha sensação melhor do que ver alguém de quem você gosta falando sobre as coisas que ama. O brilho no olhar, a empolgação na voz, o jeito de gesticular com as mãos, como se enxergasse a multidão imaginária, tudo isso fazia Lorenzo querer pular em cima de Conrado e enchê-lo de beijos.

Nunca tinha sentido aquilo antes, como se a felicidade de outra pessoa também fosse a sua felicidade. Que coisa mais doida.

— E agora tudo isso está muito perto de não ser somente imaginação, meu filho. — O orgulho era perceptível na voz de Matias. — Logo você vai cantar pra uma multidão de verdade. E eu vou estar lá, na primeira fila.

— Com certeza, pai. — Conrado o olhou com carinho. — Se não fosse pelo seu apoio, e pelo jeito como sempre acreditou em mim e me encorajou, eu nem sei o que teria feito.

Houve alguns segundos de silêncio durante os quais Lorenzo sentiu estar invadindo algo particular demais. Teve o ímpeto de se afastar e encostar no banco atrás de si, mas o aperto forte de Conrado em sua mão o manteve no lugar.

— Sua mãe também estaria muito orgulhosa de você — o homem mais velho disse, em um sussurro cheio de saudade.

— Tenho certeza de que ela está. Eu sei disso. Seja lá onde estiver.

Sentindo o saudosismo pesar, Lorenzo esboçou um pequeno sorriso, apertando de leve o ombro de Conrado. Mesmo tendo perdido a mãe alguns anos antes, o cantor nunca deixava de falar dela, ou de como ela o havia incentivado a seguir na música. Inclusive, ela tinha sido a primeira pessoa a encorajar Conrado a se mudar para São Paulo e frequentar a faculdade lá. Lorenzo devia muito a ela. Se Conrado não tivesse ido, nunca teria ouvido sua bela voz no metrô, e não estaria ali naquele carro.

Mas, por mais que se sentisse feliz por isso, não conseguiu deixar de pensar na própria mãe, ou de se perguntar se algum dia ela teria sentido orgulho dele, principalmente depois que ele lhe contara sobre sua orientação sexual, quando tudo começou a desandar...

— Mas e você, Lorenzo? — Matias mudou de assunto quando pegou uma entrada para a cidade, saindo da estrada. Pelas janelas, viam-se várias lojas e comércios típicos de uma cidade pequena. Lorenzo se sentiu em um daqueles filmes no qual o protagonista viaja para o interior. As pessoas na rua pareciam tão tranquilas e felizes. — Me conta o que você faz.

— Ah... — ele hesitou um pouco, procurando as palavras certas, sentindo-se muito sem graça perto do que havia acabado de ouvir — ... nada tão empolgante...

— Você me falou a mesma coisa quando a gente se conheceu! — Conrado interrompeu. — E pode parar, o que você faz é muito legal!

Lorenzo o encarou de canto de olho, se rendendo com um sorriso.

— Tá bem. Se você diz... — E, dirigindo-se para Matias: — Eu trabalho com criação de jogos. Para celular, videogame, essas coisas.

— Tenho certeza de que você adora — o homem comentou.

Do lado de fora, uma rua residencial despontou, com várias casinhas parecidas, como as de um subúrbio norte-americano mesclado com uma arquitetura brasileira mais antiga. Todas as construções tinham um murinho baixo e grades que qualquer um poderia pular se quisesse. As calçadas estavam repletas de árvores, criando uma sombra fresca que amenizava o calor.

— Eu gosto muito — Lorenzo concordou.

— Isso é o que importa. — Matias estacionou em frente a uma das casas com um portão marrom e muro cinza.

— E foi aqui que eu cresci — Conrado anunciou, virando-se para trás, com seu sorriso encantador estampado no rosto. — Tá pronto pra viajar pro passado?

Assim que entraram na casa, Lorenzo descobriu que poderia ficar ali pelo resto de sua vida. Entrar no antigo quarto de Conrado era realmente como voltar no tempo. Parecia que ele ainda morava ali, pois estava intacto. Avril Lavigne, Simple Plan e até mesmo Taylor Swift cobriam as paredes enquanto bonecos dos Vingadores e de outros heróis tomavam as prateleiras perto de um guarda-roupa.

— Credo, você é swiftie? — Lorenzo apontou para a cantora em um pôster.

— Era, antes dela virar modinha. — Conrado deu de ombros, colocando as malas em um canto do quarto. — Mas agora não acho lá essas coisas.

— Ainda bem, senão eu seria obrigado a voltar pra casa agora mesmo. Imagina só namorar com um swiftie? Que pesadelo! — Lorenzo riu, andando pelo quarto observando os detalhes. Parou perto do pôster da Avril Lavigne. — Sou muito mais essa aqui.

— Ela é um pouco antiga, você não acha? — Conrado colocou as mãos na cintura, olhando para o namorado com uma sobrancelha erguida.

— E daí? Por isso mesmo é melhor.

Rindo, o cantor deu um passo e agarrou Lorenzo pela cintura, por pouco não tirando seu equilíbrio. Abraçados no meio do quarto, os dois se encararam com sorrisos e se aproximaram lentamente para um beijo.

Como se fosse o primeiro outra vez. Cada detalhe e cada toque acendia seu corpo. As mãos firmes de Conrado na base de suas costas fizeram Lorenzo se sentir nas nuvens. Segurou o rosto do namorado, sentindo a pele quente e macia em suas palmas enquanto se conectava com ele pelos lábios.

Acendia tanto que logo Lorenzo começou a sentir um calor abaixo do umbigo com a ereção que foi surgindo aos poucos. Baixou a mão e tocou Conrado no meio das pernas. Ele soltou um gemido abafado e se apertou contra ele, as mãos se fechando ao redor de sua...

— Calma — Conrado murmurou, descolando do beijo com muito esforço.

— Desculpa. — Lorenzo passou as mãos nos lábios, secando-os, mas sem tirar o olhar de desejo do namorado.

— Desculpa nada. É que... meu pai tá no cômodo ao lado, mas a gente pode continuar isso de noite.

Ele deu uma piscadela que fez Lorenzo querer agarrá-lo ainda mais.

— Que ódio de você! — brincou, empurrando-o de leve.

— O que eu fiz? — Conrado riu, massageando o ombro onde tinha sido empurrado.

— É um gato. Tenho vontade de te socar por isso!

— Nossa, que violência. Parece até amor.

A porta do quarto se abriu de repente, e os dois pularam de susto. Matias entrou no quarto, abrindo a boca para falar algo, mas parou no meio do caminho.

— Eu... — o homem olhou desconfiado de um para o outro — ... interrompi alguma coisa?

— *Ainda* não, pai!

Lorenzo corou, encarando Conrado com um olhar repreensivo.

— Que bom! — Matias continuou. — Tô pensando em pedir pizza mais tarde pro jantar, do que vocês preferem?

À noite, Lorenzo, Conrado e Matias comeram as pizzas na sala mesmo, falando alto e rindo até altas horas da madrugada. Conrado e o pai adoravam compartilhar as lembranças felizes. Lorenzo se alegrava por ver que o namorado tinha tido mais sorte do que ele em diversos aspectos. Se alegrava por ver que nem toda pessoa da sigla tinha que sofrer e passar por um processo difícil de autoaceitação ou lidar com o julgamento dos outros. Conrado era prova disso. Mas Lorenzo era prova de que o outro lado também existia.

Ao ouvir as histórias de Matias sobre como Conrado havia crescido feliz naquela casa, memórias de sua própria infância vieram à mente. Do bullying na escola que o fez se fechar cada vez mais dentro de si, tornando-se uma pessoa tímida, retraída. Também se lembrou de que nunca conseguiu apoio de onde deveria ter retirado suas forças, nem teve a base de que precisava para não ter passado pelo tanto que passou sozinho...

— Você precisa ver isso, Lorenzo! — Matias se levantou e foi até um canto da sala. Abriu um nicho na grande estante de madeira e voltou com um álbum antigo de fotos.

— Ah, não, pai! — Conrado cobriu o rosto com as mãos. — Você não vai fazer isso.

— Mas é claro que vou! — Matias riu, dando um tapinha nas costas do filho. — Alguém precisa fazer você passar vergonha.

Ele colocou o álbum de fotos aberto diante da mesinha de centro e começou a mostrar fotos de Conrado na infância. Conrado bebê, com os cabelos bem loirinhos. Ele já um pouquinho mais velho com um uniforme escolar, pronto para o primeiro dia de aula. Festas de aniversário. Um Conrado adolescente com uma franja meio emo que fez Lorenzo rir e bagunçar o cabelo do namorado ao seu lado, brincando.

— E essa aqui é a gente em uma loja de música ali no centro da cidade — Matias disse, apontando para uma fotografia onde um Conrado de uns quatorze anos sorria ao lado do pai. — Nem faz tanto tempo assim, mas esse é o lugar favorito dele. Não é, filho?

— Faz uns anos que não vou lá — Conrado respondeu, assentindo. — Acho que essa foi uma das últimas vezes que fui. Eles continuam abertos? Pensei que tinham fechado durante a pandemia.

— Continuam, sim! — Matias respondeu, batendo na foto com o indicador. — Fecharam por uns meses, mas reinauguraram com um café dentro da loja. Estão indo muito bem.

— Que bom. Podemos ir lá amanhã. — Conrado se virou para o namorado sentado no sofá ao lado dele. Pousou uma mão em seu joelho, olhando-o com uma expressão de uma criança que pede algo aos pais. — O que acha? Diz que sim, vai!

— E acha que eu ia perder essa chance?

— Mas e você, menino? — Matias deu um tapa de leve no ombro de Lorenzo, depois de largar o álbum de fotos aberto sobre a mesa, perto dos pratos vazios. — Onde seus pais moram? Lá em São Paulo com você?

O homem estava sorridente e interessado. Recostou-se no assento da poltrona e esperou a resposta. Lorenzo abriu um sorriso tímido e ia responder quando Conrado o interrompeu:

— Pai, acho melhor nã...

— Tudo bem. — Lorenzo tocou o braço do namorado, assentindo.

Matias parecia perdido, olhando de um rapaz ao outro.

— Eles moram em São Paulo, sim. Mas eu não moro com eles. — Lorenzo olhou pela janela da sala em um canto, enxergando o céu estrelado do lado de fora. Dali, podia ver uma árvore na calçada um pouco mais à frente, além do muro baixo do quintal. — Na verdade, tem algum tempo que não converso com meus pais. Ou que eles não conversam comigo, não sei ao certo.

Conrado segurou sua mão de repente. Entrelaçou os dedos aos seus, passando a ele não só o calor de sua pele, mas uma energia invisível que o fez lançar um olhar de agradecimento ao namorado.

— Só sei que eles não concordam muito com quem eu sou — continuou. — Não concordam com o fato de eu ser gay.

Matias balançava a cabeça em negação enquanto ouvia. Lorenzo apertou ainda mais a mão de Conrado antes de continuar:

— Depois que contei a eles, foi uma briga enorme lá em casa. Eles são muito religiosos, sabe? Falaram que eu devia orar e pedir para ser curado disso. Era isso ou ir viver minha "vida errônea" fora dali, longe dos princípios deles — finalizou fazendo aspas com os dedos da mão livre.

— Eles não precisam concordar com nada. — Matias agitava as mãos, bravo. — Muito menos esperar uma cura!

Seu rosto estava vermelho. Estava genuinamente bravo. Lorenzo sentiu vontade de chorar. Conseguia sentir as lágrimas se formando nos olhos. Mas não as deixaria cair. Ele nunca chorava por isso. Desde criança, segurou o choro. Engoliu as frustrações, os medos e o bullying, com medo de demonstrar vulnerabilidade. Sabia que estava em um lugar seguro naquele momento, mas, mesmo assim, as lágrimas, por mais que quisessem cair devido às lembranças, não viriam. Lorenzo Mendes não podia se dar ao luxo de chorar.

— Nunca que eu ia fazer uma coisa dessas com meu filho! — Matias prosseguiu, olhando para Conrado. — O mundo lá fora é tão cruel. É de dentro de casa que vem a força pra enfrentar o que tem lá fora. Pra enfrentar e derrubar!

— Pai... — Conrado murmurou, tentando fazê-lo parar de falar.

— Perdão, menino — Matias desculpou-se, juntando as mãos diante do peito. — É que eu fico irritado com essas coisas.

— Tudo bem. — Lorenzo balançou a cabeça, como se não se importasse.

— Não sei se é uma coisa muito boa, mas fique sabendo que agora você é parte dessa família. — Matias se inclinou na direção do rapaz, apoiando as mãos no próprio joelho e abrindo um sorriso amigável. — Se você faz bem pro Conrado... E eu sei que faz, porque eu vejo na cara dele de bobo apaixonado... — baixou a voz e colocou uma mão sobre a boca, fingindo que estava contando um segredo. — Se você faz bem pra ele, é muito bem-vindo aqui.

Lorenzo sorriu genuinamente, mas um aperto no coração o fez engolir em seco ao pensar nos pais amando-o do jeito que ele era, convivendo com seu namorado. Até conseguia imaginá-los ali, todos juntos para um jantar. Falariam de suas vidas, compartilhariam suas alegrias, dores e sorrisos. Poderiam ser como uma família de verdade, sem se importar com quem amava quem, apenas vivendo o amor como ele deveria ser: puro e sem julgamentos.

Por mais que se incomodasse, Lorenzo sabia que não podia mudar a realidade. Seus pais não o queriam, e enquanto eles continuassem pensando no filho como alguém fadado ao sofrimento, a uma vida infeliz na qual sua simples existência era considerada um erro, algo que precisava de conserto, Lorenzo também não podia querê-los.

Conrado o puxou para mais perto, passando uma mão sobre suas costas para envolvê-lo com um braço. Lorenzo não tinha a compreensão nem o amor dos próprios pais, mas sabia que podia encontrar isso em outros lugares. Um deles era bem ali, naquela casinha no interior de Minas Gerais, com o namorado e o sogro.

Apesar disso, lá no fundo, ainda desejava que seu pai e sua mãe pudessem ser pelo menos um pouco parecidos com Matias.

Em outra vida, quem sabe?

No sábado pela manhã, Lorenzo acordou agarrado ao corpo nu de Conrado, que o envolvia com os braços e dormia tão tranquilo que sua respiração era compassada e ritmada.

O sol entrava pela janela, iluminando a decoração nas paredes do quarto de um Conrado adolescente.

Lorenzo ficou em silêncio, observando cada detalhe do ambiente à sua volta e ouvindo os pássaros cantando. Poderia se acostumar facilmente com uma vida no interior ao lado de Conrado. Com a ponta dos dedos, quase sem tocá-lo, mas sentindo uma energia vibrante saindo do namorado, começou a percorrer a extensão do corpo dele, começando na clavícula, descendo pelo peito, passando perto de seu mamilo, deslizando pelas costelas, se aproximando do umbigo e adentrando as partes mais baixas, sentindo os pelinhos aparados ali...

— A noite passada não foi suficiente? — A voz de "recém-acordado" de Conrado, um pouco mais grossa que o normal, quase o assustou.

— Nunca vai ser o suficiente. Sempre vou querer mais e mais. — Lorenzo se aproximou dele e o beijou nos lábios. Sentiu os dedos de Conrado acariciando seus cabelos bagunçados.

— Que insaciável.

— Conrado Dias pode ser do mundo todo... — Lorenzo disse, dando um selinho nele a cada palavra — ... mas somente eu me deito na cama do quarto onde ele cresceu. E ao lado dele. Sem roupa.

— E também é o único que tem ele todinho só pra você.

Conrado o puxou. Lorenzo deslizou para cima dele e sentiu a ereção do namorado o tocando. Abriu um sorriso malicioso antes de avançar sobre ele para beijar todo seu corpo...

Ainda tinham mais algumas horinhas para aproveitar na cama.

—

Saíram sem tomar o café da manhã e se despediram de Matias no quintal, que ficou varrendo as folhas de árvores acumuladas ali.

— Quer alguma coisa de lá, pai? — Conrado perguntou quando cruzavam o portão.

— Não! — Matias se debruçou sobre o murinho baixo da casa, com a vassoura em uma das mãos. — Só aproveitem bastante. Mais tarde vou fazer uma janta gostosa pra gente.

Conrado e Lorenzo caminharam pela cidade sem soltar as mãos. Cerca de quinze minutos depois, chegaram ao centro, em uma rua cheia de comércios e movimento.

— Meu pai me trazia aqui sempre quando eu era criança. A maioria das coisas continua igual — Conrado contou, gesticulando com o braço para indicar os arredores. — Ali tem a padaria Santo Antônio, a loja de sapatos, o cartório, a sorveteria da Dona Ilza...

Enquanto falava, mostrava cada um dos estabelecimentos. Passaram em frente à sorveteria com uma fachada colorida, mesinhas na calçada e um toldo que fornecia um abrigo refrescante do sol quente, o qual brilhava no céu de um azul-claro forte.

— Eu amava os sorvetes daqui. — Conrado parou por uns segundos e olhou para dentro da sorveteria vazia, exceto por uma atendente atrás do balcão, que sorriu e acenou para os rapazes.

— Podemos vir aqui depois de tomar café. — Lorenzo acariciou o braço do namorado, que assentiu quando voltaram a caminhar.

— Mas é claro que o meu favorito era aquele lugar ali!

Conrado apontou para frente. A poucos metros, estava a loja de música que Lorenzo havia visto na foto. A fachada continuava igual, com uma placa amarela decorada com um letreiro preto e o desenho de uma guitarra. A vitrine exibia alguns instrumentos em meio a vinis. Ao mesmo tempo que tinha um ar vintage, também parecia moderna. Provavelmente por causa das guitarras elétricas penduradas pelas paredes no interior.

— Antes a loja também funcionava como uma locadora — Conrado disse, abrindo a porta de vidro ao lado da vitrine. Um sininho soou quando eles entraram, e sentir o ar-condicionado foi um alívio para ambos. — Eu alugava um filme todo final de semana, mas também era aqui que eu comprava vários DVDs e CDs.

Lorenzo olhou a decoração da loja. Havia prateleiras com discos de vinil, outras com DVDs e CDs. Em uma delas, ao lado direito da entrada, havia bonecos Funko de bandas e cantores famosos. Aquilo sim deixava a loja com um ar mais moderno. Além disso, as paredes com guitarras e violões pendurados davam um charme a mais à decoração. Mais ao fundo, depois de um arco, havia um café com mesinhas redondas espalhadas e um balcão com bolos, salgados e bebidas.

Enquanto caminhavam pela loja, parando o tempo todo para ver os produtos, Lorenzo percebeu que Conrado começava a se distanciar. Seu olhar parecia perdido, olhando um ou outro item, mas sem prestar muita atenção.

— Tá tudo bem? — perguntou, passando as mãos ao redor da cintura do namorado e colando seu corpo no dele.

Conrado o beijou, abrindo um sorriso.

— Tá! É só que... tenho tantas lembranças daqui. Parece que foi há um milhão de anos.

Continuaram andando pela loja até chegar ao café e se sentaram a uma das mesinhas. Um atendente entregou um cardápio aos dois. Conrado pediu um pão de queijo e um cappuccino. Lorenzo também quis um pão de queijo, dizendo que não podia ir a Minas e não comer um. Para acompanhar, um chocolate quente.

— Parece até nosso primeiro encontro de novo.

— Primeiro encontro oficial, né? — Conrado segurou sua mão por cima da mesa.

— Mas... me conta mais dessas lembranças — Lorenzo pediu. — Você parece ter um carinho muito grande por esse lugar.

— Sempre que a gente vinha aqui, meu pai percebia como eu me perdia nessa loja — Conrado começou. O atendente do café se aproximou com o pedido dos rapazes e se afastou em seguida. — E lembro que ele sempre me dizia: "filho, um dia você vai ter o mundo todo. Ele é seu". Eu adorava ouvir isso.

— E você já tá conquistando o mundo. — Lorenzo apertou a mão do namorado, sorrindo para ele. — Amanhã será só o começo.

— Eu quero isso mais que tudo, não vou mentir. — Os olhos de Conrado brilharam, lhe deixando ainda mais exuberante. Lorenzo conseguia enxergá-lo como ninguém. — Eu quero o mundo, Lorenzo. Eu quero ser famoso. Quero estádios lotados pra me ver. Sinto que se... — sua voz falhou, e o brilho sumiu de seu olhar por um momento — ... sinto que se eu não conseguir isso, minha vida não vai estar completa. Vou viver frustrado. Não vou descansar enquanto não estiver no topo.

Lorenzo sentiu um leve temor no peito ao ver a ambição de Conrado. Ele apoiaria o namorado em cada passo. Estaria com ele em cada momento. Mas um leve frio na espinha passou por ele, o fazendo temer que algo ruim poderia acontecer. Antes que sua ansiedade e insegurança o engolissem, Lorenzo respirou fundo e mordeu o pão de queijo.

— Você pode ter tudo o que quiser. O mundo será seu, Conrado. Se o seu pai falou, então tá falado.

Os dois riram enquanto comiam.

— Ah — Conrado disse, de repente, como se tivesse se lembrado de algo —, eu lembro de vir aqui também com meu primeiro namoradinho.

Lorenzo ergueu uma sobrancelha. Conrado continuou:

— Eu tinha uns quinze anos. Era um menino da minha escola. O primeiro por quem me apaixonei. Eu vivia dizendo pra ele que um dia a gente ia entrar nessa loja e ia encontrar um monte de coisa minha depois que eu virasse o cantor mais famoso do Brasil.

Conrado fez uma pausa, mastigando, com uma expressão divertida no rosto trazida pelas lembranças.

— Mas acho que eu era tão chato e falava tanto disso que uns meses depois ele terminou comigo. Fiquei destruído por muito tempo. Nem sei que fim que ele teve. Deve ter se mudado também.

— Se ele estiver na cidade e voltar nessa loja um dia, logo mais vai mesmo encontrar um monte de coisas suas aqui — Lorenzo disse, finalizando seu chocolate quente com um último gole. — Nem sei quem é, mas gostaria de ver a cara dele.

— Seria impagável!

— Azar o dele, porque quem vai estar nos bastidores do show vai ser eu.

Lorenzo deu de ombros, fingindo modéstia.

— Parece até aquela parte de "Sk8er Boi". — Conrado riu.

— Pois é, o *boy* agora é meu.

Lorenzo se inclinou sobre a mesa e beijou Conrado. O gosto do cappuccino dele se misturou ao de chocolate quente em sua boca. Ele não gostava muito de cappuccino, mas, a partir daquele dia, era um sabor que adoraria sentir. Mais uma pequena coisa que o lembraria de Conrado, como milhares de outras.

Afastou-se lentamente do namorado, mas ele continuou parado, com os olhos fechados, como se estivesse congelado.

— Mas já parou? — Conrado perguntou, forçando uma expressão triste.

— Por enquanto, sim! — Lorenzo disse, se colocando de pé e o puxando pela mão. — Vem, você precisa me apresentar à sorveteria da Dona Ilza ainda.

Conrado saiu correndo da loja de mãos dadas com Lorenzo, os dois rindo como dois adolescentes que tinham o mundo e todo o tempo só para eles.

Conrado acordou com uma ligação de Samantha no domingo pela manhã. Lorenzo ficou no quarto enquanto o namorado ia até o quintal, sob a sombra de uma árvore, todo sorridente ao falar com sua produtora e empresária. Aproveitou o início do dia para adiantar algumas coisas do trabalho, sentado à escrivaninha perto da janela, de onde podia ver o cantor. Não conseguia ouvir o que ele dizia, mas o via gesticulando, rindo, passando a mão pelo cabelo, jogando a mesma mecha de sempre para trás da orelha, andando de um lado para o outro. Estava empolgado e nervoso.

E foi assim durante o dia todo. No café da manhã, mal conseguiu comer. Levantava o tempo todo, andava pela cozinha e depois se sentava. Mas a perna ficava balançando embaixo da mesa, mesmo quando Lorenzo repousou a mão sobre ela numa tentativa de acalmá-lo.

— Alguém tá tendo um piripaque — Matias comentou, apontando um garfo para o filho antes de enfiá-lo numa fatia de melão que tinha no prato.

— É capaz de eu ter um mesmo, daqui a pouco — Conrado respondeu, com a voz mais alta do que pretendia. Olhou para o pai e depois para o namorado. — A Samantha quer me matar do coração. Ela disse que vai ter uma surpresa pra mim no programa hoje, mas não fala o que é.

— Acho que essa é a graça de ser uma surpresa — Lorenzo brincou, tentando tranquilizá-lo com um aperto na coxa. Conrado fez uma careta forçada para ele.

— Aff. — Chegou mais perto dele e pousou a cabeça em seu ombro, soltando um suspiro ansioso. — Eu vou mesmo ter um piripaque daqui a pouco.

— Por que eles têm uma surpresa pra você se nem te chamaram pra ir ao programa? — Lorenzo indagou, acariciando o cabelo de Conrado.

— Eu não sei! — Subitamente sentando-se ereto de novo e batendo a palma das mãos na mesa. — Acho que é porque, tipo, ninguém me conhece ainda. E eu sei lá o que a Samantha tá aprontando. Ela disse que tem contatos, só isso. Que é pra eu confiar nela.

— E você confia? Na sua empresária? — Matias perguntou, olhando sério para o filho.

— Confio — o rapaz respondeu. Mirou o lado de fora da casa através da grande janela sobre a pia antes de continuar, com a expressão contemplativa: — Também não é como se eu pudesse encontrar uma empresária e produtora todo dia, né? O nosso álbum tá lindo demais, e eu quero só ver agora que vai sair pro... vai sair pro...

Ele começou a perder a voz, como se de repente tivesse se dado conta da realidade.

— Meu Deus! Hoje à noite todo mundo vai ver meu clipe! Em rede nacional! Na maior emissora do país!

Virou o olhar para o pai e depois para Lorenzo. Seus olhos brilhavam, as sobrancelhas erguidas num misto de preocupação e ansiedade.

— Todo mundo vai me ouvir hoje!

Com a ficha caindo de verdade, seus pensamentos de repente se embaralharam. A ansiedade batia mais forte a cada segundo que o seu grande momento se aproximava. Conrado lutara a vida inteira para chegar ali, mas e se de repente desse tudo errado? E se as pessoas odiassem sua música e ele fosse esquecido antes mesmo de ser conhecido?

— É o que você sempre sonhou, filho. — Matias estendeu a mão sobre a mesa, tocando os dedos do rapaz, que lançou um olhar nervoso ao pai, mas um aceno de cabeça foi o suficiente para lhe injetar um pouco de tranquilidade.

— Hoje à noite, Conrado Dias vai começar a ganhar o mundo — Lorenzo disse, com a voz firme, e beijou a bochecha do namorado. — É hoje que tudo vai mudar. A partir de amanhã, Conrado Dias não será só nosso.

Lorenzo riu para Matias, que assentiu e apertou a mão do filho.

— Eu já tô dividindo meu menino com você. O que custa dividir com mais um milhão de fãs?

As risadas na mesa acalmaram o coração de Conrado, que até então era um anônimo. Mas foi a partir daquela noite que o nome dele começou a se tornar um dos maiores do país.

—

Estavam sentados no sofá da sala, em frente à TV, trinta minutos antes do programa começar. Matias havia preparado um banquete, afinal, a ocasião demandava uma celebração. Na mesinha de centro, havia porções de *nachos*, pipoca e salame em rodelas. Para balancear, um pratinho com pedaços de chocolate, uma jarra de água, duas garrafas de Mike's, uma latinha de cerveja e alguns guardanapos.

— Parece até que vamos assistir a um jogo de futebol, pai — Conrado disse, apontando para todas aquelas coisas na mesa enquanto Matias terminava de colocar um último prato com muçarela em cubos e palitos. Virando-se para Lorenzo, o rapaz acrescentou: — Sempre que tem copa do mundo, a gente assiste aos jogos assim. Lembro até hoje do sete a um e de como esse aqui surtou.

— Nem me lembra desse dia, filho! — Matias acenou com as mãos em frente ao corpo como se espantasse um mosquito e se sentou no sofá, pegando o controle para aumentar o volume do aparelho. — Mas, enfim... Hoje não é dia de futebol, é uma celebração maior. Meu filho na TV!

Minutos depois, quando finalmente a vinheta do programa dominical começou, a tensão na sala foi palpável.

Os três ficaram em silêncio olhando para a tela, aguardando o momento. O celular de Conrado tremeu em seu bolso e ele viu uma mensagem de Samantha:

A qualquer momento!

Ansioso e com o coração palpitando, nem se deu ao trabalho de responder à mensagem, apenas continuou vidrado na TV, que estava começando com uma reportagem sobre como a venda de livros jovens havia aumentado consideravelmente no último ano. Conrado não queria saber de nada daquilo no momento, apesar de achar o assunto interessante. Só estava se preparando mentalmente para ver o que viria.

A qualquer momento.

Devagar, seu pé descalço passou por trás do tornozelo de Lorenzo e encostou a perna nele. O calor da pele do namorado contra sua, o macio dos pelinhos de sua perna roçando na dele, cada um desses detalhes, de que ele nem mesmo se dava conta, o ajudava a se tranquilizar.

Diferente de Conrado, Lorenzo absorvia cada movimento. Lançou um olhar para o ponto onde os pés dos dois se tocavam e virou o rosto para o lado. Conrado o olhou por um segundo, sorriu e segurou seu rosto com as mãos antes de depositar um beijo em seus lábios. Ele ia se afastando, mas Lorenzo o segurou e o beijou novamente, movimentando os lábios devagar, sentindo a maciez de sua boca. Era engraçado como cada beijo com ele parecia o primeiro.

— AGORA! — Matias falou tão alto, saltando do sofá, que parecia ter saído um gol da seleção. Assustados, os rapazes se soltaram bem a tempo de ouvir a apresentadora Júlia Couto, uma mulher alta, de cabelo afro e usando um vestido branco, anunciando:

— *E agora, uma novidade que promete mexer com o mundo da música. Ele, que tem tudo para ser o próximo sucesso nacional. Você ainda não deve ter ouvido o nome dele, mas esse rapaz do interior de Minas Gerais sonha em conquistar o mundo com suas músicas românticas, com uma melodia contagiante e que, com certeza, emocionam com suas letras carregadas de sentimento.*

Conrado entrelaçou os dedos aos de Lorenzo e apertou sua mão. Matias apoiou um braço nos ombros do filho, todos vibrando juntos.

— *E o nosso programa vai lançar com exclusividade esse jovem, de apenas vinte e cinco anos, mas que já foi capaz de chamar a atenção da grande produtora e empresária musical, Samantha Pinheiro, nome por trás de grandes sucessos nacionais e agora responsável por...*

Lorenzo se lembraria para sempre daquele momento, como se tivesse acontecido em câmera lenta. Guardaria na memória a luz da TV iluminando a sala, sua mão na do namorado, os pés se tocando, como se não conseguissem ficar afastados, como se precisassem do toque um do outro para se recarregarem. Também se lembraria de Matias ao lado de Conrado, um pai que ficava genuinamente feliz de ver as conquistas do filho. Tão diferente de seu próprio pai, com quem não falava fazia tanto tempo...

— ... *Conrado Dias!* — Júlia continuou. — *Guardem esse nome, ele promete ser a nova sensação. Fique agora com a estreia em rede nacional do clipe e da música "Existe Amor no Metrô de SP".*

Dali em diante, as coisas deixaram de acontecer em câmera lenta. Conrado sentiu um arrepio ao ouvir a apresentadora falar o nome dele, sim, o DELE, em rede nacional. Ao mesmo tempo, sentiu o olhar espantado de Lorenzo ao seu lado, que percebeu no mesmo instante o que ele tinha feito.

— Você... Você... — o rapaz gaguejou, a boca abrindo e fechando ao se dar conta de que tinha sido enganado pelo namorado. Conrado havia mostrado outras músicas para ele, mas nenhuma com aquele título. E com certeza aquela não era a que tinha sido gravada na cobertura do prédio da gravadora. — Você não fez isso!

Lorenzo começou a rir descontroladamente enquanto o clipe era exibido. Matias olhou para os rapazes por um segundo, sem entender nada, logo voltando os olhos para o programa. Na tela, o vídeo iniciava com Conrado vestindo uma calça jeans e uma camiseta branca com letras pretas que estampavam o nome da canção:

EXISTE ♡ NO METRÔ DE SP

Conrado atravessava uma rua movimentada no centro da cidade, carregando seu violão pendurado nas costas, depois descia as escadas do metrô, passando em meio a várias pessoas que desviavam dele. Os acordes da música começavam quando as portas do metrô se abriam e o protagonista do clipe — o cantor mais lindo de todos, na opinião de Lorenzo — entrava no vagão, já com seu violão em mãos.

A câmera focava seu rosto, e Conrado começava a cantar sobre a história de duas pessoas que se conheciam aleatoriamente no metrô. Como se tivesse sido gravado sem cortes, o foco alternava entre Conrado, que andava pelo vagão tocando seu violão, e dois rapazes jovens que se olhavam de longe, em assentos opostos. *Não era coincidência*, pensou Lorenzo, ao ver que esses dois rapazes lembravam muito ele e Conrado. Um tinha o cabelo preto e o outro, loiro. Os olhares eram tímidos, mas cheios de flerte e desejo.

No refrão da música, Conrado passava com um chapéu pendurado na cintura perto das pessoas, sem deixar de cantar, e algumas delas colocavam dinheiro ali. Quando chegou perto do rapaz loiro, ele colocou alguma coisa dentro do chapéu e sorriu para Conrado. O cantor deu meia-volta e se aproximou dos assentos do outro lado, perto do rapaz de cabelo preto. O loiro apontou para o chapéu de Conrado, e o outro rapaz estendeu a mão para colocar uma nota de — Lorenzo não conseguiu conter a risada alta quando viu o detalhe — cinco reais ali. Mas então o moço percebeu um papel branco dobrado e o pegou. Ao abri-lo, viu uma mensagem escrita à mão:

Será que existe amor no metrô de SP?

Nesse momento, a música chegava em seus últimos versos. Conrado tocava seu violão e andava pelo centro do vagão. O metrô parou quando ele cantou a última parte da canção. As portas se abriram, e os alto-falantes anunciaram:

— *Próxima estação: Japão-Liberdade!*

Para finalizar, a câmera focou o rosto de Conrado, que ficou parado, apenas olhando para o telespectador com um sorriso fino no rosto e uma expressão de "consegui, cheguei aqui". Ao fundo, em desfoque, era possível ver a silhueta dos dois rapazes que se conheceram no vagão saindo juntos por uma das portas.

E o clipe terminou, voltando para Júlia Couto no estúdio.

— Você não fez isso! — Lorenzo disse, puxando o namorado para um abraço.

— Ficou incrível, filho! — Matias o abraçou depois que Lorenzo o soltou. — Coisa de profissional mesmo! Você tá ótimo! Mas agora vocês querem me contar o que eu não peguei nisso tudo aí? — Ele apontou para os dois, franzindo o cenho.

— Nós nos conhecemos no metrô. — Conrado acariciou a parte de trás da cabeça do namorado. — Essa música meio que conta isso.

— E ele me enganou direitinho! — Lorenzo acrescentou. — Eu vi a gravação de um clipe, ouvi uma música, mas não era essa.

— Bem, aquela lá vai ser o próximo single — Conrado revelou. — A gente só trocou a ordem. Queria te fazer uma surpresa. — Lançou um olhar cheio de expectativa para o namorado. — Você gostou?

— O quê? Eu amei!

Lorenzo o puxou para um beijo, mas mal tinha tocado seus lábios e os dois já voltaram a olhar para a TV junto com Matias. Júlia Couto ainda falava de Conrado, comentando sobre o clipe, mas a fala seguinte fez o cantor ficar de olhos arregalados:

— *... e parece que não foi só a gente que gostou! Temos aqui os comentários de algumas pessoas que receberam o clipe, já assistiram e enviaram a opinião delas.*

Aquela era a surpresa de Samantha, Lorenzo teve certeza. Um vídeo apareceu na tela, gravado em uma grande sala de estar, e uma famosa dupla feminina, que também era agenciada por Samantha, comentava que tinha visto o clipe e adorado. Rasgaram elogios a Conrado, e terminaram dizendo que lhe desejavam muito sucesso e que mal podiam esperar para conhecê-lo.

No sofá, Conrado ficou boquiaberto, as mãos segurando o próprio rosto como se ele pudesse se desfazer caso soltasse. E não só ele. Lorenzo também. Matias tinha uma expressão indecifrável. Talvez por não conhecer as meninas. Mas aí entrou o próximo artista num outro vídeo, gravado em outra casa, e ele se surpreendeu também.

Um dos cantores favoritos de Conrado apareceu na tela logo na sequência. O homem ruivo dizia que tinha acabado de ver o vídeo e que o garoto tinha tudo para ser um grande sucesso. Quando Conrado pensou que tinha acabado, a tela mostrou mais um cantor dono de grandes hits, numa janela em frente a um quintal gramado e cheio de árvores. Ele também elogiou a performance de Conrado, falando que amou ver a escolha certa de Samantha e que todo mundo ainda ouviria muito o nome de Conrado por aí.

O programa voltou para Júlia Couto, que finalizou com mais alguns comentários, mas Conrado já não conseguia ouvir mais nada. Sua mente estava em frenesi. Ele olhou para o pai, para o namorado e apontou para a TV, a boca ainda aberta de espanto.

— Eles falaram de mim! — exclamou, mal contendo a empolgação. Sua voz saiu um tanto quanto esganiçada, provocando risadas em Lorenzo. — Meu Deus! Eles falaram de mim. Eles ouviram minha música... E eles gostaram!

— Não tinha como não gostarem, filho.

— Ficou perfeito. — Lorenzo segurou as mãos do namorado nas suas. — E isso é só o começo.

Assim que o lançamento terminou, entraram os comerciais. Tremendo um pouco, Conrado pegou o celular no bolso ao senti-lo vibrando e viu as várias notificações de seu Instagram. Quando abriu o aplicativo, mal conseguia acreditar. A cada segundo, ganhava novos seguidores e curtidas nas fotos. Várias mensagens chegavam nas solicitações, mas ele não conseguiu parar para ler, pois uma chamada de Samantha apareceu na tela.

— É a Samantha — disse ele, olhando para o pai e para o namorado, mostrando o celular. Por um segundo, parecia perdido. Sem saber o que fazer.

— Vai atender, ué! — Lorenzo o empurrou de leve. — Não pode deixar sua empresária esperando.

Conrado se levantou, levando o telefone ao ouvido enquanto se dirigia para o quintal da casa. Deixou Lorenzo conversando com Matias quando saiu para a noite fresca e silenciosa.

— *E aí? O que achou?* — Samantha perguntou, do outro lado da linha.

— Não sei nem o que dizer. — Ele ainda não conseguia assimilar tudo que tinha acontecido. Seu clipe em rede nacional, artistas famosos que admirava comentando sobre ele. Seu Instagram... Era o início de tudo com que ele sempre sonhara. Queria chorar, gritar e correr. Tudo ao mesmo tempo. — Você é foda mesmo, hein, Samantha! Eu sabia que tinha seus contatos, mas não esperava tudo isso.

— *Querido, eu falei que você ia dar certo e não estava brincando.*

— Como você fez isso?

— *Ué, eu só pedi um favorzinho.* — Ela gargalhou do outro lado da linha. — *Foi coisa simples.*

— Eu não poderia ter uma empresária melhor.

Um carro passou pela rua, quebrando o silêncio por alguns segundos, mas logo tudo que se podia ouvir era o estridular dos grilos e a conversa abafada de Lorenzo e Matias na sala. As duas pessoas que mais se orgulhavam de Conrado naquele momento.

— *Você tá pronto pro resto da sua vida?* — Samantha perguntou.

Ele fechou os olhos, lembrando de todas as vezes em que, naquela mesma casa, tinha subido na cama e feito shows para uma multidão imaginária. Pensou em todas as vezes que tinha ido à loja de música e comprado CDs e revistas de seus artistas favoritos, imaginando que um dia seria ele naquelas revistas, num outdoor, lotando estádios, dando autógrafos e ganhando algum prêmio importante.

Conrado Dias estava mais do que preparado para o que estava por vir. Estava pronto para o resto de sua vida. De sua *nova* vida. A vida com a qual sempre tinha sonhado.

— Eu já nasci pronto, Samantha.

— *É isso que eu gosto de ouvir!* — A mulher disse, animada. — *Inclusive, se prepara que já marquei um show pra você.*

Conrado quase se engasgou com a própria saliva.

— *Quando você volta pra São Paulo?* — Ela nem lhe deu tempo para responder e já emendou, falando tão rápido que parecia mais para si mesma do que para ele: — *A gente precisa organizar esse show. Vai ser um evento fechado, com um público estratégico. Te ligo amanhã pra marcar a primeira reunião. Enquanto isso, vou tentando conseguir uma participação sua* pessoalmente *em algum programa de TV, mas até lá é muito provável que você viralize nas redes sociais. Já até deve estar cheio de seguidores novos.*

Conrado nem conseguiu responder, apenas ouviu a empresária tagarelar. A felicidade que sentia naquele momento era extasiante. Ele se virou, enxergando, através da janela, as duas pessoas com quem mais se importava. Sorriu por ter um pai tão maravilhoso quanto Matias e se alegrou por ver Lorenzo se dando bem com ele. Estava, com toda certeza, pronto para o resto de sua nova vida. A do *cantor* Conrado Dias, um nome que entraria para a história da indústria musical.

Novos horizontes se abriam diante de si, brilhantes como o Sol. Mas a mesma luz que o iluminava também escondia uma grande ameaça. Naquele mesmo instante, um asteroide se aproximava silenciosamente, em rota direta de colisão com o planeta.

Conrado brilharia como nunca, chegaria ao auge de seus sonhos e de sua carreira, mas, quando percebesse que o *seu mundo* estava prestes a ser destruído para sempre, talvez fosse tarde demais.

O SHOW NÃO PODE PARAR

NOVE MESES ANTES DO FIM DO MUNDO

Havia algo de estranho no ar quando Lorenzo deixou seu apartamento na manhã seguinte à notícia do fim do mundo. Mal havia passado pela portaria e percebeu uma movimentação diferente nas ruas. As pessoas pareciam assustadas, andando de um lado para o outro com uma pressa ainda maior do que era de costume na cidade de São Paulo. Corriam como se suas vidas dependessem daquilo.

Aquilo o lembrou do começo da pandemia de Covid-19. Como a atmosfera havia ficado diferente. Como as ruas ficaram vazias e as pessoas passaram a se evitar mais do que já faziam. Embora o coronavírus fosse uma ameaça invisível, ainda havia chances de lutar. A situação atual era totalmente diferente. Não conseguiam ver o asteroide ainda, mas sabiam que ele estava vindo, e não tinha para onde correr, onde se esconder. Não haveria isolamento social que salvasse.

Uma senhora passou ao seu lado, segurando uma Bíblia contra o peito. Ao encontrar o olhar de Lorenzo, parou e segurou seu braço. As rugas em seu rosto denunciavam a idade avançada da mulher, e os olhos escuros o fitaram como se enxergassem por dentro da sua alma.

— Jesus está voltando, filho! — ela disse, apertando mais a Bíblia contra o peito. — Ainda dá tempo de se arrepender dos seus pecados.

Sem graça, Lorenzo se soltou do aperto dela e continuou andando. O asteroide podia ser tudo, menos Jesus voltando. Isso era uma coisa na qual sua mãe acreditava fielmente, a ponto de renunciar ao próprio filho para se agarrar a uma religião que o condenava. Ficando para trás, a senhora seguiu seu próprio caminho, resmungando consigo mesma.

Ao mesmo tempo em que algumas coisas pareciam diferentes, outras ainda eram as mesmas. Vários comércios estavam com as portas abaixadas, mas outros funcionavam normalmente (ou o mais próximo possível do normal). Passou em frente a um mercado e viu a fila de carros esperando para entrar no estacionamento. A entrada de pedestres também estava abarrotada de gente entrando e saindo, carregadas de sacolas.

Suprimentos para o fim do mundo, pensou.

Virou uma esquina e entrou na rua do local combinado com Michele. Só mais alguns passos e se viu em frente ao estabelecimento: um café pequeno, com uma entrada através de uma porta estreita debaixo de um toldo verde. Avistou a amiga lá dentro em uma mesinha redonda e foi até ela. Todos os outros lugares estavam vazios, e o único barulho vinha de uma TV em um dos cantos, no alto, que exibia mais uma reportagem falando sobre o fim do mundo e as chances da ciência de mudar o rumo do asteroide.

Michele o abraçou e Lorenzo se sentou, percebendo a preocupação no olhar dela.

— Como você tá? — perguntou, mesmo percebendo que ela estava terrivelmente assustada.

— Com medo. Eu amo viver, Lorenzo. Não quero morrer agora.

— Ainda temos algum tempo. — A voz dele estava fraca.

A TV exibia imagens de cometas e asteroides enquanto algum especialista explicava que quando um asteroide colide com um cometa no espaço, ele se quebra em vários pedaços menores, que são chamados de meteoroides. Um meteoroide, então, entra na atmosfera terrestre e se torna um meteoro, que vai se desfazendo enquanto se aproxima da superfície.

Esse fenômeno acontecia com mais frequência do que as pessoas podiam imaginar, dizia o especialista. Os meteoros chegavam em pedaços tão pequenos que se desfaziam antes mesmo de chegar ao solo, ou então eram tão minúsculos que não causavam nenhum dano. Mas esse asteroide que estava em rota direta para a Terra era tão grande que, mesmo se quebrando em pequenos pedaços, havia chances de ser grande o suficiente para causar uma destruição maior do que a extinção dos dinossauros.

— A gente sempre acha que tem todo o tempo do mundo, né? — Michele perguntou, acompanhando o olhar do amigo na reportagem.

— Mas nem todo mundo consegue saber quanto tempo tem de fato. Pelo menos temos essa chance e agora podemos escolher o que fazer com o tempo que nos resta.

— Mas é tão pouco — Michele lamentou-se. — Tão pouco pra fazer tudo que nunca fiz.

Lorenzo soltou um longo suspiro. Ela tinha razão. Tinha tanta coisa para fazer e tão pouco tempo restante. Ele devia estar se mexendo em vez de ficar ali se lamentando. Um senhor de cabelos brancos, óculos grossos e um avental se aproximou, vindo do fundo do estabelecimento. Recebeu os dois com um sorriso e perguntou o que gostariam de pedir. Após fazerem o pedido, o homem ia se retirando, mas Michele perguntou:

— O senhor está sozinho aqui?

Ele se deteve a meio caminho e se virou.

— Hoje sim — respondeu, com a voz baixa, quase apagada.

— Não tem ninguém pra ajudar o senhor? — Michele perguntou.

O homem trocou o peso de uma perna para a outra. Cruzou as mãos em frente ao corpo, olhando de Michele para Lorenzo, as rugas em seu rosto revelando o tanto que devia ter vivido até chegar ali, naquele momento peculiar. Ele suspirou fundo, soltando um peso sabe-se lá há quanto tempo preso dentro do peito.

— Dispensei meus funcionários depois da notícia de ontem. Paguei todo o salário deles pelo próximo ano, talvez o nosso último vivos. Eles precisam passar tempo com as pessoas que amam em vez de trabalhar até a morte.

As palavras saíam com um quê de alívio, como se ele não conversasse com ninguém há muitos anos. Lorenzo deu um sorriso triste ao observá-lo. Aquele senhor parecia tão solitário. Os ombros caídos, segurando um bloquinho de papel nas mãos onde tinha anotado os pedidos. Conseguia enxergá-lo mais jovem, talvez alegre, tocando em frente o negócio que, naquela hora, estava tão vazio quanto seu dono. Olhou para o broche no avental dele, lendo seu nome.

— Seu Otávio, o senhor fez uma coisa maravilhosa — Lorenzo disse. — Tenho certeza de que seus funcionários são muito gratos ao senhor.

Ele agitou as mãos, como quem dizia que não era nada demais.

— Eles vão precisar mais do que eu.

— E por que o senhor ainda está com o café aberto? — Michele perguntou.

Seu Otávio olhou ao redor, vendo as mesas vazias. Seu sustento por tantos anos quase vazio. O olhar abrilhantou-se aos poucos, sua postura tornando-se mais firme ao mergulhar em lembranças de um passado menos sombrio.

— Este lugar era o sonho da minha esposa — respondeu com a voz nostálgica e forte ao se lembrar da mulher, encontrando forças nas memórias felizes. — Passamos por poucas e boas juntos nessa vida. Vimos o mundo mudar e mudamos junto com ele. Nos adaptamos, perdemos, ganhamos, caímos e nos levantamos. A vida não foi nada fácil. Mas conseguimos passar por tudo. Demos forças um para o outro. Não tinha nada que eu não faria por ela. Eu queria dar a ela tudo que ela merecesse. Quis ajudá-la a realizar o sonho de ter um café, e assim abrimos esse estabelecimento há quase quarenta e cinco anos.

Seu Otávio ficou em silêncio por alguns segundos, sorrindo sozinho e encarando a parede à sua frente, a mente viajando para dias melhores. Ele balançou a cabeça, voltando para o presente. Olhou para Michele com ternura e falou:

— Fomos muito felizes aqui. Ela sempre dizia que adorava ver os clientes satisfeitos e sempre deu seu melhor. Eu mantenho tudo hoje por causa dela, pra honrar sua memória. Depois que ela faleceu, alguns anos atrás, decidi que levaria o café por quanto tempo conseguisse, nem que fosse a última coisa que eu fizesse. Eu prometi a ela.

— Tenho certeza de que ela está muito feliz, onde quer que esteja — Lorenzo comentou. Seu Otávio acenou com a cabeça em agradecimento.

— É tudo que eu tenho hoje — ele disse. — Nosso único filho morreu de Covid durante a pandemia, e agora estou sozinho. Além disso, mesmo no fim do mundo, nada é melhor do que um café fresquinho com bolo pra acompanhar, não é?

Ele começou a se afastar para preparar os pedidos, ainda falando:

— Tenho certeza de que vou encontrar minha Teresa do outro lado e, quando a encontrar, vou poder dizer que carreguei nosso sonho até o fim do mundo.

E desapareceu através da porta da cozinha. Lorenzo pensou nas milhares de histórias acontecendo naquele mesmo instante ao redor do mundo. Como cada pessoa estaria lidando com o fim iminente.

— E ainda tem gente que acha que é invenção — Michele disse.

— E não se esqueça dos religiosos fanáticos. Uma senhorinha me parou no caminho pra cá falando pra eu me arrepender dos pecados.

— É que ela percebeu seu olhar açucarado. — Michele riu.

— Parece até algo que minha mãe diria... — Lorenzo confessou. — Só queria falar com eles de novo, ver se caíram na real.

Queria muito falar com seus pais. Não queria ir embora desse plano com assuntos pendentes, mas só de se lembrar da última ligação, sentia um desânimo e uma tristeza sem igual.

— Ainda dá tempo de tentar. E, se continuarem na mesma, acho que você devia aproveitar o tempo que resta. Azar o deles. — Michele deu de ombros. — Por falar nisso, e o Conrado?

Lorenzo a olhou, depois pegou o celular na mesa. Olhou as horas, mas não prestou atenção, os pensamentos voando.

— Ainda não falei com ele.

— Mas você *quer*?

Nesse momento, seu Otávio retornou com um cappuccino para Michele e um chocolate quente para Lorenzo. Depois de entregar as bebidas, se retirou novamente. Lorenzo abriu o Instagram e pesquisou por Conrado. Ao abrir seus *stories*, o viu em um carro, falando para a câmera:

— *É amanhã, galera! Mal posso esperar pelo nosso encontro. Vamos ter a melhor noite de nossas vidas juntos.*

Ele continuava lindo. O cabelo estava um pouco mais longo, e Conrado continuava com o hábito de botar mecha atrás da orelha, provocando um pequeno sorriso em Lorenzo, que sentia falta de cada uma de suas manias.

O cantor coçou o nariz por um segundo e Lorenzo se lembrou de quando, em seu primeiro encontro, essa foi uma das coisas que percebeu nele. O jeito como ele coçava o nariz e como aquilo o encantou. E continuava encantando. Os olhos avelã de Conrado, no entanto, apesar de tentarem transmitir empolgação para seus fãs, não convenciam Lorenzo. Ele era o único que conhecia cada detalhe do rapaz. Conseguia enxergar que, por trás daquele olhar, ele estava com medo. Havia ali uma melancolia que só tinha visto uma vez, não muito tempo antes, quando ainda namoravam.

Conrado estava diferente.

— *Esse vai ser meu primeiro show em um estádio e os ingressos estão esgotados* — ele continuou. — *Sonho com isso a minha vida toda. Então vamos fazer dele o melhor último show do mundo. O primeiro e último!*

Então os *stories* acabaram. Conrado havia conseguido esgotar seu show no Allianz Parque. Ele viveria tudo que sempre havia sonhado. Não podia renunciar àquilo nem diante do fim do mundo.

— Falando no diabo... — Michele apontou para a TV enquanto tomava um gole de seu cappuccino.

A reportagem tinha dado uma trégua no assunto do asteroide e mostrava uma fila de fãs em frente ao estádio, com bandeiras, camisetas e cartazes para seu ídolo, Conrado Dias. O repórter entrevistava uma adolescente que dizia amar Conrado mais que tudo. Estava ansiosa para o show no dia seguinte, então já tinha ido para a fila para poder ver seu cantor favorito de perto.

— *Depois disso, não sei se vou ter outra chance de vê-lo!* — disse a menina que usava uma faixa com o nome do cantor na cabeça. — *Ainda bem que ele não cancelou o show. Vou morrer feliz quando o meteoro chegar, porque já vou ter visto o Conrado de perto!*

— Você vai falar com ele? — Michele perguntou. Mais fãs estavam sendo entrevistados na porta do estádio, mesmo com o fim do mundo anunciado.

Lorenzo apertou o celular nas mãos. A tentação era grande. Ele queria. Queria ligar para Conrado e contar a ele tudo que tinha para dizer. Coisas que tinham ficado entaladas na garganta. Dizer que o odiava por ter feito o que fez, mas que ainda o amava, por mais que quisesse esquecê-lo. Porra, o mundo ia acabar! Não devia ter medo de falar as coisas. A vida inteira ele fora ensinado a se esconder, a fingir, a guardar tudo. Aguentou o bullying calado, aguentou uma família que o desprezava por ser gay, aguentou um término repentino com o homem que amava e agora teria que aguentar o fim de tudo.

Lorenzo queria se libertar, mas estava preso dentro de si mesmo.

— Não, eu não consigo — sussurrou, baixando o olhar para o chocolate quente à sua frente.

Michele acariciou sua mão por cima da mesa, num gesto de compreensão. Conrado estava vivendo a vida que sempre quis, mesmo que Lorenzo soubesse que alguma coisa o preocupava, a julgar pelo olhar que, tinha certeza, nenhum dos seus milhões fãs conseguiria perceber. Só ele via. Mais ninguém. Mas, enfim, tinha que ficar na sua. Respirou fundo e guardou o celular no bolso antes de dizer:

— O show não pode parar.

EU GOSTO QUANDO VOCÊ ME CHAMA DE AMOR

DOIS ANOS E MEIO ANTES DO FIM DO MUNDO

Lorenzo odiava aquela sensação, mas não podia controlar seus sentimentos.

Sempre que alguma coisa começava a dar certo em sua vida, um nó na garganta e um aperto no peito o atormentavam, lembrando-o que tudo podia ruir a qualquer momento.

Não havia nenhum sinal de que algo daria errado, mas ele podia ouvir, no fundo de sua mente, a voz lhe dizendo para se preparar, para tomar cuidado...

Enquanto saía do trabalho após um dia de presencial, colocou o fone e deu play no álbum de Conrado no último volume. Desde que tinha sido lançado nas plataformas digitais, ele ouvia as músicas do namorado todos os dias. Não que ele precisasse, afinal, Conrado foi sucesso imediato após a estreia do clipe em rede nacional, o lançamento do álbum completo logo em seguida e, principalmente, após Samantha conseguir uma gravação de uma música inédita em parceria com ninguém menos do que a cantora mais poderosa do Brasil. Tudo isso em poucos meses.

Lorenzo seguiu vibrando com cada conquista. Comemoraram juntos em seu minúsculo apartamento e, depois que Conrado recebeu o primeiro pagamento pelas músicas, foram jantar em um dos restaurantes mais caros da cidade.

— Eu vou me demitir — Conrado disse enquanto comiam. — Do meu trabalho como professor de música. Vou me dedicar totalmente à carreira de cantor.

Lorenzo quase chorou de emoção junto com o namorado por finalmente poder começar a viver do seu maior sonho. Isso só provava o quanto se importava com o outro rapaz, como sua vida agora estava interligada à dele de uma maneira que não conseguia explicar.

Era isso que o deixava com medo.

Tudo estava dando tão certo que ele achava que a qualquer momento algo podia dar errado.

Para com isso, repreendeu a si mesmo enquanto pegava o metrô, ouvindo a voz de Conrado saindo dos fones diretamente para seus ouvidos. Tentou se distrair pensando no show que aconteceria no próximo fim de semana e para o qual ele, claro, tinha um lugar garantido. Seria a primeira apresentação de Conrado em uma casa de shows. Mas seria um evento para celebridades, influenciadores e outros artistas famosos. Tudo com o intuito de fazer o nome de Conrado Dias ganhar ainda mais potência.

E foi a partir daí que tudo começou a desmoronar.

— Você viu quem tá lá fora?

Conrado abriu a porta do camarim para o corredor iluminado pela luz branca. Algumas pessoas da equipe de produção passavam, preparando tudo para o show. Ele colocou a cabeça para fora, olhando de um lado para o outro, assustado, depois voltou e fechou a porta atrás de si, ficando a sós com Lorenzo.

Havia espelhos com luzes ao redor em um canto, perto de uma mesa com vários produtos e uma poltrona preta. Ao lado, dois sofás e algumas araras de roupa que naquele momento só tinham cabides vazios. Conrado já estava vestido para o show. Por mais simples que fosse o visual, não perdia a pose de estrela que combinava cada dia mais com ele. A camisa branca com os dois últimos botões perto do pescoço abertos e a calça preta o davam um ar descolado, mesmo com os olhos arregalados que encaravam o namorado.

— Eu vi, o lugar tá cheio de celebridades. — Lorenzo se levantou do sofá e se aproximou, ajeitando as golas de Conrado enquanto sorria para ele.

— Eu tô muito nervoso. — Conrado apoiou as mãos nos braços do outro, o olhando com cara de quem ia chorar.

— Sobe naquele palco e faz o que você faz de melhor. — Lorenzo acariciou o rosto macio do cantor. Toda vez que o olhava nos olhos, tão de perto assim, sentia como se pudesse se perder naquele mundo. — Você é o cara mais talentoso, bonito... — abriu um sorriso malicioso e demorou um segundo a mais para continuar — ... e gostoso que eu conheço. Se você tá aqui hoje, com essa casa de show cheia de gente famosa te esperando, é porque você merece.

— E porque a Samantha tem muitos contatos. — Conrado deu de ombros, fingindo indiferença.

— É, isso também — concordou Lorenzo, rindo. — Mas fica calmo. Você gravou uma música com a cantora mais poderosa do Brasil, pelo amor de Deus! E ainda fica nervoso?

— Eu nem a vi no dia da gravação. Gravamos em dias diferentes, só encontrei com ela outro dia. — Conrado ergueu uma sobrancelha, lembrando da história. — Ô mulher cheirosa.

— E ela vem cantar essa música com você hoje? — Lorenzo perguntou.

— Não. — Conrado baixou os ombros, soltando um suspiro. — Tem agenda fora do país.

Duas batidas rápidas na porta fizeram os dois se virar ao mesmo tempo. Samantha entrou, com um sorriso radiante estampado no rosto. Olhou para Conrado cheia de orgulho, como uma mãe coruja olhando para um filho no primeiro dia de aula.

— A casa tá cheia. Quase todos os meus convidados vieram. E tem vários fãs também. — Samantha bateu palmas, olhando de um rapaz para o outro, mal conseguindo conter a empolgação. — Esse show vai ser histórico. Você tá pronto?

Conrado olhou para cima, fechou os olhos e soltou um longo suspiro. Sentiu as mãos de Lorenzo segurarem as suas e de repente começou a se acalmar. A respiração ficou mais devagar, assim como as batidas do seu coração. Para completar as pessoas mais importantes de sua vida naquela hora, só faltava Matias, que havia ligado no dia anterior dizendo que não poderia ir, pois estava se sentindo um pouco indisposto. Conrado ficou preocupado, mas o pai garantiu que não era nada grave e que ficaria em casa vibrando por ele. Haveria outras oportunidades de vê-lo num palco. Aquele era só o primeiro grande show de toda a sua vida.

Abaixou a cabeça, encarando Lorenzo.

— Um beijo de boa sorte?

— Não que você precise de sorte, mas... — Lorenzo se aproximou, beijando Conrado. Após se afastar, ainda conseguia sentir o calor, como se os lábios dele estivessem em brasas. Nunca se cansaria de senti-lo.

Conrado o puxou para mais um selinho, sorrindo, e então se virou para Samantha.

— Estou pronto!

— Te vejo aqui depois do show.

Lorenzo soltou suas mãos, mas a textura delas continuou palpável mesmo quando ele já se afastava pelo corredor em direção ao camarote, onde veria a primeira grande apresentação do cara que havia conhecido por acaso no metrô de São Paulo. O cara que, embora nunca tivesse dito em voz alta, achava que poderia ser o amor de sua vida.

—

Ali do alto, do camarote, tinha uma visão privilegiada do palco e da plateia na pista. Lorenzo lembrou-se da primeira vez que vira Conrado se apresentando no vagão e depois num barzinho, com poucas pessoas prestando atenção. Agora, naquela casa de show, estavam ali só para vê-lo cantar.

Ao ver o namorado apresentando as músicas de seu álbum no palco, com o violão nas mãos, percebeu que ele tinha nascido para aquilo. Podia sentir de longe a alegria do cantor. Toda a insegurança havia ficado no camarim, e Conrado Dias *brilhou*. Ouvir suas músicas sendo entoadas no coro de vozes da plateia era uma das coisas mais lindas que já presenciara. Lorenzo só conseguia imaginar como ele devia estar se sentindo em cima do palco. Tomado pelo entusiasmo, gritou a plenos pulmões quando "Existe Amor no Metrô de SP" começou.

Ao seu lado, Michele gritava e pulava como uma verdadeira fã. De vez em quando, a moça parava e puxava o amigo para falar em seu ouvido e apontar para uma ou outra celebridade que dividiam o camarote com eles, filmando com seus celulares ou simplesmente entrando na onda das músicas.

Lorenzo só ria e concordava com a amiga, no início tentando fingir costume de estar ali dividindo o mesmo espaço que vários artistas que só conhecia pelas telas, mas nunca tinha visto pessoalmente, muito menos tão perto. Mas, depois de um tempo, foi fácil ignorar qualquer pessoa, pois só tinha olhos para o namorado. Alegrou-se ainda mais ao pensar que, assim que o show acabasse, poderia encontrá-lo no camarim e ir embora com ele, dormir ao seu lado, sentir seu cheiro, seus toques e parabenizá-lo em sua própria cerimônia particular. Tudo o que estava vivendo era uma loucura, mas poderia facilmente se acostumar se tivesse o carinho de Conrado para sempre.

O show lotado, os aplausos, os gritos e as aclamações fizeram daquela uma das melhores noites da vida de Conrado, mas o que veio em seguida a transformou também em uma das piores.

Após a apresentação, Lorenzo foi direto para o camarim, com Michele em seu encalço. Ao abrir a porta, um Conrado sorridente, avermelhado e o cabelo suado colando-se à testa, o recebeu com um abraço. Lorenzo o apertou e o beijou avidamente por toda a face, sentindo o suor dele molhando sua pele.

— Aaah, eu tô tão orgulhoso!

— Você gostou? — Conrado perguntou, segurando o rosto de Lorenzo entre as mãos. Michele andava pelo camarim, tirando foto de tudo que encontrava. Parecia uma criança num parque de diversões.

— Eu amei. Você tava perfeito, amor.

— Amor? — Conrado o observou com um semblante alegre e surpreso.

Lorenzo enrubesceu, desviando o olhar.

— É... escapou. Desculp...

— Não se atreva! — Conrado colocou um dedo em seus lábios, impedindo-o de falar. — Eu gostei. Gosto quando você me chama de amor.

Os dois se encararam, ainda entrelaçados. Conrado o beijou novamente. Lorenzo retribuiu, e os dois sequer perceberam a presença de Michele até Samantha chegar, pigarreando para interrompê-los.

— Tô atrapalhando o casalzinho aí? — ela perguntou, apoiada na porta. Piscou para Michele ao vê-la no fundo da sala e acrescentou: — Quando vocês decidirem parar de namorar, a gente sai pra comer uma pizza, pode ser? Espero vocês lá fora.

Ela foi se afastando, então parou e virou-se novamente, dessa vez dirigindo-se diretamente a Michele:

— Vem comigo, moça. Deixa o casalzinho matar a saudade enquanto a gente espera.

— Nunca vi isso! Parece que não se encontram há meses. Vê se terminam logo aí, porque eu tô com fome! — Michele sorriu e passou pelos dois.

Finalmente a sós, os dois rapazes se olharam. Conrado estreitou os olhos com uma expressão suspeita e Lorenzo entendeu na mesma hora.

— Quer fazer uma coisa que eu nunca fiz antes? — o cantor perguntou.

Lorenzo gostou da lufada de adrenalina que atingiu seu corpo. Queria viver todas as aventuras que pudesse ao lado de Conrado. Mas o coração acelerado o alertava do medo que sentia.

— Você tem certeza? E se alguém...?

— Eu sou a estrela da noite — Conrado interrompeu, num tom fingido de prepotência. — Posso fazer o que eu quiser.

— Pode, é? — Lorenzo ergueu uma sobrancelha e lambeu os lábios.

— Uhum.

— Então faz o que quiser comigo — pediu, num sussurro, aproximando-se do rosto do namorado.

Não foi preciso pedir duas vezes. Conrado arrancou a camiseta de Lorenzo de uma vez, beijando sua pele e terminando de incendiar seus corpos, que já estavam em chamas. Transar num camarim era algo que nenhum dos dois tinha pensado que faria na vida. Mas agora era um item que podiam riscar da lista de coisas a fazer antes de morrer.

A pizzaria parecia mais uma balada do que um restaurante. Com tema dos anos 2000, a decoração era composta de paredes cobertas de pôsteres de filmes, cantores e bandas famosos. A luz mudava de tempo em tempo, e quando o quarteto chegou, estava indo de verde para rosa. A música "Hot", de Avril Lavigne, começou a tocar.

Uma garçonete, usando um All-Star preto, calça jeans rasgada e uma camiseta branca com um broche com seu nome, recebeu o grupo e os levou para uma mesa no fundo do estabelecimento. Jéssica, como indicava o nome no broche, não tirava os olhos de Conrado enquanto anotava os pedidos.

— Vai ser rodízio pra todo mundo — Samantha disse, com um sorriso gentil para a moça.

— E as bebidas? — ela perguntou, contendo um sorriso, os olhos ainda fixos em Conrado.

Depois de anotar os pedidos, ela se afastou. Lorenzo a observava quando cutucou o namorado ao seu lado e disse:

— Acho que ela é sua fã.

— Não parou de encarar ele, né? — Michele emendou, ao lado de Samantha, do outro lado da mesa. — Dá um autógrafo pra ela.

— Não é assim. Não vou oferecer um autógrafo se ela nem pediu. — Conrado coçou a nuca, rindo sem graça, mas seus olhos diziam que ele adorava aquele tipo de atenção. — E ela pode simplesmente ter me achado bonito, uai!

— Ah, pronto! — Samantha balançou a cabeça, revirando os olhos e espalmando as mãos nas coxas.

— Então fala pra ela que pode só olhar — Lorenzo brincou, dando um abraço no namorado e fungando em seu pescoço. — Você tá cheiroso.

— Demoraram tanto pra encontrar a gente só por causa de um banho? — Samantha questionou, olhando para o cabelo molhado dos dois rapazes. Eles se entreolharam, sem responder. Morderam os lábios para segurar a risada.

— O que cês aprontaram lá no camarim, hein? — Michele inquiriu, inclinando-se sobre a mesa para cutucar Lorenzo, que se afastou da moça, puxando Conrado junto.

Os quatro ainda riam quando Jéssica chegou com as bebidas. O sorriso tímido em seu rosto continuava lá, e ela enrubesceu quando colocou o copo de Conrado perto dele. Nesse mesmo momento, a luz do ambiente ficou azul e "I'm Just a Kid", do Simple Plan, começou a tocar.

— Amiga — Michele chamou, gesticulando para a garçonete. Lorenzo já a conhecia bem, então lançou um olhar de desculpas antecipadas para Conrado.— Jéssica, né? Vem cá.

Jéssica se aproximou dela, e Michele apontou para Conrado.

— Cê sabe quem é ele, né? Eu vi que você tá olhando muito.

A garçonete enrubesceu, ou era só a luz que ficou vermelha de repente? Rindo sem graça, ela balançou a cabeça.

— É o Conrado Dias, né? O cantor...

— O próprio! Quer um autógrafo dele?

Jéssica olhou para Conrado, esperando permissão, e ele sorriu para a menina, que se iluminou e colocou as mãos sobre a boca, mal acreditando que estava na frente de seu ídolo. *Falando* com ele.

— Ai, meu Deus! Me desculpa — ela pediu, tirando o bloquinho onde anotava os pedidos e uma caneta do bolso. — Pode assinar aqui, por favor?

Enquanto Conrado escrevia, ela disparou a falar, nem parecendo a mesma garçonete tímida de poucos minutos antes.

— Eu queria tanto ter ido no seu show hoje, mas teria que pegar uma folga se tivesse conseguido um dos ingressos que foram sorteados pros fãs e... Meu Deus! — Ela pegou o bloquinho autografado, olhando incrédula para o objeto em suas mãos. — Você tá vindo do show, né? Deve ter sido incrível. Eu vi você pela primeira vez na estreia do seu clipe e me apaixonei na mesma hora. Você é o namorado dele?

A pergunta no final saiu tão de repente que Lorenzo tomou um susto quando percebeu que era dirigida a ele. Ajeitou a postura e assentiu.

— Sou sim. Quer tirar uma foto com ele?

— Eu posso? Ai!

Após as devidas poses, abraços e declarações de amor da fã, todos se sentaram novamente, e as pizzas foram passando com o rodízio.

— Você já tinha pensado nisso? — Lorenzo perguntou, cortando um pedaço de uma pizza de pepperoni com muçarela em seu prato. — Que um dia daria um autógrafo num bloquinho de pedidos de uma pizzaria?

— E não *qualquer* pizzaria — Samantha emendou. — Uma pizzaria temática dos anos 2000.

— Não com tantos detalhes — Conrado respondeu, olhando da empresária para o namorado. — Mas não vou mentir e dizer que nunca me imaginei dando autógrafos por aí. Ensaiei a vida toda até achar uma assinatura que ficasse bonita. E hoje foi a primeira vez que usei ela.

— Bem modesto, né? — Michele deu de ombros, fazendo os outros três soltarem uma risada, principalmente Samantha, que parecia ter ouvido a piada mais engraçada da vida e se apoiou em Michele até conseguir se conter.

— E por falar em modéstia... — a empresária disse, pegando o celular e digitando alguma coisa rapidamente na tela — ... o show foi só sucesso, olha quanta gente famosa postou sobre você.

Ela passou o celular para Conrado, que viu a página do Instagram aberta. Passou pelos *stories* que Samantha tinha aberto e viu várias filmagens de seu show, de vários ângulos, mas a maioria era do camarote onde Lorenzo estivera durante toda a apresentação. Com a correria toda, ele mal tivera tempo de abrir o próprio perfil para ver as marcações, as mensagens ou os comentários.

Seus olhos brilharam ao ver toda aquela gente falando sobre suas músicas. Muitas delas eram celebridades que ele achou que nunca fosse conhecer pessoalmente. Era surreal imaginar onde tinha chegado, mesmo depois de sonhar com aquilo a vida toda.

— Você é demais, Samantha! — ele disse, devolvendo o aparelho a ela.

— Eu sei, obrigada! — Os quatro riram com a resposta.

Conrado tirou o próprio celular do bolso e viu as dezenas de notificações na tela de bloqueio, inclusive uma chamada perdida feita por um número desconhecido dois minutos antes. Pensou em desconsiderar a ligação, pois aquilo vivia acontecendo, quando o número apareceu novamente, ligando.

Ele atendeu, enquanto "Cedo ou Tarde", do NX Zero, saía das caixas de som do ambiente. Samantha começava a se entreter com alguma história que Michele contava, mas Lorenzo não prestava atenção nelas. No fundo, ele sentiu novamente que algo ia dar errado. Fechou os olhos para tentar afastar a sensação e respirou fundo.

Pensamentos intrusivos de novo, não.

Só que, daquela vez, percebeu que não era algo da cabeça dele. Ao abrir os olhos, se deparou com o olhar preocupado de Conrado ouvindo quem quer que fosse do outro lado da linha. A mão livre do cantor tateou por cima da mesa até encontrar a sua, e Lorenzo a apertou firme, entrelaçando seus dedos aos dele, sem saber o motivo, mas certo de que ele precisaria. Sentiu suas palmas frias e começando a tremer.

A música ao fundo e todos os barulhos da pizzaria sumiram. Lorenzo só conseguia ver Conrado ao telefone, com a expressão passando da preocupação ao choque, e então para um estarrecimento que não combinava com ele. Os olhos vermelhos se encheram de lágrimas, que Conrado tentou reprimir. O rapaz desligou o telefone, soltando-o na mesa com um baque, como se o aparelho o tivesse machucado e afastar-se dele fosse a melhor solução. Lorenzo apertou sua mão, em um gesto que dizia que estava ali, mas não disse uma só palavra. Os dois apenas se olharam. Michele e Samantha riam sem perceber o que acontecia do outro lado da mesa.

O olhar de Conrado despencou junto com ele. Lorenzo não percebeu como aconteceu, mas o namorado só não ruiu ali porque ele o segurou em um abraço. Sentiu os braços de Conrado fechando-se nas suas costas, apertando-o contra ele, e ouviu o choro baixo em seu ouvido. Acariciou seu cabelo quando o rapaz afundou o rosto em seu trapézio. O peso dele caiu sobre seu corpo, denunciando suas estruturas abaladas.

Aquilo não combinava com a noite de alegria que estavam tendo. O choro baixinho de Conrado foi a coisa mais assustadora que ele podia ouvir naquela situação. Destoava de todo resto. Podia perceber as engrenagens mexendo-se dentro dele, transformando-o. A partir daquele momento, nada mais seria o mesmo.

— O que foi? Quem era no telefone? — Lorenzo perguntou, com medo da resposta.

— Aconteceu uma coisa horrível, amor — respondeu, as palavras abafadas em meio às lágrimas. Nenhum dos dois teve como notar que aquela foi a primeira vez que Conrado chamou Lorenzo de "amor". Deixou escapar, sem perceber, apenas saiu... Mas havia algo muito maior acontecendo. Sua voz saiu pesada, com um tom de dor que vinha do fundo da alma, uma frase que arrancava parte de seu coração ao dizê-la: — O meu pai morreu.

AINDA É SÓ SOBRE VOCÊ

NOVE MESES ANTES DO FIM DO MUNDO

Ele podia ouvir as milhares de vozes gritando seu nome, mesmo do camarim. Ouvia a multidão em coro cantando os refrões de suas músicas, chamando por ele. Vibrando. Ansiosos para ver seu ídolo antes do mundo acabar.

Conrado havia sonhado com o dia em que faria um show para um estádio lotado. E pelos vídeos que a produção mostrara, o Allianz Parque estava abarrotado de fãs, clamando por vê-lo fazer o que fazia de melhor.

Mas, se aquele era seu sonho de infância, por que se sentia tão vazio por dentro? Ele tinha conquistado tudo em pouquíssimo tempo. Devia estar feliz por finalmente estar levando a vida de uma estrela. Mas ainda faltava alguma coisa.

Toda vez que cantava sobre amor, Conrado Dias se perguntava se Lorenzo ainda o escutava. Será que percebia que tudo que cantava ainda era sobre ele? Ou já havia seguido em frente?

Olhou ao redor do ambiente, lembrando-se da melhor e da pior noite de sua carreira: o primeiro grande show, no qual estivera com Lorenzo em um camarim muito parecido, antes e depois. Só que agora, naquele pré-show, ele estava sozinho. *Pedira* para ficar sozinho naqueles minutos que antecediam o espetáculo. Tinha muita coisa na cabeça. Precisava se concentrar, colocar os pensamentos no lugar para poder subir no palco.

Ele tinha o mundo, mas o mundo estava para acabar. De que tinha valido tudo?

A tela no celular sobre penteadeira diante dele se acendeu. Era uma mensagem de Samantha perguntando se estava tudo bem para ele entrar dali a pouco. Conrado digitou um "tudo certo" e ficou olhando para a tela acesa.

Esperou...

Talvez a ligação ainda chegasse.

Talvez...

Mas não chegou.

Respirou fundo, fechando os olhos e largando o celular na penteadeira novamente. Precisava tomar uma decisão, pois aquela era sua única chance. Permaneceu no escuro de sua mente por mais alguns minutos, então se levantou, indo até um espelho iluminado por lâmpadas redondas na moldura.

Encarou o próprio reflexo, vestindo uma calça boca de sino preta, uma camiseta branca e um colar com um pingente com as iniciais CD. Jogou uma mecha do cabelo, que nem estava tão longo, para trás da orelha e sorriu para si mesmo, um sorriso encorajador, mas não viu o Conrado de alguns anos antes. De algum modo, ele havia mudado.

Tinha tomado sua decisão. Sabia exatamente o que fazer agora. Não deixaria seus fãs na mão.

Daria a eles um espetáculo inesquecível.

Subiria naquele palco, diante do fim do mundo, e daria ao seu público a mais bonita das despedidas.

SEU MENINO AGORA É UM POP STAR

DOIS ANOS E MEIO ANTES DO FIM DO MUNDO

A casa parecia escura e vazia sem a presença de Matias.

Muito diferente da primeira em vez que Lorenzo estivera ali alguns meses antes, quando conhecera o homem de bom coração que seu sogro fora. Ao entrar ali novamente, tudo estava quieto.

Com os braços ao redor dos ombros de Conrado, fechou a porta da sala e sentou-se ao lado do namorado no sofá. O mesmo sofá onde haviam assistido à estreia dele com Matias. Os olhos do cantor estavam avermelhados depois de tanto chorar no velório, do qual tinham acabado de voltar.

Matias havia sido um homem muito querido, considerando a quantidade de pessoas que estiveram presentes. Lorenzo não conhecia nenhuma delas, mas julgou serem família e amigos, pois quase todos tinham ido falar com Conrado, dar-lhe as condolências e jogar conversa fora, lembrando-se de momentos de quando o rapaz ainda morava na cidade.

Conrado mais escutava do que falava, ainda em choque pela morte repentina do pai. Mesmo ali, na sala, ele continuava quieto, com o olhar perdido. Lorenzo acariciou seu rosto e beijou sua testa antes de se levantar e dizer:

— Vou fazer alguma coisa pra gente comer.

Conrado assentiu sem prestar atenção. Tirou os sapatos e se ajeitou no sofá, ainda vestindo o terno preto que usara no funeral. Lorenzo tirou o paletó e foi até a cozinha. Pegando os ingredientes da última compra de Matias, começou a preparar um macarrão com almôndegas.

De vez em quando ia até a sala olhar Conrado e o encontrava do mesmo jeito: parado, olhando para o nada. Tentou conversar com ele, mas Conrado mal respondia, e às vezes parecia nem o escutar. Doía no peito ver o namorado sofrendo daquele jeito, mas não sabia o que fazer para ajudá-lo além de estar ali, cuidando dele.

Depois de receber a notícia na pizzaria, Conrado havia desabado, e Lorenzo o segurou. A ligação viera do hospital para onde Matias havia sido encaminhado após sofrer um ataque cardíaco em casa, na noite do show. Ele não resistiu e faleceu antes mesmo de ser socorrido pelos médicos. Se o vizinho que o encontrou tivesse chegado um pouco antes, talvez ele ainda estivesse ali para celebrar o sucesso da apresentação do filho.

Mas não estava. Não estaria ali para presenciar a ascensão da carreira dele, nem nada do que aconteceria depois. Lorenzo só conseguia imaginar como o namorado estava sofrendo, mas, se dependesse dele, faria de tudo para amenizar a dor. Só de vê-lo tão perdido, sentia vontade de chorar, abraçá-lo e dizer que tudo ficaria bem.

E foi o que fez, mas nenhuma palavra poderia consolá-lo. Então faria o que pudesse, mas não o deixaria sozinho.

Depois que a comida ficou pronta, Lorenzo e Conrado trocaram de roupa para comer. O cantor usava uma camiseta azul e short preto, enquanto Lorenzo vestiu short verde estampado com desenhos de melancia e uma regata escura.

— Eu o conhecia há pouco tempo, mas sei que ele era um grande homem — disse Lorenzo, servindo os dois pratos na mesa e se sentando em frente ao namorado.

— Ele era — concordou Conrado, estranhando o tempo verbal usado para falar do pai. *Era.* — Sei que tive muita sorte de ter ele como pai.

— Teve mesmo. — Lorenzo esticou a mão sobre a mesa, segurando a de Conrado. — Mas tenho certeza de que você aproveitou cada momento com ele. Ainda mais depois das histórias que vocês me contaram quando eu estive aqui da última vez.

Conrado abriu um sorriso triste. Bufou pelo nariz, negando com a cabeça em rancor, soltando a mão de Lorenzo.

— Aproveitei, mas isso não quer dizer que não dói! Isso não muda o fato de que ele morreu.

— Desculpa, não foi isso que eu quis dizer...

Conrado ignorou Lorenzo. Falava mais consigo mesmo, botando para fora a dor e a frustração em forma de palavras. Lorenzo escutou, sabendo que o namorado não queria magoá-lo.

— Se eu não tivesse nada pra me lembrar, seria mais fácil. Talvez conseguisse lidar com a perda, aproveitar melhor as coisas boas que estão acontecendo, mas... — ele mordeu o lábio inferior quando seus olhos encheram-se de lágrimas, tentando segurar o amargor enchendo seu peito — ... apesar de tudo, sempre achei que ia ter mais tempo. Tinha tanta coisa que eu queria fazer com ele ainda, mas não fiz. Sempre estive muito ocupado com minha carreira, e acabava deixando pra depois, mas agora... não tem depois.

Não conseguiu conter o choro, e as lágrimas caíram. Lorenzo se levantou, deu a volta na mesa e se sentou ao lado dele, segurando sua mão novamente. Conrado tentou se afastar, mas Lorenzo foi firme e se aproximou.

— Ai, amor. Eu sinto tanto — disse, e o abraçou. Conrado hesitou um instante, mas acabou cedendo e deixou-se chorar em seus ombros de novo.

— Obrigado — agradeceu, fungando e com a voz abafada. — Obrigado por não me deixar sozinho.

Lorenzo beijou o topo da cabeça do namorado, sentindo o cheiro do xampu em seus cabelos. Apertou-o contra si num abraço que sabia que ele precisava. Não o deixaria sair tão cedo dali.

— Não precisa me agradecer. Eu tô aqui e não vou embora, amor.

Conrado soltou uma risada pelo nariz e levantou o olhar, ainda nos braços de Lorenzo.

— Como é possível que coisas tão boas e tão ruins aconteçam ao mesmo tempo?

Lorenzo demorou um pouco antes de responder:

— Essa é a vida. Coisas boas e ruins soltas no Universo, esperando a vez de acontecerem com a gente. Não existe ninguém que está sempre triste ou sempre feliz. Não é linear. Uma hora as coisas dão certo, em outras, errado. Somos felizes. Somos tristes. Acho que a junção dessas duas coisas é o que faz a vida. Nem só tristeza, mas também nem só alegria.

— E eu tô muito triste agora — Conrado sussurrou, as lágrimas caindo outra vez. O aperto em seu coração era tão grande que ele duvidava ser possível voltar a sentir alegria um dia.

— Eu tô aqui com você.

Eles mal comeram naquela noite. Simplesmente ficaram abraçados por horas na cozinha da casa vazia onde Conrado crescera.

Nenhum dos dois queria ser o primeiro a largar.

Se não fossem as circunstâncias que os levaram àquele momento, Lorenzo estaria feliz por ter Conrado morando com ele nas semanas que se seguiram. Juntos, os dois separaram algumas caixas para doação dos pertences de Matias e depois deixaram a casa em Minas para voltar a São Paulo.

Conrado não queria ficar sozinho com o colega de quarto com quem dividia o apartamento, então Lorenzo o convidou para ficar com ele por algum tempo até que se sentisse melhor e pudesse se mudar novamente. E essa rotina continuou por duas semanas, durante as quais o cantor parecia estar se distanciando em seu próprio mundo.

Lorenzo cuidava dele, sentindo um aperto no peito ao vê-lo daquele jeito. Conseguia sentir a dor de Conrado e queria ter o poder de tirá-la dele, mas só podia fazer muito pouco.

Não teve como evitar também os pensamentos que surgiam em sua própria mente.

Ele vai te abandonar.

Vai te deixar de lado.

Você não é bom o suficiente pra ele.

Tentando ignorar as vozes de sua cabeça e focando no fato de que Conrado só estava cada dia mais distante porque estava de luto, Lorenzo foi até o mercado enquanto o namorado ficou em casa, rabiscando algumas coisas em um caderno.

— Preciso focar na minha carreira pra me distrair — ele disse, quando Lorenzo o chamou para ir junto fazer compras. — Senão eu vou enlouquecer.

Despedindo-se com um beijo, Lorenzo saiu. Voltou meia hora depois com algumas sacolas. Enquanto as colocava no balcão entre a sala e a cozinha, Conrado abriu um sorriso que não passou despercebido por Lorenzo. O cantor ainda terminava de rabiscar alguma coisa no caderno quando se levantou.

— É bom te ver sorrindo de novo.

Conrado foi até o balcão e sentou-se em um dos bancos em frente ao namorado, que separava as compras para guardá-las no armário.

— Estou começando a me sentir um pouco melhor — ele disse, apontando para o caderno. — Escrevi duas músicas hoje. Na verdade, uma só. Ainda estou pensando em mudar algumas coisinhas da segunda.

— Posso ver? — Lorenzo o olhou, pedindo permissão. Conrado assentiu, e ele puxou o caderno.

Na folha em branco, a escrita de Conrado preenchia quase todas as linhas com a letra da música. Lorenzo leu cada verso, e seus olhos marejaram com as palavras encontradas ali. Não precisou perguntar, pois soube na hora que aquela música era sobre Matias.

— Que linda, amor. Vai ficar linda na sua voz. Eu gostei muito.

— Quer ouvir um trecho dela? — Conrado perguntou. — Ainda preciso trabalhar um pouco na melodia, mas já sei mais ou menos como vai ficar.

— Quero! — Lorenzo respondeu antes mesmo do cantor ter a chance de falar mais alguma coisa. Queria vê-lo iluminado de novo. Nada como a música para acender o brilho do namorado.

Conrado ajeitou a postura no banco e posicionou o caderno no balcão de um jeito que pudesse ver a letra. Fechou os olhos, respirou fundo e, quando os abriu novamente, seu olhar resplandecia ao encarar o outro. Era como se estivesse em um palco, mas sem nenhum instrumento, somente ele, sua voz e seu talento. O timbre que saiu de sua boca era calmo, mas poderoso, e fez Lorenzo se lembrar do porquê tinha se apaixonado por aquele rapaz, tão belo e encantador:

Você se foi sem nenhum aviso
Só me restam lembranças da luz do teu sorriso
Lembro de quando eu tinha pouca idade
E você me levava pra cidade
Dizia que o mundo um dia seria meu
Hoje ele é, mas você já não está aqui
Pra ver o seu menino que agora é um pop star
Hoje o mundo é meu
Mas tudo que eu tenho teu é a saudade.

Conrado terminou com a voz embargada e os olhos marejados. Passou o dorso das mãos no rosto para secar as lágrimas antes mesmo que elas caíssem.

— Tá lindo demais.

Lorenzo deu a volta no balcão e o abraçou, desejando tê-lo em seus braços para sempre. Poderia ficar ali o dia todo. Conrado descansou a cabeça em seu peito por alguns instantes.

— Você acha que ele ia gostar?

— Ele ia amar. — Lorenzo acariciou os cabelos do namorado e o apertou contra o corpo. — Ele deve estar muito orgulhoso de você, junto com a sua mãe.

— Você acha mesmo que existe algo depois da morte? — Conrado levantou a cabeça, olhando para o namorado.

— Eu não sei, mas gosto de acreditar que sim. A vida não pode ser só isso, né? Tem que ter algo depois.

Conrado ficou em silêncio, o olhar cabisbaixo se perdendo em devaneios. Seu semblante dizia que não acreditava na mesma coisa.

— Mas e a segunda música? — Lorenzo mudou de assunto. — Você me disse que escreveu duas. Qual é a outra?

Conrado voltou a sorrir, soltando-se do abraço. Virou uma página no caderno e apontou.

— Essa eu fiz pra um carinha de quem eu gosto. Ela se chama "Eu Gosto Quando Você Me Chama de Amor".

Lorenzo sentiu um frio na barriga e o rosto formigar. Ainda não tinha se acostumado a ter Conrado escrevendo músicas para ele. Nunca se acostumaria. Se ele escrevesse mil músicas, teria a mesma reação mil vezes.

— Canta pra mim — pediu, mal contendo a alegria no rosto. — Quero ser o primeiro a ouvi-la.

— Mas ainda não tá pronta, eu...

— Não tem problema. Cante como está. — Aproximou-se de Conrado, encostando seu corpo no dele, segurando o rosto do namorado entre as mãos e olhando no fundo de seus olhos. — Canta pra mim... *amor*.

Conrado riu, primeiro negando com a cabeça, depois assentindo.

— Pedindo assim, não tem como negar, né?

Lorenzo deu espaço e Conrado puxou o caderno para mais perto. O cantor fechou os olhos, balançando a cabeça sob o ritmo de uma música que somente ele escutava. A melodia imaginária dava início à canção para, segundos depois, começar a cantar.

Cada palavra que saía de sua boca era um bálsamo para os ouvidos de Lorenzo. A letra apaixonada na voz dele tornava tudo mais mágico, mais poderoso. Mas, quando ele abriu os olhos, era como se estivesse cantando para um show lotado. De repente, Conrado estava sozinho numa bolha, livre das lembranças ruins dos últimos dias, livre de tudo, somente ele e sua música. Seu dom e mais ninguém. Nem mesmo Lorenzo.

Um toque nos lábios o trouxe de volta para a realidade de uma vez só. O namorado à sua frente o puxava para um beijo, sorrindo radiante, com o corpo expressando tudo aquilo que a música tinha lhe causado. Segurou o rosto do cantor com as duas mãos outra vez, prendendo-o num beijo escaldante.

Conrado retribuiu, apertando a cintura de Lorenzo contra si, rendendo-se ao calor do momento. Todos os problemas do mundo sumiram de súbito. Por um instante, Conrado esqueceu-se do luto pela morte do pai. Lorenzo se esqueceu das suas inseguranças e qualquer pensamento intrusivo desvaneceu de sua mente. Só o que existia era o beijo compartilhado, com os dois isolados do Universo naquele refúgio particular, onde nenhum mal poderia atingi-los.

Esqueceram-se até mesmo da música nova quando começaram a tirar a roupa um do outro.

DOIS ANOS E CINCO MESES ANTES DO FIM DO MUNDO

Ao fim do primeiro mês dividindo o mesmo teto, Conrado chegou com a notícia.

— Comprei um apartamento — disse, durante o jantar, sem mais nem menos. Os dois comiam em frente à TV da sala de Lorenzo, assistindo a um filme de super-heróis recém-lançado.

Lorenzo terminou de mastigar lentamente a comida, engoliu e depois virou para o lado, encarando o outro rapaz. Queria dizer algo, mas não saiu nada de sua boca. Conrado continuou, olhando para o prato em suas mãos:

— Acho que já tá na hora de eu devolver seu espaço. Não quero te atrapalhar mais.

— Mas você não me atrapalha. Nunca. — Lorenzo sentiu uma pontada de tristeza. Tinha se acostumado tanto com a ideia de ter o namorado com ele que nem se lembrava de que dividir o mesmo teto era uma ideia temporária. — Eu gosto de ter você comigo.

Conrado se virou no sofá, ficando frente a frente com ele.

— E eu gosto de ficar com você. — Colocou uma mão em sua bochecha. Lorenzo sentiu o calor e fechou os olhos, apreciando a sensação. — Mas preciso do meu cantinho agora. Estou trabalhando nas novas músicas e vou iniciar uma turnê pelo país. Não quero te atrapalhar com os ensaios e a rotina pra organizar tudo.

Lorenzo queria continuar como estavam, e sabia que era egoísmo ficar triste. Mesmo assim, não conseguiu deixar de se sentir um pouco desapontado. Será que Conrado estava enjoando da rotina dos dois? Uma rotina simples demais para um astro do pop.

— Eu vou ficar com tanta saudade — sussurrou por fim.

— Nem me fala. — Conrado colocou o prato de comida no braço do sofá e se aproximou do namorado, puxando-o para um beijo. Demorado. Profundo. Quente. Lorenzo se derreteu como da primeira vez que o tinha beijado. Nunca conseguiria enjoar dele, nem se desejasse. — Mas você vai estar sempre comigo. Em todas as minhas músicas. Em cada letra que eu cantar nos palcos. Tudo sempre é sobre você.

Lorenzo sorriu, a testa apoiada na de Conrado.

— E quando você voltar entre um show e outro, vou te beijar muito.

— E eu vou ser todo seu. Prometo.

Foi a primeira promessa que Conrado fez e não cumpriu.

UM ANO E NOVE MESES ANTES DO FIM DO MUNDO

Os seis meses após a compra do apartamento de Conrado passaram num piscar de olhos, e muitas coisas aconteceram na vida dos dois ao mesmo tempo após esse período. Com a turnê confirmada e a carreira cada vez mais estabelecida, Conrado abandonou a faculdade mesmo que faltasse pouco tempo para se formar. Lorenzo finalizou o curso e foi promovido na empresa para um cargo com um salário maior, começando finalmente a trabalhar na programação de jogos como tanto queria.

Devido aos rumos diferentes, o casal passou a se ver cada vez menos. Lorenzo acompanhava os shows de Conrado pelas redes sociais e sempre falava com ele por vídeo ao final de cada apresentação. Até que passaram a não se falar mais com tanta frequência.

Depois de um show em Porto Alegre, Lorenzo viu um *story* de Conrado com sua equipe, agradecendo pela noite maravilhosa que tivera. Lorenzo esperou pela ligação do namorado, mas ela não chegou. Resolveu ele mesmo ligar. Caixa postal.

Então, enviou uma mensagem:

> Tentei te ligar, mas não consegui.
> Preciso ir dormir agora porque
> amanhã acordo bem cedo.
> Boa noite, amor!

Quando acordou no dia seguinte, ainda não tinha recebido uma resposta de Conrado. Foi só depois do meio-dia que recebeu uma ligação, durante seu horário de almoço.

— Lorenzo! — Conrado parecia eufórico do outro lado da linha. — Desculpa não ter conseguido falar com você ontem. Foi uma correria depois do show. A gente saiu pra comemorar e cheguei exausto no hotel. Mal consegui ver o celular.

— Tá tudo bem. — Lorenzo mexia na parmegiana de frango em seu prato. — Como você tá?

— Eu tô ótimo! — A ligação falhou por um momento, antes de Conrado continuar: — Estamos na van, indo pro aeroporto. Tô voltando pra São Paulo hoje. E tenho uma ótima notícia.

Mesmo sem vê-lo, Lorenzo conseguia enxergar a feição sorridente do namorado, como se estivesse cara a cara com ele. Imaginou os cantos dos olhos dele com leves dobrinhas por causa do sorriso que tomava todo seu rosto. Podia jurar que ele tinha até jogado uma mecha do cabelo para trás da orelha para só depois falar:

— A gente vai encerrar a turnê no Allianz Parque!

Aquilo foi *realmente* surpreendente.

— Mentira! — Lorenzo soltou.

— Verdade! — Conrado rebateu. — A Samantha disse que temos demanda. É capaz que o estádio lote! Até lá, a gente vai trabalhando muito no marketing.

— E quando vai ser isso? — Lorenzo perguntou. Estava sorrindo pelo namorado. Conseguia sentir a alegria na voz dele, e aquilo o deixava genuinamente feliz.

— Ainda não sei direito, mas acho que só ano que vem — Conrado disse. — O plano é encerrar essa turnê e emendar com o lançamento do próximo álbum.

— Você não para mesmo, hein, amor? Estou muito, mas muito feliz mesmo por você. Quero estar com você nesse show. — Lorenzo sabia que cantar em um estádio lotado era um dos maiores sonhos de Conrado. Não podia perder por nada. — Vai ser incrível.

— É claro que você vai estar! — Conrado rebateu. — Eu não vou conseguir fazer esse show sem você.

Conrado tinha razão. Lorenzo estaria presente naquele show, só não do jeito que eles imaginavam ao terem aquela conversa.

UM ANO E QUATRO MESES ANTES DO FIM DO MUNDO

Nos meses que se seguiram, Conrado se dedicou aos ensaios e ao planejamento do show no estádio. Seu próximo período mais tranquilo seria no final do ano, porque a equipe pararia para as festas de Natal e Ano-Novo. Lorenzo achou que seria a oportunidade perfeita para passarem um tempo juntos, só deles, antes do penúltimo show da turnê em janeiro, alguns meses antes do encerramento no Allianz. Eles tentaram se encontrar com mais frequência antes das festas, mas quase não conseguiram.

— A gente tá preparando muita coisa pra esses shows, e já estamos desenhando todo o encerramento da turnê no Allianz — Conrado disse, em uma chamada de vídeo numa sexta-feira à noite. — Podemos nos ver amanhã? Preciso terminar esse ensaio hoje, não sei até que horas vai.

Frustrado, Lorenzo concordou e foi se trocar após encerrar a ligação. Já estava pronto para sair para o encontro, mas os planos tinham sido cancelados. Estava sentindo Conrado cada dia mais diferente. A carreira consumia todo seu tempo. Eles se falavam pouco e se viam menos ainda.

Lorenzo nunca cobraria que o namorado desse mais atenção a ele, mas se sentia incomodado com aquilo. Havia se acostumado a passar quase o tempo todo com ele, ainda mais depois do mês que passaram morando juntos. Estava tão acostumado a tê-lo por perto que seu corpo sentia falta quando ele estava longe.

Era só isso, não era? *Conrado não está mudando*, dizia a si mesmo. Só estava focando na carreira para lidar com o luto. Lorenzo repetia para si mesmo que não havia outros motivos para esse afastamento que nem era um afastamento. Era só coisa de sua cabeça. As vozes de sua insegurança estavam erradas.

Conrado não estava diferente. Conrado não estava se afastando dele.

E teve uma ideia para provar a si mesmo que estava certo.

No dia seguinte, encontrou Conrado no apartamento dele, que ocupava cento e vinte metros quadrados em um condomínio de luxo. Ele já tinha visitado algumas vezes depois que o namorado se mudara, mas nunca deixava de se impressionar. A sala era enorme e não tinha divisão até a sacada, que terminava com as telas de vidro, através das quais era possível ver os prédios iluminados de São Paulo.

— Oi, amor — Conrado o cumprimentou com um beijo rápido quando ele entrou. Estava radiante quando fechou a porta e o puxou para um abraço.

— Como estão os preparativos? — Lorenzo perguntou. Conrado o beijou em vários pontos do rosto, descendo pelo seu pescoço, provocando um acesso de risos. — Pelo visto alguém tá bem feliz, né?

— Eu tô. — Ele continuou beijando-o sem soltá-lo do abraço, caminhando pelo apartamento de maneira desengonçada. — Tá indo superbem e esse encerramento com certeza vai ser o show que vai dar uma guinada imensa na minha carreira.

Conrado empurrou Lorenzo no sofá, que caiu sentado. O cantor sentou-se por cima dele e o beijou com fúria. Lorenzo sentiu o tesão de Conrado no calor de sua boca e em como se esfregava em seu colo. Em questão de segundos, percebeu a própria ereção quando apertou a cintura do namorado, esfregando-se nele também. O calor intenso entre os dois foi tanto que poderia queimar suas roupas. Lorenzo arrancou a camiseta de Conrado, afundando os dedos em sua pele macia enquanto o beijava freneticamente.

Como adorava sentir o corpo dele pegando fogo em cima do seu. Quando estavam juntos daquele jeito, sentia como se pudessem incendiar o mundo.

—

Duas horas depois, deitados nus e suados no sofá espaçoso, Conrado apoiava a cabeça no peito de Lorenzo. Os fios de cabelo faziam cócegas na pele do rapaz. Lorenzo beijou o topo de sua cabeça, deslizando os dedos ao longo do torso despido dele.

— Tive uma ideia — disse.

Conrado, quase cochilando, respondeu com um murmúrio incompreensível. O fogo de antes parecia ter se dissipado, e ele estava gelado. Talvez fosse o ar-condicionado.

— Temos tido tão pouco tempo juntos — Lorenzo continuou, olhando para a luminária no teto. — Seu próximo show vai ser só em janeiro, e depois disso tem o encerramento da turnê no estádio. A gente podia fazer uma coisa só nossa no fim do ano, né?

Conrado se mexeu e ergueu o olhar para Lorenzo, esperando que ele continuasse.

— Nunca fizemos nada assim. Uma viagem só nossa. Um fim de semana diferente só pra gente.

Os dois se olharam, cada um pensando coisas diferentes. O olhar de Conrado era destruidor, tinha o poder de acordar as dezenas de borboletas que moravam no estômago de Lorenzo. Gostava tanto dele que chegava a doer. E não queria perdê-lo. Nunca.

— O que acha de a gente passar a virada do ano na praia? Só nós dois. Acho que estamos precisando. Seria bom pra você se desligar um pouco do trabalho também.

Em silêncio, Conrado sustentou o olhar do namorado por alguns segundos. Lorenzo queria ter o poder de ler pensamentos para decifrar o que se passava na cabeça dele. Conrado realmente precisava de uma folga. Desde a morte do pai, tinha focado apenas na carreira. Lorenzo tinha medo de que ele se perdesse naquele caminho. Antes de responder, o cantor abriu um sorriso receoso e assentiu.

— Acho que talvez seja uma boa ideia.

A voz trazia um tom de insegurança que Lorenzo, esperançoso demais, não notou. Os sinais estavam ali, orbitando-os o tempo todo, só que ele não queria enxergar a verdade.

Quando abriu os olhos e percebeu, foi tarde demais.

UM CANTOR QUE LOTA ESTÁDIOS

UM ANO E NOVE MESES ANTES DO FIM DO MUNDO

Conrado entrou no camarim suando e suspirando após terminar o show de Porto Alegre. Atrás dele veio Samantha, seguida de duas mulheres e um rapaz da produção. Eles organizavam os detalhes da apresentação.

O cantor pegou uma garrafa d'água de uma mesa. Bebeu metade de uma só vez, ainda eufórico depois de se apresentar. Podia sentir a adrenalina correndo nas veias. Queria correr e gritar o quanto estava feliz. O quanto as centenas de fãs gritando por ele o deixavam orgulhoso de si mesmo. Não sabia se conseguiria viver sem isso agora que estava começando a se acostumar.

— Mais um show de sucesso, meu amor! — Samantha disse, ajeitando a echarpe verde que usava, combinando com o resto da roupa. — Anda, bora gravar um *story* pra agradecer os fãs e gerar engajamento nas redes sociais.

Conrado pousou a garrafa d'água na mesa e pegou o celular, que estava jogado em uma poltrona perto de um grande espelho emoldurado por luzes amarelas. Viu o fundo de tela, uma foto em que Lorenzo beijava sua bochecha com um sorriso e os olhos fechados. O cantor olhava para a câmera sorrindo, abraçando o namorado pela cintura.

Sentindo uma pontada de tristeza querendo invadir a alegria pós-show, Conrado desbloqueou a tela, e a foto dele com Lorenzo sumiu. Abriu o

Instagram e começou a gravar o *story*, chamando Samantha e a equipe da produção.

Pouco depois, postou o vídeo e várias curtidas começaram a surgir na tela. Deixou o celular jogado na mesma poltrona e foi para o chuveiro do camarim tomar um banho.

Debaixo d'água, pensou em ligar para Lorenzo, mas estava tão animado que queria sair dali logo e ir para o jantar que Samantha tinha reservado para eles. Segundo ela, tinha um anúncio importante para compartilhar. Conrado terminou o banho o mais rápido possível e saiu, já trocado, para o camarim agora vazio.

Pegou o celular e viu que tinha uma ligação perdida de Lorenzo em meio às notificações do Instagram que continuavam surgindo. Ele bloqueou a tela no mesmo momento em que Samantha bateu na porta, colocando a cabeça para dentro do camarim.

— Pronto pro jantar? — ela perguntou, com um sorriso de orelha a orelha, esfregando as mãos uma na outra.

— Você vai me contar logo a fofoca ou vai ficar de mistério? — Conrado rebateu, saindo com ela pelo corredor.

— No carro eu te conto — a empresária respondeu, enlaçando o braço no dele.

— Dois reais ou uma carona misteriosa? — Conrado brincou, rindo.

—

No banco de trás do carro, enquanto passavam pelo centro de Porto Alegre, Samantha não conseguiu mais se segurar:

— Seguinte, estamos indo jantar numa pizzaria com um jornalista. É ele quem vai te ajudar a divulgar a próxima etapa da sua carreira.

— Já estamos pensando na próxima? — Conrado viu o motorista olhando-os pelo retrovisor. O homem desviou o olhar ao perceber o cantor devolvendo a encarada, mas Conrado lançou um sorriso tranquilizador para ele.

— É claro — Samantha disse. — Tá pronto pra saber qual é?

Sem esperar resposta, ela continuou:

— Olhamos seus números e percebemos que a demanda é muito alta. Mais do que a gente projetou a princípio, e isso é ótimo! Então... — Ela fez uma pausa para criar suspense, mas estava empolgada.

O carro entrou em uma avenida bastante movimentada, cercada dos dois lados por comércios chamativos, com fachadas decoradas e iluminadas. Em sua maior parte, eram restaurantes e bares.

— Conta logo, Samantha, tá me deixando ansioso! — ele disse, virando-se para ela.

— Essa é a intenção — brincou a mulher. — Nós vamos encerrar sua turnê com um show no Allianz Parque!

Conrado pensou ter ouvido errado. Encerraria a turnê em um estádio?! Sua primeira turnê? Tentou formular alguma coisa para dizer, mas seus pensamentos se embaralharam na cabeça por um instante. Como assim ele faria um show daquele porte?

— Do que você tá falando? — Foi a pergunta que escapou de sua boca.

— Isso mesmo que você ouviu! Um show de encerramento no Allianz Parque. Com a sua demanda, é capaz que o estádio lote! E aí a gente já emenda isso com a gravação do segundo álbum e deslancha de vez.

O carro estacionou em frente à pizzaria. Samantha praticamente empurrou Conrado para fora do veículo. Na calçada, ele ficou parado, olhando para a mulher com a boca meio aberta, um tanto catatônico.

— Samantha, isso é sério mesmo?

Ela o segurou pelos braços, forçando-o a encará-la.

— É, querido — disse, começando a puxá-lo para dentro da pizzaria. — Pode aceitar logo a ideia, porque o Tiago já tá ali esperando a gente.

Ao adentrarem o estabelecimento, uma luz alaranjada os engoliu. Era um pouco escuro ali dentro, apenas claro o suficiente para enxergarem.

Passaram por algumas mesas até conseguirem chegar em uma onde um homem de cabelo curto e preto, e uma barba bem delineada os esperava, usando uma camisa rosa com alguns botões abertos, revelando parte do peito definido.

— E aí, querido? Como você tá? — Samantha o cumprimentou com um abraço. O rapaz se virou para Conrado com um sorriso de dentes brancos que combinavam bem com a barba escura. — Conrado, este é o Tiago, um dos jornalistas mais influentes da atualidade.

Tiago o abraçou brevemente, deixando que o perfume suave do jornalista invadisse suas narinas. As mãos em suas costas o apertaram de leve por apenas um breve instante, mas causaram uma sensação estranha em Conrado.

— A Samantha é sempre exagerada — o jornalista disse, lançando um olhar brincalhão à mulher. — Mas não exagerou quando disse que você era ótimo no palco.

Seu olhar fixou em Conrado por alguns instantes antes de ele apontar para as cadeiras, dizendo:

— Vamos sentar?

— Você tava no show hoje? — Conrado perguntou, depois de se sentar ao lado de Samantha, de frente para Tiago.

— Sim, e foi uma das coisas mais incríveis que já vi. — Tiago olhou para Samantha por um segundo, depois voltou a encarar Conrado. — E a beleza do cantor ajuda muito também.

Uau, direto e reto!, pensou Conrado. Ficou tão surpreso com o comentário que não encontrou palavras para responder. Apenas riu, desviando o olhar para um garçom que se aproximava com uma bandeja de pizza.

— Esse Tiago não muda nunca! — Samantha riu, pousando uma mão no ombro de Conrado. — Não liga pra ele, não! É assim com todo mundo.

Tiago tomou um gole da bebida à sua frente, sem deixar de encarar o cantor com um sorriso. O garçom chegou oferecendo uma pizza de pepperoni com muçarela, e Conrado apressou-se em aceitar. Ele e Samantha pediram uma caipirinha para acompanhar Tiago.

Ao morder o primeiro pedaço da pizza, Conrado não pôde deixar de pensar em Lorenzo. Era o sabor favorito dele. Sentiu um certo peso na consciência ao se lembrar de que tinha perdido uma chamada dele e ainda não tinha retornado, mas não teve muito tempo para pensar nisso, pois Samantha o trouxe de volta para o presente:

— Então... o show no Allianz Parque! Está tudo confirmado, só precisamos trabalhar muito nessa divulgação pra lotar aquele estádio e entrarmos de vez pra história.

Conrado sentiu o coração acelerar ao imaginar o futuro. Ele tocando no palco para milhares de fãs, todos vibrando com ele. Já podia ouvi-los gritando seu nome, cantando suas músicas. Um arrepio subiu por sua espinha, e por um momento ele não estava mais na pizzaria, mas em São Paulo, no palco, fazendo o show que marcaria para sempre sua carreira. Seria a melhor noite de sua vida, com toda a certeza.

— A parte da imprensa pode deixar comigo, amiga — Tiago comentou, segurando um pedaço de pizza espetado no garfo. — Se depender de mim, o país todo vai saber desse show, Conrado.

Piscou um olho para o cantor, olhando-o de lado, depois mordeu a pizza, mastigando sem tirar os olhos dele. Conrado sorriu de volta, virando para Samantha em seguida.

— E como vai funcionar isso tudo? — perguntou.

Na hora e meia que se seguiu, os três discutiram vários detalhes da divulgação do show. Tiago explicou sua ideia para trabalhar a imprensa, usando as redes sociais como o maior veículo para atrair a atenção do público. Depois, começaram a entrar em assuntos mais pessoais, como quando Tiago e Samantha tinham se conhecido anos atrás, em um evento fechado na presença de várias outras celebridades.

— A gente teve uma conexão instantânea — Tiago disse, recostando-se à cadeira com o terceiro copo de caipirinha na mão. — Ficamos bêbados juntos e foi isso que nos uniu.

— *Você* ficou bêbado, né, meu amor? — Samantha retrucou, com um sorriso no rosto. — Eu quase não bebi. Você que chegou a passar mal, eu lembro bem!

— Isso não vem ao caso. — Riu Tiago, balançando a cabeça. Apoiou os cotovelos na mesa, apontando para ela e Conrado. — Mas quero saber como *vocês* se conheceram.

Samantha virou um grande gole da caipirinha, levantando um dedo enquanto se colocava de pé. Ao terminar de beber, anunciou:

— Vou deixar que ele te conte essa parte. Preciso ir ao banheiro.

— Boa sorte, tá uma fila enorme — Tiago disse, olhando para um canto do ambiente, onde uma fila de mulheres aguardava para usar o banheiro. Samantha se afastou dos dois, e Tiago sorriu para Conrado. — E então, como foi?

O sorriso dele tinha algo que fazia o cantor se sentir desconfortável. Mas era um desconforto que ao mesmo tempo o agradava, como um desafio. Uma sensação de perigo que o atiçava.

— Eu estava cantando num bar — respondeu, tomando um gole da bebida. Estava forte, podia sentir o álcool subindo-lhe à cabeça. Estavam bebendo há mais de uma hora. Tinha a impressão de que suas palavras estavam saindo arrastadas. — A Samantha estava lá. Ela me viu cantando e me pediu para enviar umas músicas para ela. E a partir daí as coisas foram fluindo.

— Olha só. De cantor de barzinho a um cantor que lota um estádio. — Tiago inclinou-se sobre a mesa. Sua mão se aproximou da de Conrado. Ele conseguia sentir o calor dela perto da sua, trazendo um ardor que correu pelo seu braço e acelerou seu coração. O outro chegou com o rosto mais perto e, quando falou, o hálito de limão com álcool bateu no rosto do cantor. — Com a minha influência, eu posso te ajudar a chegar ainda mais longe. Conheço muita gente.

Conrado não respondeu, apenas o encarou. Viu os olhos de Tiago descerem até sua boca. O jornalista umedeceu os lábios, e aquela cena foi estranhamente intrigante para Conrado. Ele sentiu vontade de ceder. Estava longe de casa, com um cara bonito e encantador à sua frente. Era um convite para deixar de lado suas preocupações, nem que fosse por uma noite.

Tiago segurou sua mão, e uma onda elétrica fez Conrado se acender. Poderia esquecer temporariamente a dor do luto que sempre o invadia quando pensava no pai. Poderia deixar de lado o sofrimento que o sufocava ao se lembrar das memórias boas com Matias. Tiago conseguiria, por uma noite, fazê-lo se esquecer de tudo. Ele sentia isso.

Mas será que se esqueceria de Lorenzo?

O celular em seu bolso pesou, lembrando que tinha uma ligação dele ali, esperando-o. Isso não era justo com ele. Lorenzo era bom. Bom até demais. Estava sempre do seu lado. Mas, ao mesmo tempo, Lorenzo ainda o conectava com algo que doía muito. O ponto de virada em sua vida, o fim de semana em sua casa em Minas, era uma lembrança feliz que envolvia o namorado e o pai, mas também servia agora como prenúncio da morte de Matias.

— É só você dizer que sim — Tiago sussurrou, o trazendo de volta. Estava tão próximo de seu rosto que em mais um centímetro seus lábios se encontrariam. Os hálitos se misturavam no ar. O corpo de Conrado dizia que sim, a mente dizia que não, e o coração não sabia o que dizer. Estava confuso, perdido, dolorido...

— Voltei! Até que foi rápido. — Samantha se aproximou da mesa novamente, sentando enquanto ajeitava o cabelo. Tiago soltou a mão de Lorenzo e se afastou, sem tirar os olhos dele. — O que eu perdi?

Conrado olhou para as próprias mãos, depois ergueu a cabeça para Tiago. Então se virou para Samantha, encontrando-a sorridente ao pegar seu copo.

— Eu acho que vou pro hotel. Tô cansado por causa do show, e amanhã temos que voltar pra São Paulo, né?

— Mas já? — Samantha perguntou, enquanto Conrado se levantava. — Agora que tá ficando bom aqui.

— Eu peço pro motorista me deixar lá e depois vir te buscar. — Ele se inclinou e beijou Samantha no rosto, depois se virou para Tiago, que ergueu o copo como se brindasse, e piscou.

— Foi um prazer, Conrado. Se quiser continuar a nossa conversa, é só pegar o meu número com a Samantha.

Conrado hesitou por alguns segundos, então partiu em direção à saída da pizzaria. Quando ele saiu, Samantha deu de ombros e começou a rir.

— Acho que a conta sobrou pra mim.

Tiago se uniu a ela na risada, e os dois voltaram a beber.

Conrado se jogou na enorme cama do hotel e apagou todas as luzes. Enfiou o travesseiro no rosto, sentindo-se culpado pelos pensamentos que haviam cruzado sua mente na pizzaria. Chegara muito perto de trair Lorenzo. Não era isso que queria. Mas a pior parte foi que, por alguns momentos, ele praticamente tinha se esquecido da existência do namorado. Só tinha pensado na carreira, na emoção do momento, em tudo que o futuro lhe reservava. E o sentimento era tão bom! Queria sentir aquela euforia sempre.

Mas o luto pela morte do pai e seu relacionamento com Lorenzo pareciam ser como uma âncora.

Odiou-se por pensar daquele jeito, mas não conseguiu evitar. Pegou o celular para ver a hora. Já passava das duas da manhã, e ele ainda não tinha retornado a ligação do namorado. Decidiu que falaria com ele assim que acordasse e estivesse a caminho do aeroporto para retornar a São Paulo.

—

No dia seguinte, sentindo-se um pouco melhor, Conrado despertou focando no futuro: seus projetos e sua música. A ideia de um show num estádio ainda parecia surreal demais, e estava ansioso para compartilhar a notícia com o mundo. Mas, como ainda não podia, aproveitou para ligar para Lorenzo quando estava numa van com Samantha e o resto da equipe de produção, rumo ao aeroporto.

Compartilhou as notícias com o namorado. Ouvir a voz de Lorenzo era reconfortante e assustador ao mesmo tempo. Depois da noite anterior, estava confuso com o que sentia. Não tinha dúvidas do quanto gostava de Lorenzo, mas não sabia mais se era certo permanecer do mesmo jeito. Por ele e por Lorenzo.

Sentia falta dele, gostava quando estavam juntos, se sentia indubitavelmente atraído pelo rapaz. Ansiava pelo seu toque, pelos seus beijos, por senti-lo junto a si, pela sua pele macia sob seus dedos. Amava tudo em Lorenzo. Mas um resquício de medo começava a surgir ao pensar em encontrá-lo. Os pensamentos que tivera com Tiago o assombravam, dizendo que talvez fosse isso que Conrado precisava fazer: se afastar para o próprio bem, dar um tempo a si mesmo, processar a morte do pai, fugir do luto dilacerante, focar na carreira.

E foi isso que fez ao voltar para São Paulo. Lorenzo queria encontrá-lo, mas Conrado ainda estava receoso. Tinha medo de vê-lo e se lembrar do que quase havia feito em Porto Alegre. Inventou que precisava focar nos ensaios para o próximo show, o penúltimo da turnê, e na organização do grande evento no estádio, o que não era de todo mentira. Ele realmente teve várias reuniões com Samantha e com outros jornalistas. A carreira estava indo cada vez melhor, mas sua mente andava cada vez mais confusa.

UM ANO E QUATRO MESES ANTES DO FIM DO MUNDO

Por algum tempo, quase não se encontraram. Os ensaios e reuniões tomaram quase todas as horas dos dias de Conrado. Falavam-se por chamadas de vídeos ou se viam rapidamente entre um compromisso e outro. Conrado sabia que não conseguiria fugir para sempre, mas mesmo assim cancelou um encontro com Lorenzo numa sexta-feira à noite, pedindo para que se vissem no sábado. Assim teria um pouco mais de tempo para se preparar para encontrá-lo. Não queria magoá-lo, então era necessário mais um pouco de tempo para botar a cabeça em ordem.

Não foi o suficiente, então quando Lorenzo chegou em seu apartamento no sábado, não deixou que conversassem muito. Não queria que os pensamentos de culpa pela quase traição o invadissem e ele começasse a questionar tudo novamente. Foi logo partindo para o ataque, numa tentativa de esconder sua inquietação. Empurrou Lorenzo no sofá e se sentou por cima dele, beijando-o com força, rendendo-se ao tesão acumulado. Transaram ali mesmo.

Duas horas depois, estavam deitados no sofá espaçoso completamente sem roupa e suados, Conrado com a cabeça apoiada no peito do namorado, os fios de cabelo fazendo cócegas em sua pele.

Lorenzo beijou o topo de sua cabeça, deslizando os dedos pelo torso despido dele.

Conrado estava quase cochilando quando Lorenzo disse ter tido uma ideia. O cantor respondeu com um murmúrio incompreensível. O fogo de antes havia se dissipado. Sentiu um pouco de frio, talvez por causa do ar-condicionado. Os pensamentos intrusivos haviam dado uma trégua nesse estado de semiconsciência, mas ameaçavam voltar.

Lorenzo começou a falar sobre como eles não estavam se vendo tanto. Conrado se mexeu e ergueu o olhar para Lorenzo, esperando que ele continuasse. A voz de Lorenzo parecia distante ao sugerir que eles tirassem um final de semana só para eles.

Os dois se olharam, pensando coisas diferentes. Conrado fixou o olhar no lindo rosto do namorado. Sentia-se confuso. Como podia gostar de estar com ele, mas sentir tanto medo a ponto de querer se afastar? Que tipo de sensação era aquela? Não sabia nomeá-la. Só sabia que estava a ponto de explodir se continuasse pensando muito. Então Lorenzo sugeriu:

— O que acha de a gente passar a virada do ano na praia? Só nós dois. Acho que estamos precisando. Seria bom pra você se desligar um pouco do trabalho também.

Conrado sustentou seu olhar em silêncio. Ponderou por alguns instantes. E se ele tivesse razão? Talvez passar um tempo longe de tudo e de todos, a sós, pudesse ser uma maneira de apagar as memórias ruins, criar outras e recomeçar, misturando os dois lados de sua vida. O cantor abriu um sorriso receoso e assentiu, concordando, sentindo uma insegurança que não lhe pertencia.

A VIRADA

UM ANO ANTES DO FIM DO MUNDO

A casa que tinham alugado era afastada da cidade. Ficava num terreno fechado, cercado de grama bem-cuidada e algumas árvores. Tinha dois andares e um telhado pontudo com uma chaminé. Parecia coisa de filme. No segundo andar, uma grande sacada de madeira dava para o quintal dos fundos, onde havia uma piscina, algumas cadeiras de praia e até almofadas no chão. Era o cenário perfeito para um final de semana romântico.

Durante todo o caminho até lá, Conrado foi pensando e torcendo para que colocasse a cabeça no lugar. Quando chegaram, Lorenzo foi o primeiro a descer do carro, impressionado com a beleza da construção.

— Caramba, aquela sacada é maior que o meu apartamento! — disse, apontando para o alto. — Acho que vou querer me mudar pra cá.

Conrado sorriu para ele, e os dois carregaram as malas para dentro da casa, que era tão fabulosa por dentro quanto por fora.

A sala de estar tinha dois sofás, uma lareira e era decorada com alguns quadros na parede. Um pouco mais à frente, a sala de jantar era composta por uma mesa perto de uma janela grande com vista para o quintal dos fundos.

— Vamos dar um mergulho naquela piscina lá atrás? — Lorenzo olhava pela janela para a piscina circular do lado de fora. Tirou a camisa e se aproximou de Conrado, abraçando-o pela cintura. — Temos essa casa todinha pra nós antes de irmos pra queima de fogos na praia. Bora?

Conrado o olhou, tocou seus lábios de leve e soltou-se do abraço suavemente.

— Vai na frente que eu já vou. Só vou no banheiro, rapidão.

Trancado no banheiro, o cantor respirou fundo, observando o próprio reflexo no espelho. Tinha ido até ali para tentar se reconectar com Lorenzo. Para criar memórias com ele e apagar qualquer coisa que o afligia. Só que, devido à cabeça cheia, as coisas estavam saindo do controle. Conrado mal tinha conseguido ensaiar nos últimos meses, e começava a ficar insatisfeito com seus resultados.

Ele não poderia entregar uma apresentação meia-boca no seu primeiro show em um estádio dali a alguns meses. Precisava resolver esse problema o quanto antes se quisesse dar o seu melhor.

Vai lá, Conrado Dias, disse a si mesmo em pensamento, olhando-se no espelho. *Vai lá e resolve isso hoje. O mundo é seu. Você não pode cair agora.*

Ao sair para a piscina, encontrou Lorenzo só de sunga deitado em uma das cadeiras de praia, de olhos fechados. Vê-lo sob a luz do sol, exibindo o corpo, deixou Conrado excitado. Sua atração física por Lorenzo era tão forte que ele teve vontade de arrancar as roupas ali mesmo e partir para cima dele. Em vez disso, apenas tirou as próprias roupas e se aproximou devagar do namorado. Sentou-se ao seu lado, beijando seu pescoço. Lorenzo abriu os olhos, sorrindo.

— Hmm, é aqui que a gente vai estrear a casa? — perguntou, afundando os dedos nos cabelos de Conrado, segurando sua cabeça enquanto ele ia descendo pelo seu corpo, beijando cada parte de pele exposta, provocando-lhe arrepios.

O cantor emitiu um barulho que parecia um grunhido, intensificando os beijos e mordendo Lorenzo de leve. Arrancou a sunga dele, e os dois, completamente nus, começaram a se beijar. As mãos de Conrado desceram para a bunda de Lorenzo, apertando-o com força, fazendo um gemido escapar de seus lábios. Conrado não queria pensar, não queria se lembrar de nada. Só queria fugir da realidade.

Lorenzo arranhou as costas do namorado, apertando-o contra si, sentindo o calor do corpo nu dele contra o seu. Conrado estava diferente, mais brutal, mais intenso. Estranhou aquilo por um momento, mas cada toque dele causava explosões em seu corpo e o fazia desejá-lo cada vez mais. Acostumou-se com a pegada mais forte do cantor em poucos minutos e se rendeu completamente. Estava gostando daquilo.

Conrado intercalou os beijos com mordidas, entre suspiros de tesão. Virou Lorenzo na cadeira de praia e começou a beijar suas costas. A língua acompanhou suas curvas até chegar em sua bunda. Encheu as duas mãos e caiu de boca no namorado. Ele gemeu, derretendo-se nos braços do cantor.

Lorenzo foi ao êxtase quando Conrado o penetrou. Conrado o segurou pelo cabelo, excitando-se com a visão do namorado na cadeira, rendido ao seu prazer. Estocou fundo em Lorenzo várias vezes, indo e vindo com intensidade, soltando um gemido quase animalesco. Os sons dos dois se uniram no ar, até que não sabiam mais o que vinha de quem.

Quando Conrado gozou, deixou o corpo suado cair sobre o de Lorenzo, e os dois ficaram na cadeira, acalmando as respirações pouco a pouco. Lorenzo sentia-se realizado, com os olhos fechados e um sorriso colado no rosto.

Já Conrado teve uma súbita vontade de chorar. Ele não aguentaria continuar assim. Amava estar com Lorenzo, mas seria pior para os dois se prosseguisse daquele jeito, com a cabeça tão tumultuada. Se continuassem juntos, ele não conseguiria focar em sua carreira, Lorenzo seria um lembrete ambulante do pai e ele não conseguiria enfrentar o luto. Não era justo com o namorado. Não queria usá-lo apenas quando sentisse vontade de transar. Seria muita sacanagem de sua parte.

— A gente precisa se arrumar pra ver a queima de fogos. — Levantou-se de uma única vez, virando na direção da casa. Lorenzo o segurou pelo pulso. O calor do toque fez Conrado estremecer. A vontade de chorar ficou ainda maior.

O que tá acontecendo comigo?

— Vamos ficar mais um pouco aqui. — Lorenzo soou calmo. — Aproveitar o fim da tarde. Olha só esse céu.

Conrado olhou o tom laranja no alto. O sol se punha, trazendo a escuridão da noite assim como a sombra que sentia crescendo dentro de si. Ele não queria levar Lorenzo por aquele caminho.

— Vai encher por lá. Precisamos chegar cedo. Vou tomar um banho rápido.

Avançou na direção da casa, soltando-se da mão do namorado, sem esperar uma resposta. Não olhou para trás até chegar na suíte do andar superior. Trancou-se dentro do banheiro e em seus pensamentos.

Largou as roupas no chão e afundou na banheira. Deixou-se envolver pela água quente até ficar somente com o rosto para fora. Os sons do mundo exterior sumiram, e ele desejou que a calmaria permanecesse quando emergisse novamente, mas sabia que não seria assim. Quando voltasse, todos os problemas voltariam junto. A realidade o acertaria em cheio.

Quando chegou ao quarto, ainda molhado, encontrou Lorenzo deitado na cama, o observando com um sorriso desconfiado. Conrado evitou contato visual, vestindo somente a sunga outra vez. Era melhor que se afastasse logo. Olhar para ele só tornaria as coisas mais difíceis.

— Tá tudo bem? — Lorenzo perguntou, enquanto Conrado procurava suas roupas na mala aberta aos pés da cama.

O cantor assentiu.

— Vai tomar seu banho, daqui a pouco a gente precisa sair.

O sorriso de Lorenzo morreu e ele observou Conrado em silêncio por alguns instantes, com uma expressão indecifrável. Por fim, levantou da cama, tirou a sunga e entrou no banheiro.

— Vou deixar a porta aberta — disse, ao passar ao lado do namorado.

Mas Conrado não entrou. Depois de vestir uma camisa branca e uma calça cáqui, sentou-se na cama, massageando a nuca e soltando um longo suspiro. Estava tão absorto em seus conflitos internos que mal se deu conta quando chegou na praia com Lorenzo. Agia como um boneco sem vida, indo de um lado e para o outro. Bebendo sem apreciar, olhando o céu sem absorver a beleza das estrelas, pisando na areia sem senti-la entre os dedos, ouvindo as vozes das pessoas ao redor sem escutá-las. O novo ano chegou e ele nem notou.

— Faz um pedido! — A voz de Lorenzo o trouxe de volta. Acompanhando o olhar do namorado, Conrado viu uma estrela cadente cruzando o céu. Quis acreditar na superstição e pedir para que as coisas fossem menos complicadas.

— Você sabe que aquilo na verdade é um meteoro, né? — Seguiu a estrela cadente com os olhos até ela desaparecer no horizonte. — Vai se desintegrar antes mesmo de cair no solo.

— Ai, não estraga! E desde quando você entende de astronomia? Andou pesquisando pra escrever alguma música sobre isso?

Sentiu o aperto de Lorenzo em suas mãos e o encarou. A tensão em seu corpo o faria explodir a qualquer segundo. Não conseguia mais se dividir. O show de sua vida estava se aproximando, e ele tinha que dar o melhor de si. Se estivesse com Lorenzo, não conseguiria. Precisava fazer uma escolha naquele momento: viver o auge da fama ou colocar tudo em risco.

Conrado Dias sempre teve certeza do que queria. E, por mais dolorido que fosse, ele tinha que escolher sua carreira. Havia batalhado muito por ela. O peso da fama, a ambição, o luto e o medo pesaram demais para segurar. Ele precisava terminar com Lorenzo. Se não fosse firme o suficiente, acabaria cedendo e tudo desandaria de vez. Era melhor terminar sem chances para recaídas.

Alguém tinha que ceder. Os sinais os orbitaram o tempo todo, só Lorenzo não viu, porque não queria enxergar a verdade. Preferia acreditar que estava imaginando coisas a aceitar que Conrado não conseguia lidar com um relacionamento sério, com o luto e com a carreira ao mesmo tempo.

Em uma última tentativa de seguir em frente, Conrado tomou sua decisão. Só não sabia ainda como compartilhá-la com Lorenzo. Ele tinha medo, não queria machucá-lo, mas não conseguiria oferecer o que ele precisava. O que ele *merecia*. Por isso *precisava* machucá-lo. A derradeira conversa não poderia ser adiada até que voltassem para casa.

Sem saber como abordar o assunto, ele acabou deixando escapar sua decisão no pior momento possível, do pior jeito possível. Tinha que colocar tudo para fora ou explodiria ali mesmo, junto com os fogos no céu.

— Acabou, Lorenzo. Eu tô...

— ... terminando comigo? — A surpresa no rosto de Lorenzo quase o desestabilizou. Viu os olhos dele encherem-se de lágrimas e teve vontade de chorar, mas não podia. Tinha que seguir em frente e dar o seu melhor dali em diante.

Quando uma fã que estava na praia os interrompeu para pedir uma foto no pior momento da vida de Lorenzo, Conrado sentiu um certo alívio por não ter que lidar com a situação. Era melhor assim. O pior passaria.

Eles ficariam bem. Só precisavam de um tempo.

Conrado sabia que, dali a alguns meses, estaria se preparando para começar o show de sua vida, em um camarim do estádio. Só não sabia que estaria completamente arrependido de terminar com Lorenzo.

O mundo estaria literalmente à beira do fim e, por mais que ele tivesse conquistado o que sempre sonhara, fama e milhares de fãs gritando seu nome, Conrado Dias se sentiria sozinho e com medo. E se questionando se ainda poderia voltar atrás, ou se já era tarde demais.

O ÚLTIMO SHOW

NOVE MESES ANTES DO FIM DO MUNDO

Sentado na sala do seu apartamento, com a TV ligada e o notebook no colo, Lorenzo encarava a tela do trabalho, com as mãos apoiadas no teclado, mas sem digitar. Não conseguia parar de pensar que um asteroide estava se aproximando da Terra enquanto ele continuava um projeto que nunca seria terminado. Era difícil para ele sair da rotina. Planejar cada passo da sua vida e seguir o planejamento à risca o davam um senso de controle. Mas com tudo prestes a explodir, que bem lhe faria continuar assim? Adiantaria de alguma coisa?

O que eu posso fazer? Fugir pra Marte?

Devia estar fazendo outras coisas. Correndo atrás do tempo perdido. Indo atrás das coisas que tinha vontade de fazer antes de morrer. Só que ele nunca tinha parado para realmente fazer essa lista. Teria como realizar tudo diante do fim? Sozinho?

Abriu o bloco de notas no celular e começou a escrever:

COISAS PARA FAZER ANTES DE MORRER

Encarou o fundo preto do celular e o cursor piscando, esperando as ideias fluírem. Lorenzo refletiu sobre seus vinte e tantos anos de vida. Lembrou-se da infância turbulenta, do bullying por ser "diferente", "estranho" demais. Lembrou-se de como não viveu sua adolescência porque desenvolveu uma grande timidez, fruto de sua insegurança, como se valesse menos que outras pessoas. Tornou-se um adolescente fechado, que não tinha coragem de se abrir nem com a própria família.

Pensou nas primeiras paixões platônicas por garotos da sua turma. Paixões que nunca compartilhou com ninguém por medo de ser alvo — ainda mais — de chacota dos colegas. Lorenzo lembrava-se claramente de ver as outras pessoas da sua idade namorando, curtindo, indo para festas, mas ele, embora até fosse convidado às vezes, nunca ia ou nunca se envolvia com alguém, pois seus *crushes* eram sempre inalcançáveis. Não que ele fosse o único menino gay, mas na época não percebia os outros, era retraído demais para observar com atenção.

E assim ele cresceu, sentindo que perdeu um dos melhores momentos da vida: a adolescência. Só conseguiu começar a se soltar um pouco mais depois que entrou na faculdade e teve as primeiras experiências com outros rapazes. Principalmente depois que conheceu Conrado. Mas, ainda assim, sentia um buraco na sua trajetória. Nunca seria possível recuperar o tempo perdido, e aquilo doía. Pensava, às vezes, que um dia viveria tudo que deixou de viver, um dia faria tudo que tinha vontade, um dia teria a sensação de ter vivido uma vida plena e feliz. Na sua imaginação esse dia estava lá na frente, num futuro distante. Só que não existia mais futuro distante, e ele não tinha tempo para viver tudo *um dia*.

Lorenzo soltou um longo suspiro e digitou abaixo do título na lista de *COISAS PARA FAZER ANTES DE MORRER:*

VIVER!

Ele tinha pouco tempo, mas não morreria antes de *viver* de verdade.

Con-ra-do! Con-ra-do! Con-ra-do!

O coro de vozes gritando chegava até os bastidores. Era só dar alguns passos e subir alguns degraus em direção ao palco que Conrado estaria à vista das milhares de pessoas que o esperavam. A energia era surreal. Os pelinhos da nuca e do braço se arrepiaram quando ele fechou os olhos e apreciou o som. Sonhara tanto com aquele momento, mas por que parecia errado estar ali?

Um toque em seu ombro o fez abrir os olhos. Samantha estava ao seu lado, com um sorriso preocupado no rosto.

— Tá tudo bem?

Conrado a encarou. Àquela altura, já não a considerava apenas sua empresária, mas também uma amiga. Conseguiam enxergar que algo estava errado um no outro. O cantor respondeu balançando a cabeça negativamente.

— Também estou sentindo isso — Samantha disse. — O que a gente faz depois de uma notícia como essa? Continuamos vivendo nossas vidas?

— O que você vai fazer, Samantha? — Conrado perguntou. No silêncio que se seguiu, puderam ouvir o coro de vozes entoando o refrão de uma de suas músicas. Os fãs estavam ávidos para verem o ídolo ao vivo. — Depois do show de hoje? O que *nós* vamos fazer?

Samantha o olhou por alguns segundos, depois colocou a mão em seus ombros e respondeu:

— Eu vou viver o resto da minha vida. Meus pais já se foram há muito tempo. Meu único irmão também morreu. E eu só tenho trabalhado e trabalhado pra suprir a falta que eles me fazem. Vou fazer o que eu devia ter feito há muito tempo.

Ela parou de falar, olhou para a escada que dava acesso ao palco, suspirou e continuou:

— Acabando esse show, eu vou ligar pro amor da minha vida e dizer pra ela que a gente não deve mais perder tempo.

Surpreso, Conrado ergueu uma sobrancelha e cruzou os braços, fingindo estar indignado.

— Como assim amor da sua vida? Você não me contou nada sobre isso...

— E agora eu tenho que te contar tudo da minha vida, é? — Samantha rebateu, dando um leve empurrão de brincadeira nele.

— Tem, sim! Achei que fôssemos amigos! — Ainda de braços cruzados, Conrado acrescentou: — Mas então quer dizer que você vai me abandonar depois desse show?

Samantha segurou o rosto dele com as duas mãos, forçando-o a encará-la.

— Claro que não. Você paga minhas contas, lembra? — Os dois riram, e a empresária emendou: — Brincadeiras à parte, temos pouco tempo na Terra, e daqui não vamos levar nada disso, então quero focar em algo que realmente valha a pena pro que vier depois.

— Você sabe que o "depois" não existe, né? — Conrado disse, desviando o olhar. Encarou o céu, como se esperasse alguma confirmação vindo de lá. — Depois que a gente morrer, acabou.

— Não estrague o meu momento! — Samantha repreendeu, franzindo a testa. — Ninguém sabe o que vem depois.

Conrado se lembrou do pai, que sempre acreditou no pós-vida. Ele mesmo já havia pensado no assunto, e sempre concordava com o pai quando Matias falava que sua mãe estava orgulhosa "lá do outro lado", somente para não o contrariar. Mas o cantor não acreditava muito nisso. Passou a crer ainda menos depois da morte do pai.

Em meio aos pensamentos de vida após a morte, lembrou-se de Lorenzo. O jovem tinha esperanças de que havia algo melhor os esperando. Recordou-se das vezes em que o ouvira mencionando aquilo.

Ah, Lorenzo... tão sonhador, sempre esperando pelo melhor que estava por vir.

— Você vai subir nesse palco e vai arrasar como sempre — Samantha encorajou.

— E depois? — sussurrou, apesar de temer a resposta.

— Depois a gente continua vivendo. — Samantha deu um tapinha de leve na bochecha dele. — Dois minutos pra você entrar, meu *pop star*.

Conrado a observou se afastar. Um rapaz da produção se aproximou e começou a colocar o retorno de áudio em seu ouvido, prendendo uma parte do aparelho em sua roupa e escondendo os fios por dentro da camisa. Conrado ficou parado como um boneco enquanto o homem o ajeitava e depois entregava seu violão.

Em um minuto ele subiria no palco para o maior show da sua vida. O primeiro e o último em um estádio.

Precisava se concentrar na apresentação, mas a fala de Samantha ecoava em sua cabeça:

Eu vou ligar pro amor da minha vida e dizer pra ela que a gente não deve mais perder tempo.

Conrado ajeitou a postura, jogou a mecha para trás da orelha e respirou fundo. O rapaz da produção fez sinal positivo e o cantor colocou seu melhor sorriso no rosto, começando a subir os degraus.

O palco estava escuro, então as pessoas na plateia ainda não conseguiriam vê-lo, mas, mesmo assim, ele sabia para onde ir. Fizera aquele caminho diversas vezes durante os ensaios. Parou no centro do palco, sentindo a gritaria dos fãs fazendo o chão tremer.

Luzes se acenderam em todos os cantos. Ele enxergou o estádio lotado, milhares de rostos desconhecidos clamando seu nome. O ar pulsava, eletrizando sua pele. Estava vivendo seu sonho. Mas, dessa vez, ele estava presente de corpo e alma e não acordaria no final.

Só que, naquele momento, parte dele estava no palco, apreciando cada detalhe, cada segundo. A outra estava bem longe dali, no último, e único, lugar onde tinha se sentido seguro e amado. O melhor lugar onde poderia estar. Não somente no fim do mundo, mas em qualquer momento de sua vida.

Os dedos tocaram as cordas do violão, ressoando o primeiro acorde em meio às vozes dos fãs. Antes mesmo de cantar o primeiro verso da música de abertura, Conrado Dias já pensava em como sair dali.

— PUTA QUE PARIU, GAY! — Michele gritou quando Lorenzo atendeu à chamada de vídeo. O rosto dela estava tão próximo da câmera que ele praticamente só conseguia enxergar sua boca e nariz. — VOCÊ NÃO VIU ISSO, VIU?

Lorenzo mal teve tempo de responder, somente de erguer uma sobrancelha, intrigado, e a amiga emendou:

— É claro que não! Você não estaria calmo desse jeito se tivesse visto!

— O que foi, Michele? — perguntou o rapaz, começando a perder a paciência. Michele tinha o dom de irritá-lo quando começava a falar sobre coisas presumindo que ele estivesse a par do assunto.

— Tá todo mundo compartilhando na internet!

— Compartilhando o quê? Alguma novidade do asteroide? — Ele balançou o celular como se estivesse balançando a amiga pelos ombros.

— Não! É sobre *você*! — Michele tremeu na tela quando começou a digitar no celular. — Tô te mandando o link.

Curioso, Lorenzo foi direto na conversa com a amiga e clicou no link. Quando deu *play*, sentiu o coração parar no peito e esqueceu como respirar.

Conrado sentia o suor escorrendo pela têmpora quando terminou de cantar o último verso de "Você Não Soube Me Amar". Estava de joelhos no centro do palco, as costas curvadas para trás, erguendo o microfone em frente à boca e o afastando enquanto estendia, em seu tom mais afinado, a última palavra da canção. Um "amaaaaaaaaar" que ecoou por todo o estádio. Naquele momento, Conrado não enxergava, pois cantava de olhos fechados, o coração batendo acelerado no peito.

A plateia explodiu em aplausos e gritos que reverberaram até ele. Conrado *sentiu* as ondas sonoras atravessarem o estádio, tremerem a estrutura do palco e entrarem pelos seus ouvidos enquanto ele recuperava o fôlego. O cantor abriu um sorriso e passou o olhar pelos seus fãs, até onde conseguia enxergar. Milhares de rostos desconhecidos, outros que ele lembrava de já ter visto em shows anteriores, mas era impossível categorizar cada um. Eram milhares de histórias, milhares de sonhos, milhares de amores... Todos estavam juntos naquele espaço, energizando-se com suas composições.

"Você Não Soube Me Amar" foi uma das letras que ele gravou a pedido da gravadora, que havia solicitado uma música de superação, sobre uma pessoa que superava um coração partido. Havia se tornado um dos seus últimos sucessos, mas ninguém sabia que a música era inspirada nele mesmo, e que, para compô-la, Conrado imaginou ser Lorenzo. Tentou se colocar na pele dele e transcrever os sentimentos que o ex-namorado devia ter sentido após ter sido abandonado. Por isso, apesar de ser um grande sucesso, era a música de que ele menos gostava. Mas não podia deixá-la de fora da *setlist*. Os fãs iam à loucura.

Ainda em meio ao revérbero dos gritos, ele se levantou e foi até um canto do palco, onde se abaixou e pegou uma garrafa de água. Bebeu metade, sentindo o alívio fresco descendo pela garganta enquanto checava a próxima música na *setlist* grudada no chão. Assim que terminou de beber, trocou o microfone solto por um de prender no ouvido e caminhou lentamente para um banco alto postado no centro. Ao lado do assento, repousava seu violão.

Conrado se sentou, apreciando a linda vista das milhares de luzinhas que brilhavam na plateia. As lanternas de vários celulares já estavam prontas para o que viria a seguir. Os fãs já sabiam antes mesmo de ele anunciar. Pareciam o conhecer melhor que ele mesmo. Ou *achavam* que o conheciam. Porque a verdade era que nenhuma daquelas pessoas tinha a mínima noção do que se passava dentro de sua cabeça naquela hora.

Talvez a única que soubesse, a única que o tinha enxergado de verdade, nem mesmo estivesse ali.

Conrado ergueu uma mão, e a plateia em euforia foi ficando em silêncio aos poucos. Com o barulho sumindo, ouviu alguém gritando "gostoso!" e soltou um riso pelo nariz. Algum fã histérico gritou em seguida:

— O mundo pode acabar agora que eu te vi, Conrado!

O cantor riu, procurando pelo dono da voz, mas era impossível achar qualquer pessoa no meio de todos aqueles rostos ávidos que o olhavam.

— Ainda não — ele respondeu, ajeitando o violão no colo. — Ainda temos um pouco de tempo antes disso acontecer.

Naquele instante, o silêncio era total. Somente sua voz ampliada pelo microfone podia ser ouvida. A lua brilhava no céu, e era possível vê-la pela abertura no alto do estádio. Conrado olhou para cima, depois para a plateia outra vez e continuou:

— Eu espero que, depois desse show, vocês voltem pras pessoas que amam e digam o quanto elas são importantes, digam sem medo, antes que seja tarde demais. Daqui a pouco, vai ser tarde demais pra todos nós. Mas ainda temos uma chance de falar tudo que quisermos falar. De fazer tudo que quisermos fazer.

Aplausos e gritos subiram pela plateia, e Conrado foi obrigado a pausar até que todos se aquietassem novamente.

— Depois das últimas notícias, vocês devem estar pensando: por que a gente? Por que agora? Por que o fim do mundo não vem daqui a milhares de anos? Mas eu acho que temos *sorte*. Temos sorte de saber quando tudo vai acabar. Quantas pessoas gostariam de ter tido essa chance? Se a gente soubesse, talvez não perdêssemos tanto tempo com besteiras, com mágoas sem sentido, com joguinhos. Se a gente soubesse... e nós sabemos agora... quando tudo fosse acabar, talvez a gente focasse no que realmente importa e não levasse nada para o túmulo. Por isso, eu digo a vocês: nós vamos viver! Vamos viver nossos últimos dias como a vida merece ser vivida.

Ele foi obrigado a pausar de novo, porque os gritos foram ainda mais altos. O estádio foi à loucura. *E nem é um jogo da Copa do Mundo*, Conrado riu consigo mesmo, observando os milhares de jovens vibrando com suas palavras. Mas ele havia dito aquelas palavras com o coração. Não eram para os fãs, eram para ele mesmo. Era um modo de dizer a si mesmo o que fazer. *Ele* precisava ouvir aquelas palavras mais que qualquer um.

— Quando vocês saírem daqui hoje, abracem quem vocês mais amam e digam àquela pessoa o quanto ela significa pra vocês. Aproveitem cada segundo ao lado dessa pessoa, pois não temos muitos sobrando.

Ele hesitou, olhando as luzes dos celulares pela arquibancada e pelo gramado, todos virados para ele. Atenção total.

— A próxima música — continuou, após tomar coragem —, eu escrevi pensando na pessoa mais importante pra mim depois do meu pai. Foi essa música que abriu todas as portas e que me trouxe até vocês. Sem ela, eu não teria chegado aonde estou. E sem a pessoa que a inspirou, eu não seria quem eu sou hoje.

Ergueu o olhar para a arquibancada, vendo as lanternas dos celulares brilhando como se fossem estrelas. Como se ele estivesse flutuando no céu noturno, a lua coroando-o do alto. O palco estava escuro, somente ele estava iluminado sob um holofote de luz azulada. Sabia que nos cantos, além de onde os fãs enxergavam, sua equipe de produção estava a postos, esperando para fazer as mudanças de cenário quando chegasse a hora. Samantha devia estar por ali também, em algum lugar. Percebendo que vários celulares o filmavam, Conrado continuou, como se estivesse enxergando o motivo de tudo bem à sua frente, sem se importar com as consequências que suas próximas palavras teriam:

— Eu sei que você não está nessa plateia hoje, eu não mereço ter a sua presença aqui. Mas esse vídeo pode chegar até você... então, estou aqui, despido de qualquer vaidade, totalmente vulnerável, pra dizer que você segue sendo muito especial pra mim. Eu quero...

A voz de Conrado falhou. O cantor varreu as primeiras filas da pista com os olhos, enxergando centenas de rostinhos ávidos, em êxtase por estarem diante de seu ídolo. Alguns jovens gritaram ao perceberem-no olhando para eles. Mas é claro que *ele* não estava ali. A causa de todo aquele discurso, de todos aqueles sentimentos contidos sendo vomitados no meio do show. Um nó em sua garganta quase o impedia de falar, mas ele precisava continuar. Não conseguia mais segurar aquilo dentro de si.

— Eu quero que você saiba que tudo que eu canto sempre foi e ainda é sobre você. *Nunca* deixou de ser sobre você.

Conrado fechou os olhos e viu, na escuridão, a luz que devia seguir. Ouviu até mesmo uma voz o chamando. Ele sabia de quem era. E iria atrás.

Abriu os olhos, os dedos lentamente tocando as cordas do violão, começando as primeiras notas de "Existe Amor no Metrô de SP", a música que deu início a tudo e a que também terminaria tudo.

O peito de Conrado parecia que ia explodir. Sua garganta estava embolada, os olhos marejados, a cabeça a mil. Já não conseguia se conter. Os dedos tocavam automaticamente, e a qualquer instante ele teria que começar a cantar, mas...

Parou. Respirou fundo. Olhou os fãs mais uma vez e se colocou de pé.

— Sempre foi sobre você. Sempre será sobre você. E não tem lugar melhor pra estar no fim do mundo do que ao seu lado, Lorenzo.

Conrado passou a faixa do violão por cima dos ombros e largou o instrumento no chão com um baque seguido das cordas estalando. Seu coração pularia pela boca a qualquer momento, mas ele nunca tivera tanta certeza na vida do que fazer. De uma única vez, arrancou o microfone do ouvido e o jogou ao lado do violão estatelado. Sob os gritos alucinados dos fãs, Conrado deixou o palco do maior show da sua carreira sem terminá-lo.

Desceu a escada dos bastidores, passando por uma equipe de produção cheia de rostos chocados que o olhavam assustados. Não parou nem quando viu Samantha, mas o olhar no rosto dela era de compreensão e encorajamento. Ela, inclusive, deu um passo para o lado quando ele chegou perto, deixando-o passar sem dirigir-lhe a palavra.

O cantor correu pelos corredores do camarim, depois de pegar a chave do seu carro. Correu sorrindo e chorando ao mesmo tempo. Correu o mais rápido que podia. Mesmo quando chegou no estacionamento reservado para ele e para a equipe de produção, as lágrimas ainda escorriam, mas dessa vez foram secando enquanto ele corria, sentindo o vento no rosto.

Conrado saiu do estacionamento, dirigindo o mais rápido que podia, rindo alto dentro do carro em meio às lágrimas, pois ele não perderia nem mais um minuto.

Estava indo para o único lugar onde faria sentido estar no fim do mundo.

No abraço de alguém que nunca devia ter deixado.

Não muito longe dali, Lorenzo assistia ao vídeo de Conrado abandonando o palco. Milhares de visualizações e comentários. Muita gente perguntava quem era o tal de Lorenzo que fizera Conrado Dias abandonar o show.

— Ele fez isso por você, cara! — disse Michele, ainda na chamada de vídeo. — Ele abandonou tudo pra voltar pra você!

Lorenzo ficou sem palavras. O coração acelerado ribombava as batidas nos ouvidos.

— Se isso não for um sinal, não sei o que é! — Michele acrescentou, ao perceber o silêncio do amigo.

— Sinal de quê, Michele? Tá doida? — Lorenzo perguntou, encarando a imagem da amiga. Sua cabeça estava a mil por hora. Não conseguia raciocinar bem naquele momento.

— Porra! — ela exclamou, impaciente. — Sinal de que ele ainda gosta de você.

Lorenzo permaneceu em silêncio, digerindo o que via e ouvia.

— O que você vai fazer agora? Vai falar com ele?

— E aquele papo sobre não deixar barato? — Lorenzo rebateu.

Michele revirou os olhos e mexeu no cabelo, desconfortável.

— O cara usou o maior show da carreira dele pra se declarar pra você. Disse todas aquelas boiolagens que eu, particularmente, amei. Não tem prova de amor maior que isso, amigo. Deixa de besteira, esquece o papo de não deixar barato, foi antes DISSO TUDO! — Michele enfatizou as duas últimas palavras arregalando os olhos para fazer Lorenzo enxergar o óbvio.

Ela fez uma pausa, tomando fôlego.

— Se alguém fizesse a mesma coisa por mim, eu estaria agora mesmo sentando na cara dessa pessoa!

Lorenzo deixou um riso escapar diante da espontaneidade de Michele.

— Tá, ele falou tudo isso — disse o rapaz, em voz baixa. — Mas falou isso na frente de sei lá quantas pessoas. E pra mim diretamente? O que ele disse? Não recebi UMA ligação! Nem uma mensagem! Nada. Por que ele não diz isso tudo e mais um pouco na minha cara?

— Amigo, ele ABANDONOU o show da vida dele! — Michele enfatizou. — Pra onde será que ele iria depois de falar tudo aquilo? Hein, me fala!

Lorenzo engoliu em seco, nervoso. Perdeu as palavras de novo, os pensamentos em frenesi.

— Depois disso tudo, é isso que eu acho... Se fosse antes, eu mandaria você dar um pé na bunda dele, mas agora, amigo, se você não for lá e sentar nele, eu mesm...

— Ei, ei! — interrompeu Lorenzo, gritando para o telefone, quase rindo de novo. — Já entendi, tá bom? Já entendi que você tá do lado dele.

— Amigo, não tem mais essa de lado. A gente tem que focar no que importa pra não levar arrependimento pra cova.

Lorenzo respirou fundo, soltando o ar lentamente.

— Agora eu preciso ir, porque tão me ligando.

Sem mais explicações, Michele desligou. E Lorenzo deu *play* no vídeo outra vez. Assistiu ao discurso do cantor mais umas quinze vezes, cada vez mais descrente do que via. Rolou pelos comentários.

Quem é esse Lorenzo?

Vem aqui, amor, meu nome é Lorenzo.

Meu, esse Lorenzo é muito sortudo.

Aff, esse cara acabou com meu show. Lorenzo, VSF!

Eu quero meu dinheiro de volta!

Porra, é o fim do mundo! Ele tá certo. Tô ligando pra minha ex agora mesmo.

Eu sei quem é! Já vi os dois na pizzaria onde eu trabalho!

Eu vi eles na virada do ano! Acho que foi o Lorenzo quem tirou essa foto minha com o Conrado!

Abaixo, Lorenzo viu a foto da garota com Conrado na virada do ano, logo após o fatídico término. Ele jamais se esqueceria daquela foto. Os comentários não paravam. Eram centenas, mas, por mais curioso que ele estivesse para ver o que aquele monte de desconhecidos falava dele, não conseguiu. Levantou do sofá e começou a andar de um lado para o outro na sala, assistindo ao vídeo de novo.

Sempre foi sobre você. Sempre será sobre você. E não tem lugar melhor pra estar no fim do mundo do que ao seu lado, Lorenzo.

O coração batia mais forte sempre que chegava nessa parte. Não sabia bem o que sentia. Uma mistura de alegria com raiva. Queria dar um soco em Conrado por ter terminado com ele daquele jeito, mas também queria abraçá-lo e sentir seu cheiro outra vez. Parecia que ia quebrar de tantos sentimentos conflitantes dentro do peito.

Fechou o vídeo e foi até a lista de contatos, dessa vez com mais coragem para apertar o botão e completar a ligação.

Mas não foi preciso.

Duas batidas na porta o fizeram desviar o olhar. Não precisou perguntar nem pensar muito para entender como ele havia chegado ali em cima. Ele havia morado ali antes. Claro que a moça da portaria o deixaria entrar, afinal, eles se deram tão bem durante aquele tempo.

Um tempo que já parecia outra vida. Uma vida que estava batendo à sua porta.

Lorenzo engoliu em seco. Seu coração desceu pela garganta de volta ao peito, e ele foi até a porta. Pousou a mão na maçaneta por alguns segundos, sentindo a presença do outro lado. Então a abriu.

Do lado de fora, os olhos avelã estavam meio vermelhos de tanto chorar. As lágrimas haviam secado em seu rosto e os cabelos bagunçados contrastavam com a roupa do show.

Conrado Dias estava parado em sua porta, em carne e osso.

PARTE 2

On my last day, all I wanna do is
Look you in the eyes and fall asleep right next to you
(No meu último dia, tudo que eu quero é
Te olhar nos olhos e pegar no sono ao seu lado)

"Kiss Me Like The World Is Ending", Avril Lavigne

A GENTE VIVE

NOVE MESES ANTES DO FIM DO MUNDO

Lorenzo ficou mudo. Ficou estático. A mão ainda segurava a maçaneta, e ele encarava o cantor à sua frente. O peito de Conrado subia e descia, respirando acelerado como se tivesse acabado de correr uma maratona. Lorenzo lambeu os lábios, preparando-se para falar, mas Conrado foi mais rápido:

— Você tem todo o direito de me mandar embora se quiser, mas, por favor, me escuta.

Lorenzo sentia o corpo todo reagindo, como se uma onda de eletricidade percorresse por debaixo de sua pele, causando uma leve estranheza. E, como se dominado por essa eletricidade, ele deu um passo ao lado, deixando Conrado entrar antes de fechar a porta.

O cantor olhou ao redor da sala, com um sorriso tímido no rosto e os olhos cabisbaixos, lembrando-se do pequeno apartamento e de tudo que vivera ali, como se tivesse sido há milhares de anos.

— Pequeno demais pra você? — soltou Lorenzo, surpreendendo a si mesmo com o tom meio rude da própria voz. Não queria soar ríspido, mas o comentário simplesmente lhe escapou.

Conrado virou-se para ele, assentindo em aceitação, como se merecesse aquele comentário.

— Tem muita coisa que eu preciso te dizer. Você aceita me ouvir?

O olhar de Conrado para ele o quebrou no meio. Lorenzo suspirou e se sentou no banco perto do balcão da cozinha, enquanto o outro rapaz permaneceu de pé.

— Eu fui um tremendo de um babaca — começou Conrado, ameaçando dar um passo em direção a Lorenzo, mas hesitando em seguida. — Se eu pudesse fazer tudo de novo, faria diferente. Nunca teria terminado com você naquele dia. Sei que não é justificativa pro que eu fiz, mas...

Ele parou, a boca aberta, incapaz de continuar. Alguns segundos transcorreram enquanto os dois rapazes ficaram se encarando. Os olhos de Conrado ainda estavam meio avermelhados quando o choro ameaçou chegar mais uma vez.

— Imagino que você já saiba do que rolou no show... — continuou. Entendeu o silêncio de Lorenzo e o olhar impassível como concordância. — Cada palavra que eu disse foi sincera. Eu errei muito ao terminar com você. Eu ainda tava muito abalado pela morte do meu pai e o único meio que achei de seguir em frente foi focar na minha carreira. Não devia ter feito o que fiz. Eu sempre me coloquei à frente de tudo, e esse foi meu erro. Não penso nas outras pessoas. Era tudo sobre mim, sobre minha vida, sobre meus sentimentos, sobre minha carreira. Eu, eu, eu e sempre eu.

Lorenzo enxergou o arrependimento em seu olhar. Conseguia sentir a dor em suas palavras. Por um instante, teve vontade de abraçá-lo, mas a ferida no coração ainda era recente. Deixou que Conrado continuasse:

— Eu não tinha forças pra enfrentar o luto e, toda vez que eu te olhava, só conseguia pensar no nosso fim de semana perfeito em Minas. Isso era demais pra mim. Ficar com você me desviaria da única coisa que eu via como a saída. Então tomei a decisão mais burra da minha vida e terminei nosso namoro.

Conrado piscou. Uma lágrima escorreu do seu olho esquerdo. Dessa vez, ele deu um passo na direção de Lorenzo, mas ainda permaneceu a uma certa distância, receoso de tocá-lo.

— Mas eu não deixei de pensar em você, eu não consigo te tirar da cabeça. Lembro de todas as nossas primeiras vezes, de tudo o que passamos juntos desde que nos conhecemos. Tudo que eu canto, todas as músicas que eu escrevo, tudo que eu falo é só sobre você, Lorenzo. Eu não consigo viver sem você. Não vou conseguir enfrentar o fim do mundo se não for contigo. Tudo que eu quero é estar com você no meu último dia. E morrer ao seu lado. Não existe outro lugar onde eu queria estar.

Lorenzo sentiu os olhos pesados. Não queria chorar, mas foi impossível evitar que duas lágrimas escorressem. Aquele homem sabia como tocar seus sentimentos. Antes que pudesse dizer alguma coisa, Conrado emendou:

— Eu não percebi antes, porque era um babaca egoísta que só focava em mim mesmo, mas agora eu percebo... Você praticamente renunciou à sua vida e viveu por mim desde que nos conhecemos.

Ouvindo em silêncio, Lorenzo refletiu. Ele tinha razão. Não tinha pensado naquilo, mas era verdade. Quantas vezes ele tinha se anulado, colocando Conrado na frente de tudo? Poderia, pelo menos às vezes, ter pensado um pouco em si mesmo, se colocado em primeiro lugar. Piscou os olhos, tentando não chorar. Vivera assim a vida toda: sempre se escondendo, se diminuindo porque achava que não era importante. Evitando abrir a boca na escola para não ser alvo de chacota. Tendo que se esconder dos pais para não os desapontar e, depois, sendo mandado embora de casa por viver sua verdade.

— Você esteve comigo em todos os momentos mais importantes da minha vida — continuou Conrado, falando firme. Emitia confiança em cada palavra. — Você estava se apagando para que eu pudesse brilhar, Lorenzo. Isso não é certo. Não precisa ser assim. Eu quero que *você* brilhe. Agora é a minha vez de devolver tudo que você me proporcionou. Sei que não temos muito tempo, mas eu quero que esses últimos dias sejam os melhores da sua vida. Me dá essa chance... — hesitou, encarando Lorenzo, o rosto molhado e a visão um tanto turva.

— Por que precisou fazer isso comigo antes de voltar? — questionou Lorenzo. Seu interior era uma guerra de sentimentos. A ferida que Conrado tinha deixado em seu peito ainda sangrava. Ele queria beijá-lo, apertá-lo contra si, senti-lo em suas mãos, mas também doía. Os primeiros dias após a virada do ano tinham sido alguns dos piores de sua vida.

Conrado abaixou o olhar, o arrependimento brilhando em seu semblante. Respirou fundo e encarou-o novamente. Lorenzo continuou antes que ele tivesse a chance de falar:

— Eu entendo que você tava sofrendo pelo seu pai. Entendo que tava focado na carreira... E eu estive lá o tempo todo, Conrado! — A voz elevou-se sem que ele percebesse, cuspindo para fora tudo que estivera entalado no peito desde o término. — Eu te apoiei em cada segundo. Estive do seu lado o tempo todo! Quando você ainda era um desconhecido, quando tocava em barzinho! Eu sempre acreditei em você...

Parou por um segundo, tomando fôlego. Mas agora que tinha começado, precisava ir até o fim.

— Eu me apaixonei por você antes mesmo de te ver, sabia? — Os olhos de Conrado se encheram de lágrimas de novo, e a sombra de um sorriso partiu seus lábios. Um sorriso de culpa, mas com um resquício de alegria. — Quando ouvi sua voz no metrô, senti uma coisa que nunca tinha sentido por ninguém. E então, quando a gente foi se aproximando, eu mal consegui acreditar que um cara como você estava dando mole pra alguém como eu.

— Lorenzo...

— Eu ainda não terminei! — cortou-o, surpreso com a própria firmeza. — Você foi responsável por um dos piores dias da minha vida. Simplesmente disse que não dava mais e ficou por isso mesmo.

— Lor...

— Me deixa terminar! — ele quase gritou, e Conrado deu um passo para trás, cabisbaixo. — Você não sabe o tanto que eu sofri por algo que ficou sem resposta. Se você tivesse me falado como estava se sentindo, eu teria te ajudado. A gente teria passado por tudo juntos. Não precisava ter me descartado como lixo.

— Não foi isso que eu quis fazer — Conrado murmurou. — Eu errei. Devia ter feito diferente.

— Devia mesmo! — Lorenzo estava arfando. Colocar os sentimentos para fora era dolorido, mas libertador. — Eu sofri tanto por sua causa. Você deixou uma ferida aberta que ainda nem começou a fechar.

As palavras se embolaram quando ele sentiu que ia chorar de novo. Justo quando o machucado na alma estava começando a dar indícios de melhora, a causa da dor apareceu em sua porta. Mas seu algoz também era motivo dos melhores dias desde que saíra da casa dos pais. Não conseguiria odiar Conrado nem se quisesse. Cada momento bom ao lado de Conrado minava a dor que veio depois do término.

— Eu sinto tanto — Conrado disse, quase sem forças. Doía saber que tinha causado tanta mágoa. O arrependimento era capaz de fazer seu coração explodir. — Me dá só mais uma chance? Quero fazer dos nossos últimos dias os melhores de sua vida. Por favor... — ele parou, coçando o nariz com o dorso da mão — ... meu amor.

Lorenzo fechou os olhos, e as lágrimas escorreram. *Golpe baixo*, pensou. Sentiu um arrepio pelo corpo ao ouvir Conrado chamando-o de "amor". O mundo iria explodir em questão de meses, e a chance de ter o amor de sua vida de volta estava ali. Conrado parecia disposto a remendar qualquer dano que havia causado no relacionamento dos dois antes. Era injusto, mas pelo menos era alguma coisa.

Melhor ter pouco tempo do que não ter nenhum. Lorenzo sabia que não podiam gastar nem mais um minuto. Cada segundo que passava era um a menos para ficarem juntos.

E ele não queria perder nenhum.

Soltando um longo suspiro, levantou-se do banco e deu alguns passos, parando em frente a Conrado, tão próximo que conseguia sentir o calor de seu corpo e a respiração dele tocando sua pele.

— Eu gosto quando você me chama de amor — disse, com a voz baixa.

Puxou o cantor para mais perto e o envolveu em um abraço. Conrado o abraçou pela cintura, pousando a cabeça no peito de Lorenzo e desabando em lágrimas.

— Me perdoa... — ele lamentou, a voz abafada, as palavras se perdendo em meio à respiração entrecortada.

— Tá tudo bem — Lorenzo murmurou, acariciando o cabelo do rapaz.

Conrado se afastou, encarando-o novamente, se acalmando aos poucos.

— Eu vou te recompensar por tudo, eu prometo — sussurrou.

— Não quero isso. — Lorenzo segurou seu rosto com as duas mãos. — Só de você estar aqui, e estar aqui *de verdade*, já é o suficiente.

Conrado sorriu. Lorenzo sorriu de volta, incapaz de não reagir quando o via daquele jeito. Puxou o rosto dele para perto do seu e beijou seus lábios. Foi como se toda a eletricidade que corria pelo seu corpo, desde que o cantor chegara, se libertasse. Não tinha noção do quanto sentia falta dele, do tanto que *precisava* dele, não até aquele momento. Até sentir como se um mundo inteiro tivesse explodido em seu interior, jorrando faíscas elétricas que se espalhavam pela galáxia, perdendo-se além do espaço...

— O que a gente faz agora? — Conrado sussurrou, acariciando a bochecha de Lorenzo.

— A gente vive.

ESPECIALISTAS DIZEM QUE AINDA HÁ ESPERANÇA

Espaçonaves serão enviadas para tentar amenizar a rota de colisão nos próximos dias

---

O asteroide chamado popularmente de Nihilus está cada vez mais próximo da Terra, mas, segundo especialistas, ainda há esperanças de mudar seu trajeto. "Mesmo que pequenas, as chances existem", declarou a doutora Ananda del Rey em uma entrevista recente.

Há algumas semanas, a missão que envia espaçonaves controladas remotamente para o espaço começou. O objetivo da operação é mudar a rota de colisão do asteroide ou tentar quebrá-lo para aumentar suas chances de desintegração antes de atingir a Terra.

Conversamos com alguns especialistas, e a maioria deles acha que é quase impossível, mas a esperança é a última que morre. Veja mais detalhes e os resultados dessa missão até agora clicando aqui.

NADA A PERDER

NOVE MESES ANTES DO FIM DO MUNDO

— O que você tá fazendo? — perguntou Lorenzo, assim que se sentou no banco de passageiro do carro.

Conrado, sentado no banco do motorista, desligava o celular, para depois jogá-lo no banco de trás.

— Não quero ver o que vão falar de mim por ter abandonado o show — respondeu o cantor, colocando o cinto de segurança. — E não param de me ligar. Avisei a Samantha que estou com você. Pelo menos isso ela sabe.

— Como ela reagiu a tudo? — indagou Lorenzo. — Aposto que não deve ter gostado muito da ideia, né?

— Na verdade, ela apoiou. E disse que faria o mesmo.

Surpreso, Lorenzo observou Conrado dar partida, e os dois saíram pelas ruas de São Paulo. A cidade estava diferente. Parecia mais vazia do que o normal para uma sexta-feira à noite. Como se as pessoas estivessem trancadas em casa ou tivessem ido embora. Talvez tivessem partido para passar seus últimos dias perto das pessoas que mais amavam.

Lorenzo olhou para Conrado, que se concentrava no caminho, e contemplou como tudo tinha virado do avesso de uma hora para a outra. Justo quando ele estava começando a se acostumar com o término, uma notícia chegou para mostrar que ninguém, *nunca*, está preparado para o fim.

Tudo pode mudar, e é preciso se adaptar. Não sabia se era sorte, destino ou acaso, mas, pela primeira vez em meses, sentia que podia respirar aliviado.

— Preciso passar em um lugar... Tenho que fechar algo que ainda está em aberto — disse, virando o rosto para observar a rua através do vidro fechado do carro.

Conrado o observou por um instante e depois voltou a olhar para a rua por onde dirigia.

— Estarei com você onde quer que for — disse, sem pestanejar.

Lorenzo sorriu, estendendo a mão sobre a de Conrado, que repousava na marcha do câmbio automático.

— Obrigado por voltar.

— Eu sempre vou voltar pra você — o cantor respondeu. — Não que eu queira ir pra outro lugar, mas, se a gente um dia tiver que se separar de novo, eu sempre vou te encontrar.

— Eu não vou a lugar nenhum sozinho — rebateu Lorenzo. — Você já me encontrou.

Ainda havia algumas coisas a resolver. Lorenzo sabia qual seria a primeira parada da sua jornada do fim do mundo, mas podia esperar até a manhã seguinte. Seguiram o resto do caminho em silêncio, apreciando a companhia um do outro. Felizes por estarem juntos outra vez e por terem, mesmo que pouco, algum tempo antes que tudo acabasse de vez.

O apartamento de Conrado era grande demais para que ele morasse sozinho. Havia espaço de sobra em meio a toda a decoração e móveis planejados. Lorenzo, absorto em pensamentos, observava a cidade iluminada do alto, através do vidro na sacada integrada. Podia ver os prédios, o topo das árvores e um carro ou outro passando pelas ruas lá embaixo. Ruas que estavam quase vazias e silenciosas, como uma cidade morta, algo que não combinava com São Paulo.

Era como se o mundo já tivesse acabado. As pessoas haviam desistido.

O celular vibrando no bolso o trouxe de volta. Atendeu, observando o próprio reflexo no vidro à sua frente.

— E aí, você tá com ele? — perguntou Michele, a voz empolgada do outro lado da linha.

Pelo vidro, o rapaz enxergou Conrado entrando na sala espaçosa com uma bandeja na mão. Nela estavam duas garrafas de Mike's de limão e um prato com *nachos*, os favoritos dos dois. Enquanto ele colocava a comida na mesa de centro perto do sofá, Lorenzo respondeu:

— Por que você acha isso?

— Ah, me poupe, gay! O cara abandonou o maior show da carreira depois daquele discurso. Você acha que ele iria pra onde? Procurar a Anitta?

Lorenzo riu, pensando que, se Conrado quisesse, ele poderia *mesmo* procurá-la. O cantor se aproximou por trás dele e o abraçou pela cintura. Lorenzo relaxou, sentindo o corpo de Conrado de encontro ao seu. Como era gostoso aquele calor. Achava que nunca mais fosse senti-lo tão de perto, aquele perfume tão familiar...

— Alguém quer te dizer oi. — Levou o telefone para perto da boca de Conrado, que leu o nome na tela antes de cumprimentar a garota.

— Oi, Michele — disse, constrangido. Encarou Lorenzo pelo reflexo no vidro à frente e coçou a nuca, baixando o olhar em seguida.

Lorenzo colocou o aparelho no viva-voz quando a amiga disse:

— Olha só quem resolveu dar as caras. — A Michele que incentivava Lorenzo pareceu dar lugar a uma Michele superprotetora. A voz era firme, para botar medo em Conrado. — Você tá cuidando bem do meu amigo?

— Ele não poderia estar em mãos melhores, pode ficar tranquila — garantiu.

— Poderia sim, é claro. Nas minhas — ela brincou. — Acho bom dessa vez você cuidar muito bem dele, senão vou atrás de você até o fim do mundo.

Conrado riu, um pouco sem graça.

— Eu acho que mereço essa desconfiança — rebateu, apertando o corpo contra o de Lorenzo antes de continuar: — Mas eu te garanto que nada vai acontecer com ele se depender de mim.

— Muito que bem. Quero todo mundo feliz pro fim do mundo.

— E por falar nisso — interrompeu Lorenzo —, você já fez sua lista de coisas pra fazer antes do fim do mundo?

— Ainda tô pensando nisso, amigo — a voz de Michele pareceu vacilar por um momento —, mas já tenho alguns planos.

— Conrado e eu ainda temos algumas coisas que queremos fazer... — Lorenzo olhou para o rapaz através do reflexo no vidro. Ele beijou seu pescoço, provocando uma onda de arrepios que o fizeram abrir um sorrisinho. — Você vai...?

— Eu vou ficar bem — Michele cortou. — Eu não te contei antes, mas tenho uma pessoa com quem aproveitar meus últimos dias.

Por essa, nenhum dos dois rapazes esperava.

O constrangimento de Conrado deu lugar a um olhar curioso, com uma sobrancelha erguida.

— Tem? Quem? — Lorenzo quis saber.

— Vai viver aí com o *boy*! — Michele exclamou, animada. — Depois a gente conversa.

— A gente ainda vai se ver antes disso tudo explodir? — Lorenzo perguntou, sentindo uma súbita onda de melancolia recaindo sobre si. Sempre que pensava no fim, o coração acelerava. Evitou imaginar os detalhes do inevitável, virando-se para Conrado e apoiando a cabeça em seu ombro.

— Claro que vamos, mas agora eu preciso ir. Tchau!

Depois de desligar, Lorenzo continuou apoiado em Conrado e o abraçou pela cintura. Ficaram em silêncio por vários minutos, ouvindo somente as próprias respirações.

— O que foi? — Conrado murmurou, carinhosamente.

— Eu fico pensando em como vai ser — respondeu Lorenzo. — Quando tudo acabar.

— Não vamos pensar nisso. — Ele deu um beijo na cabeça de Lorenzo, sentindo o cheiro de seu xampu. — Vamos apenas viver o que a gente ainda pode.

— Você tem razão.

Conrado o puxou para o sofá, e os dois se sentaram. Ele pegou uma garrafa de Mike's já aberta e entregou a Lorenzo, que bebeu, sentindo o gosto azedo de limão e álcool.

— Tá pronto pra nossa primeira parada amanhã? — perguntou Conrado, bebendo da outra garrafa. O líquido gelado desceu pela garganta, despertando-o.

— Não — Lorenzo disse, olhando para o outro rapaz com uma expressão divertida. — Mas não vou esperar estar pronto. Esperei minha vida toda por momentos perfeitos, e eles não existem. Eu vou do jeito que estou.

— Olha, esse Lorenzo aí tá me saindo melhor que a encomenda — brincou Conrado. — Que bom que você pensa assim, porque, depois da primeira parada, tenho um lugar em mente pra ser o segundo item na nossa lista do fim do mundo.

— A gente tem uma lista do fim do mundo agora? — Lorenzo tomou mais um gole da bebida, erguendo uma sobrancelha.

— Na minha cabeça, sim. — Conrado deu de ombros. — Pelo menos dois itens... O resto a gente pode ir descobrindo no caminho.

— Sem planos, só vivendo — Lorenzo sussurrou.

— Sim, só vivendo.

Lorenzo sentou-se de pernas cruzadas no sofá, de frente para o cantor. Pela Alexa na estante, perto da televisão, ele viu a hora. Passava das duas da manhã. Soltou um suspiro, terminando com mais um gole de sua Mike's.

— Eu não quero dormir, Conrado — disse, por fim. — Dormir significa perder tempo. E cada segundo é valioso agora.

Conrado cruzou as pernas, também se colocando de frente para ele. Inclinou-se, apoiando uma mão no joelho do outro.

— Só estaríamos perdendo tempo se estivéssemos longe. — Conrado colocou sua garrafa de volta na mesa de centro e tirou a de Lorenzo da mão dele, fazendo o mesmo em seguida. Depois ajeitou-se no sofá, puxando o rapaz para que ele se acomodasse em seu peito. — Se dormirmos juntos, ainda vale a pena. Eu posso não acordar amanhã porque o mundo acabou, mas vou estar feliz porque dormi ao seu lado.

— Mas quero dormir olhando pra você — Lorenzo sussurrou, a mão passando pelo peito de Conrado, sentindo cada detalhe, cada curva.

Conrado segurou o queixo de Lorenzo com a ponta dos dedos, forçando-o a encará-lo, e depois o beijou, seu interior explodindo em cores.

Lorenzo o apertou contra si, devolvendo o carinho. Em seguida, deitaram lado a lado, virados de uma maneira que pudessem se enxergar.

Não precisaram conversar, pois o silêncio dizia muito mais do que qualquer palavra naquele momento. Ficaram se olhando por mais algumas horas, até que, quase ao mesmo tempo, os dois pegaram no sono.

— Quando você quiser — Conrado disse, no banco do motorista.

O carro estava estacionado do outro lado da rua, em frente a um sobrado na zona norte de São Paulo. O bairro residencial tinha várias casas parecidas, como se tivesse sido milimetricamente planejado. Do lado do carona, Lorenzo observava o portão do sobrado, diversas memórias afluindo à mente. A casa continuava a mesma. Fora ali que ele crescera, passara sua adolescência e juventude. Mas não podia mais chamar aquele lugar de lar.

Ele assentiu, sentindo a mão de Conrado apertando a sua.

— Tô pronto — sussurrou, mais para si mesmo.

— Tem certeza de que não quer que eu entre com você? — Conrado perguntou, calmo.

— Querer eu quero, mas preciso fazer isso sozinho — respondeu Lorenzo, desviando o olhar para o namorado.

Conrado se inclinou e tocou os lábios de Lorenzo com os seus, deixando uma dose de encorajamento e confiança por meio do gesto.

— Te espero bem aqui.

Lorenzo saiu do carro, atravessando a rua sob o sol quente do meio da manhã, em direção ao sobrado dos pais. Parou em frente ao portão e tocou a campainha, o coração acelerando. Não fazia ideia do que falar para eles, mas sentia que devia estar ali. Devia pelo menos tentar. A volta de Conrado somente confirmara a certeza que estivera crescendo em seu peito: não tinha tempo a perder. Não podia esperar o mundo acabar sem nem tentar falar com os pais. Apesar de os dois o terem machucado muito, não conseguia deixar de sentir falta deles.

Quando percebeu um movimento vindo da casa a poucos metros do portão, no quintal, Lorenzo quase se virou e correu de volta para o carro, mas conseguiu se manter firme até que uma mulher de cabelo curto, os fios majoritariamente brancos, apareceu na porta e travou, olhando para o recém-chegado. Ela colocou a mão no peito, abrindo a boca em surpresa. Parecia que queria falar algo, mas não lhe saíam as palavras. Lorenzo deu um passo na direção do portão, segurando as grades com as mãos.

— Oi, mãe.

Ela balbuciou alguns sons antes de conseguir pronunciar o nome do filho num sussurro espantado. Aproximou-se dele, sem tirar a mão do peito.

— Lorenzo, meu filho... Eu não... — Ela o olhava de cima a baixo, certificando-se de que não estava alucinando. — Meu Deus! Quanto tempo. Você tá tão diferente.

— Espero que isso seja bom — Lorenzo disse, tentando manter a voz firme. Foi tomado por uma súbita vontade de chorar.

— Tá tão bonito. — Os olhos da mãe brilharam, marejados. Ela abriu o portão, sorrindo para ele. — Entra, meu filho. Seu pai logo deve chegar.

Surpreso e emocionado pela recepção, o rapaz entrou e seguiu a mulher para dentro da casa. Entraram pela cozinha, e era exatamente como ele se lembrava. O armário de madeira em um tom de verde, a mesa para quatro pessoas no centro do cômodo... Até mesmo os ímãs na geladeira eram os mesmos. Parecia ter voltado no tempo.

— Onde o pai tá? — Lorenzo perguntou, sentando-se à mesa. Era estranho manter uma conversa casual com a mãe depois que os pais o fizeram escolher entre "o estilo de vida homossexual" e a vida com eles.

— Ele foi na igreja deixar umas coisas — a mulher respondeu, abrindo uma porta do armário e tirando três xícaras. — Estamos fazendo algumas arrecadações pra doar pra pessoas de rua... pros últimos dias — ela acrescentou, com pesar.

— Uma ação muito legal — Lorenzo comentou, observando a mãe indo de um armário a outro, pegando alguns pratos e depois retirando uma garrafa térmica do balcão em um canto para depois colocar tudo na mesa.

— Tem um bolo que eu fiz ontem — ela disse, ainda se movimentando pela cozinha e arrumando a mesa. — E um pouco de café.

Lorenzo permaneceu em silêncio, aguardando-a colocar tudo na mesa. Um bolo de fubá, manteiga, café e três xícaras. Percebeu que a movimentação toda era puro nervosismo. A mulher ficou ao lado da mesa, de pé, olhando de um lado para o outro, procurando algo para fazer depois de ter arrumado tudo.

— Mãe, senta — Lorenzo chamou, apontando para a cadeira vazia à sua frente.

Ela o encarou, os olhos ainda brilhando, como se fosse chorar a qualquer momento. Sentou-se na cadeira na mesma hora em que a porta da cozinha se abriu. Era o pai de Lorenzo. Ele tinha a pele queimada de sol e usava uma camiseta polo azul com o nome da igreja que frequentavam. Os fios de cabelo escuros também estavam quase todos brancos.

— Rita, tem um carrão parado do outro lado da rua. De quem será qu...?

Ele ficou paralisado, levando alguns segundos para assimilar o que via.

— Alberto, olha quem veio ver a gente! — Rita disse, abrindo um sorriso e indo até o marido. Ela o segurou pelo braço, parecendo genuinamente feliz. — Vem, senta aqui com a gente.

— Lorenzo... — Alberto foi até o filho. Lorenzo o olhou da cadeira, sem saber o que fazer. Devia abraçar o pai? Como se cumprimenta alguém que praticamente o expulsou de casa?

Alberto tomou a iniciativa. Pôs as mãos nos ombros do filho e o puxou para um abraço. Lorenzo retribuiu, sem conseguir conter o choro. Era estranho vê-lo depois de tanto tempo. Não soube dizer se as lágrimas eram de saudade, de dor ou um pouco de cada. Sentiu-as molhando seu rosto, ainda mais quando a mãe se juntou ao abraço, e os três permaneceram assim por alguns segundos.

Poderiam ter sido aquela família unida desde sempre. Ele sentia falta daquilo, do abraço dos pais, da sensação de estar em segurança, de tê-los por perto. Não se lembrava da última vez que tinha se sentido assim. Em seu íntimo, ansiava para que as coisas fossem diferentes, para tê-los de volta em sua vida, sem julgamentos. Afinal, ele não era um erro.

— Você tá tão crescido! — o pai disse, segurando o rosto do filho para observá-lo. — Como estão as coisas?

Lorenzo se sentou novamente. Rita e Alberto fizeram o mesmo nas cadeiras vazias. Eles agiam como se nada tivesse acontecido. Como se aquela fosse apenas uma visita comum, como se sempre fizessem aquilo. Em um momento ou outro, precisariam falar do que estavam evitando. *Lorenzo* precisava tocar no assunto. Agir como se estivesse tudo bem não mudaria o fato de que ele carregava uma grande mágoa por causa dos pais. Talvez para eles não importasse, mas para Lorenzo, sim. Não conseguiria manter aquele teatro por muito mais tempo.

— Fora o fato de que o mundo vai acabar, tá tudo bem — respondeu, seco.

Rita cortou um pedaço de bolo para cada um, servindo nos pratos. Lorenzo colocou um pouco de café na xícara, mas não conseguiu consumir nada. Olhava de um para o outro, se perguntando o que se passava na cabeça deles. Será que ainda tinham a mesma opinião sobre ele?

— Eu fico muito feliz que você tenha resolvido voltar pra casa pra ficar com a gente — Rita disse, sorrindo para o filho.

— Não! — Lorenzo exclamou, mais alto do que pretendia. Alberto e Rita olharam assustados para o filho. Ele continuou, com a voz mais mansa: — Eu não vim pra ficar. Eu vim pra ver vocês. Precisamos conversar.

— Tá tudo bem, filho. — Alberto ajeitou os óculos no rosto. — A gente pode deixar o passado pra trás.

— Não, gente — Lorenzo rebateu. — É exatamente sobre o passado que eu preciso falar com vocês. Vocês têm noção do quanto eu fiquei magoado com o que aconteceu?

Nenhum dos dois o respondeu de imediato. A pergunta ficou no ar por alguns instantes, até que Rita interveio:

— Não era nossa intenção te machucar, filho.

— Mas machucaram. — Lorenzo quis chorar de novo. Tocar na ferida era doloroso. — As pessoas que deviam me apoiar, me fortalecer para que eu não sucumbisse ao bullying que sofria na escola, foram as que mais me machucaram. Eu carrego as marcas disso até hoje.

Lorenzo parou de falar antes que a voz começasse a falhar. Mas precisava botar para fora. Não tinha mais tempo para remoer tudo aquilo dentro de si.

— A gente só queria te ensinar o caminho certo — Alberto falou, soando calmo.— Não queríamos que você andasse por maus caminhos.

— E por isso me deixaram ir? Por isso nunca foram atrás de mim? — Lorenzo começou a perder a calma, as mãos tremendo sobre a mesa. — Vocês sequer têm meu número de telefone!

Alberto e Rita se entreolharam, em silêncio, entregando a culpa.

— Viu só? Vocês nem negam!

— Filho, você tem que entender que a gente só queria o seu bem — Rita explicou, com um olhar de pesar. — Foi muito difícil pra gente também. Deixamos você ir, mas ficamos com o coração pesado. Oramos todo dia pra que você enxergasse a verdade e visse por si só que estava no caminho errado.

— E a gente sabia que você ia voltar quando percebesse — Alberto emendou.

— A gente nunca fechou as portas da nossa casa pra você — Rita continuou. — Oramos todos os dias pra que Deus te mostrasse o caminho de volta, e a gente prometeu que estaria aqui pra te receber quando voltasse. E você voltou em tempo. Antes do juízo final.

Lorenzo só queria chorar de novo. Dessa vez, de decepção.

— Vocês não estão entendendo — disse, tentando manter a pouca calma restante. — Eu não voltei porque percebi que estava no caminho errado. Minha vida não é um erro. Minha existência não é um erro.

— Mas, filho... — Alberto começou.

— Deixa eu terminar, por favor. — Lorenzo ergueu a mão. — Eu vim aqui porque queria ver vocês antes do mundo acabar. Queria algum tipo de fechamento e...

Lorenzo procurou as palavras certas antes de continuar. O coração apertou, sentindo a dor do buraco que os pais tinham deixado nele. De algum modo, tinha ido até lá buscando uma resposta sensata para preencher esse vazio. Talvez os pais estivessem arrependidos. *Queria* que eles estivessem arrependidos. Se os encontrasse dispostos a entender sua verdade, o sofrimento poderia ter um fim. Mas Lorenzo só estava encontrando mais mágoa.

— Achei que vocês tivessem percebido que não sou um erro. Mas acho que me enganei.

— Você não é um erro, filho. — Rita estendeu uma mão sobre a mesa, aproximando-se da do rapaz, mas sem tocá-la. — A gente te ama. O erro é o estilo de vida que você escolheu levar.

Lorenzo ergueu o olhar, incrédulo.

— Mas ainda dá tempo de se arrepender — Alberto emendou. — Deus deu uma chance pra gente. Enquanto o apocalipse não acontecer, dá tempo de se arrepender.

— Jesus vai te aceitar se você se arrepender e deixar o pecado de lado — Rita corroborou. — Fica com a gente, filho. Você será salvo no apocalipse quando se arrepender e vier pro lado certo.

Lorenzo levantou-se de uma vez, a cadeira se arrastando e fazendo barulho. Os pais o encaravam com olhares de falsa compaixão, só podia ser. Mesmo diante do fim do mundo, eles ainda mantinham aquele tipo de visão. Como era possível que não enxergassem o filho diante dos olhos? Como podiam não entender que sua existência era algo natural e não um caminho errado?

— Pelo menos eu tentei — acabou por dizer, balançando a cabeça em negação. — Sinto muito que tenha que terminar assim.

Lorenzo foi até a porta devagar, inconscientemente esperando que os pais mudassem de ideia no último minuto, mas eles apenas continuaram sentados.

— Eu não tenho do que me arrepender, porque não fiz nada de errado — disse, com a mão na maçaneta, de costas para a cozinha. — Sinto muito que vocês não consigam me enxergar de verdade. Nunca conseguiram. Só queria que vocês me vissem e me amassem como eu sou, não só sob uma condição.

O rapaz suspirou, tomando coragem. O peito doía, mas era bom finalmente encerrar o assunto e colocar tudo para fora.

— Apesar de tudo, eu amo vocês. Pena que, se um dia vocês entenderem isso e me entenderem, vai ser tarde demais.

Amar nem sempre é sinônimo de conviver. Sem olhar para trás, Lorenzo deixou a casa dos pais. Andou a passos rápidos e firmes na direção do portão. Ele os amava, mas não se entendiam. Sabia que nunca mais os veria. Desejou que, quando o fim chegasse, eles partissem rápido e sem dor. Que a mesma fé que os fizera se afastar dele pudesse lhes trazer algum tipo de conforto.

Atravessou a rua correndo e entrou no carro do namorado.

Não aguentou mais segurar e desabou em lágrimas nos braços de Conrado.

DOUTORA EM FÍSICA DECLARA QUE NUNCA VIU NADA IGUAL

Operação para tentar amenizar o impacto do asteroide Nihilus não foi tão bem-sucedida quanto esperado

---

Nas últimas semanas, todas as esperanças estavam nas espaçonaves enviadas para quebrar o asteroide e tentar mudar sua rota, mas a operação só trouxe uma nova informação aos especialistas: Nihilus está mais perto do que o esperado. A previsão inicial era de que o asteroide se chocaria com a Terra em pouco menos de um ano, porém uma nova leitura revelou que, na verdade, ele está mais próximo. "Nunca vimos algo assim antes", revela a doutora em física Ananda del Rey. "Parece impossível, mas a velocidade aumentou, e agora temos apenas seis meses antes do impacto."

Quando o asteroide entrar na atmosfera terrestre, ele começará a se desintegrar, transformando-se em meteoritos. Mas, devido ao seu tamanho, o núcleo principal atingirá o solo. Os impactos serão devastadores e, mesmo se sobrar um planeta depois, as consequências climáticas serão derradeiras.

Saiba mais lendo a matéria completa aqui.

O MUNDO ANDA TÃO ESTRANHO

~~NOVE~~ SEIS MESES ANTES DO FIM DO MUNDO

Com a nova informação de que o tempo de vida na Terra havia diminuído, o mundo pareceu enlouquecer. A proximidade dava a impressão de que tinham viajado no tempo. Lorenzo tinha dificuldade de aceitar quando as coisas não saíam conforme ele havia planejado e, quando estava começando a se acostumar com os nove meses que tinha pela frente, de repente sentiu-se perdido. *Mais* perdido.

Após o encontro decepcionante com os pais, chorou tudo que tinha para chorar no carro, ao lado de Conrado, mas decidiu que não passaria seus últimos meses se lamentando por pessoas que não queriam entendê-lo. Focaria no que importava. Ainda tinha tempo. Bem, um pouco *menos* de tempo, mas ainda tinha algum.

Os mercados estavam lotados. A fila era gigante e já fazia quase uma hora que ele e Conrado esperavam para passar no caixa. O carrinho não estava tão cheio, continha apenas dois engradados de água, alguns pacotes de comida congelada, produtos de higiene e garrafas de Mike's. O suficiente para as próximas semanas.

— Será que vamos encontrar alguma coisa da próxima vez que voltarmos? — Lorenzo perguntou ao namorado, olhando para um homem de meia-idade um pouco atrás deles na fila. Ele tinha uma expressão fechada, e sua pele estava avermelhada como se ele segurasse a respiração. Parecia cansado, mas não iria abandonar o carrinho, tão cheio que as mercadorias quase caíam para fora. Metade era papel higiênico e água.

Enquanto procuraram seus produtos, Lorenzo e Conrado não conseguiram deixar de notar que as prateleiras do supermercado estavam quase vazias. Não estavam sendo repostas, e as pessoas compravam mais do que o necessário, sem pensar no próximo, apenas querendo acumular mais e mais em suas próprias casas.

Quem chega primeiro leva tudo, pensou Lorenzo.

— É muito provável que não — Conrado respondeu, lançando um olhar de soslaio para o homem do carrinho lotado. — Mas a gente dá um jeito. O que não podemos é pegar um monte de coisa e não deixar nada pros outros.

A fila foi avançando e logo chegou a vez dos rapazes. Um jovem que mal devia ter completado a maioridade estava no caixa para atender os clientes, com uma expressão de cansaço, de quem não aguentava mais estar ali.

— CPF na nota? — ele perguntou, numa voz arrastada, seguida de um suspiro, sem levantar os olhos.

— Não precisa — Conrado respondeu enquanto colocava algumas embalagens na esteira. — Não vou ter tempo pra resgatar esses impostos, né?

O atendente (Caíque, pelo que seu crachá indicava) fuzilou Conrado com o olhar por um segundo, mas então arregalou os olhos, mudando de expressão rapidamente, indo da raiva para o espanto ao reconhecê-lo.

— Eita! — soltou, fitando-o sem saber como continuar. — V-você é o…?

— Sou — Conrado sussurrou, abaixando-se para perto do caixa. — Mas não vamos fazer alarde, já tá tumultuado demais por aqui.

— Você abandonou seu show. — Não foi uma pergunta. Ele se voltou para Lorenzo, que estava parado, apenas observando o diálogo. A expressão passou de espanto para uma compreensão súbita. — É ele? — sussurrou, acenando com a cabeça.

Conrado riu, segurando a mão de Lorenzo. Não precisou de mais explicações para entender a que o garoto se referia.

— É.

Os dois trocaram um olhar cúmplice, e Caíque continuou:

— Eu queria ter a mesma coragem que você. Abandonar tudo e ir viver minha vida.

O barulho dos bipes dos outros caixas escaneando as mercadorias e do burburinho de centenas de pessoas falando ao mesmo tempo ecoava pelo ar, abafando a conversa dos três.

— Ainda temos seis meses, e eu preciso ajudar em casa, ou a gente morre de fome antes do asteroide chegar. — Seu olhar se perdeu por um instante, pensando na vida. — Só não parei de trabalhar mesmo porque eu preciso do dinheiro, mas queria viver meus últimos meses com minha família, sem perder tanto tempo trabalhando pra deixar o dono deste lugar ainda mais rico.

É assim que a gente passa a vida, pensou Lorenzo. *Trabalhando pra fazer dinheiro enquanto o mundo gira. E, no fim, quando tudo acaba, o quanto vivemos? Vivemos ou só fizemos dinheiro pra continuar sobrevivendo?*

Antes que ele pudesse verbalizar qualquer pensamento, Caíque emendou, sem jeito:

— Desculpa, eu tô falando demais.

Começou passar as compras dos dois, um pouco cabisbaixo. Conrado o observou em silêncio, as engrenagens de sua mente rodando ao ter uma ideia. Ouvir a história de Caíque fez com que ele se lembrasse do quanto o mundo podia ser injusto com as pessoas. Ao terminar de passar os itens, o garoto falou o preço e recebeu o pagamento.

— Caíque, né? — o cantor disse, guardando o cartão na carteira antes de enfiá-la de volta no bolso. Quando o menino confirmou com a cabeça, ele continuou: — Você quer mesmo sair daqui?

Caíque hesitou, olhando-o desconfiado. Virou a cabeça discretamente para a fila de clientes esperando para passar em seu caixa. Viu vários rostos impacientes encarando-o de volta, a ponto de perder a paciência, como se a demora fosse sua culpa. Soltou um longo suspiro, cansado de ter que passar por aquilo. Por fim, respondeu:

— Quero.

— Então sai agora com a gente. — Conrado apoiou as mãos na esteira, se inclinou um pouco para a frente para chegar mais perto de Caíque. Prosseguiu, baixando a voz, apesar do barulho. — Deixa tudo isso que você odeia pra trás. Vai viver sua vida.

Caíque mordeu o lábio inferior, encarando seu ídolo. Apertou as próprias coxas para garantir que não estava sonhando. Sentiu o aperto dos dedos, certo de que estava acordado. Como era possível que o seu cantor favorito estivesse a centímetros dele, *falando* com ele e o chamando para abandonar uma vida que odiava? Bem, se parasse para pensar, não era tão peculiar assim. Pouco tempo atrás, também não imaginaria que um asteroide estaria em rota direta de colisão com a Terra. O que era encontrar uma celebridade passando no seu caixa perto de tudo isso?

Ainda assim, hesitou. Pensou na família. Na mãe que continuava fazendo faxina para poder pagar as contas, nos irmãos pequenos que precisavam dos dois para terem do que se alimentar. Não podia simplesmente deixar tudo para trás. Precisava continuar. Por todos eles.

— Mas eu não posso, preci... — Conrado segurou seu braço, e o jovem se calou com o toque, olhando-o sem entender.

— Sai com a gente agora. — O cantor intensificou um pouco o aperto, evidenciando a urgência. — Você não vai precisar se preocupar com dinheiro. Confia em mim?

Caíque o olhou, mal conseguindo acreditar que seu ídolo estava à sua frente, segurando seu braço. Não era todo dia que seu cantor favorito aparecia falando isso, né? Abriu um sorriso e olhou outra vez para a fila que se formava em seu caixa. Era impossível ver o fim. Em seguida, ouviu o homem do carrinho cheio reclamando:

— É pra hoje, seu molenga? Vai ficar de fofoca até quando?

Aquilo foi a gota d'água. Não precisava ser tratado daquele modo outra vez. Estava de saco cheio da grosseria gratuita. Depositando todas as suas fichas na promessa de seu cantor favorito, Caíque tomou uma decisão. Levantou-se da cadeira de supetão, tirou o avental do supermercado e o jogou sobre a esteira.

— Pode passar no caixa ao lado — disse, um sorriso iluminando seu rosto, trazendo um brilho para os olhos. — Eu acabei de me demitir. Preciso ir viver antes que o mundo acabe.

— Ah, moleque! Vou falar com seu gerente! — o homem bufou. — Essa coisa de asteroide é invenção dos comunistas pra ninguém trabalhar!

— Então pode me chamar de comunista, senhor, porque eu tô fora!

Sob os protestos do homem e de várias pessoas na fila, Caíque deu a volta e saiu do supermercado, rindo ao lado de Lorenzo e Conrado.

Do lado de fora, no estacionamento descoberto, sob o sol escaldante da tarde, os três pararam. Lorenzo carregava nas mãos o engradado com as garrafas de água enquanto Conrado trazia duas sacolas.

— Isso foi muito doido — Caíque disse, passando as mãos pelos cabelos e soltando o ar pela boca. Parecia aliviado e assustado ao mesmo tempo. — Meu coração tá a mil. Nunca fiz uma loucura dessas.

— Preciso compensar meus fãs por ter abandonado o show, né? — Conrado colocou as sacolas no chão e pegou o celular. — Qual é o seu Pix?

— O quê? — Caíque franziu o cenho, arregalando os olhos, pego de surpresa pela pergunta repentina.

— Seu Pix — Conrado repetiu, o timbre calmo. Lorenzo olhava de um para o outro, já entendendo o que o namorado estava fazendo.

— Meu Pix? — Caíque soava perdido.

— É, cara! — Conrado riu, pousando uma mão no ombro do garoto. — Fala aí. Eu te disse pra você confiar em mim lá dentro, não foi?

Caíque assentiu, boquiaberto.

— Então, você confiou, agora eu tô fazendo minha parte — Conrado continuou. — Não posso fazer isso por todo mundo, mas tenho a chance de fazer por você, então... é isso, fala aí.

O rosto de Caíque se iluminou com um sorriso tímido. Ainda sem acreditar completamente na situação, cedeu e falou a chave para... sim, para seu cantor favorito! Que loucura!

— Pronto. — Conrado terminou de digitar e Caíque pegou o próprio celular, abrindo a boca de surpresa ao ver o valor transferido para sua conta. Não soube como não caiu duro naquela hora.

— Minha nossa... — As palavras escaparam dos lábios num sussurro.

— Acho que isso dá conta dos próximos seis meses pra você — Conrado disse. — Espero que você e sua família possam ficar juntos e aproveitar ao máximo.

Caíque não esperou permissão. Deu um abraço de urso em Conrado, agradecendo com os olhos cheios de lágrimas. Olhou para Lorenzo e o puxou para um abraço triplo, repetindo "obrigado" sem parar.

Lorenzo sorriu, preso naquele abraço. Depois que Conrado o havia deixado, nunca imaginou que poderia sentir orgulho do namorado de novo.

Mas é engraçado como o mundo dá voltas para provar que você estava errado.

Caramba, esse mundo anda tão estranho.

Lorenzo abriu a garrafa Mike's e tomou um gole da bebida gelada. O gosto de álcool era um pouco forte, mas o azedo do limão o agradava. Conrado apoiou a garrafa que segurava no parapeito, ao lado do namorado. Seus braços se tocavam e grande parte de São Paulo podia ser vista ali do terraço. Centenas de luzes acesas, brilhantes, coloridas. Prédios infinitos, carros passando pelas ruas, os sons misturados da cidade ecoando indistintamente.

— Como você conseguiu acesso ao terraço da gravadora a uma hora dessas? — Lorenzo perguntou, distraído, apreciando a vista que lhe tirava o fôlego. O relógio digital gigante no topo de um dos prédios vizinhos marcava onze e trinta e oito da noite.

Conrado soltou um riso pelo nariz.

— Ser famoso tem suas vantagens — respondeu. — E outra: eu sei que você adora ver a cidade do alto, então quis te fazer essa surpresa.

— Eu sempre me senti muito pequeno e frágil. — Lorenzo virou mais um gole da bebida, sentindo o líquido gelado descer pela garganta. — Cresci num meio em que me sentia errado por ser quem eu sou, mas... quando estou aqui no alto, eu me sinto maior que tudo isso. Maior, mas também tão pequeno. Faz sentido?

Conrado acompanhou o olhar do namorado para o céu noturno, de um tom raro de roxo-escuro salpicado por nuvens finas e uma ou outra estrela espalhada pelo espaço. A lua, tão pequena e longe, ainda brilhava forte.

— Faz — respondeu o cantor.

Ali de cima, ele também se sentia maior que tudo. Maior que sua carreira, que o apocalipse... mas também se sentia pequeno. O Universo era infinito, e eles dois eram apenas um grão de poeira diante de tudo.

— No fim, continuamos pequenos e frágeis — Lorenzo continuou. — A qualquer hora, tudo pode acabar. Sempre foi assim, agora só está mais perto.

A voz falhou na última palavra, e ele baixou o olhar, apoiando-se no parapeito do terraço. Conrado passou um braço ao seu redor.

— É de dar medo, né? — o cantor sussurrou. — A gente age como se tivesse aceitado tudo, mas ainda assim eu tô me cagando de medo.

Lorenzo soltou um riso baixo, seguido por uma lágrima. De algum modo, saber a data da própria morte era ainda mais assustador do que viver sem saber quando tudo poderia acabar. E saber não só *quando* você vai morrer, mas também *como* e não ter a mínima possibilidade de lutar contra isso era ainda pior.

— O tempo tá passando tão rápido — Lorenzo disse, olhando para o relógio no prédio ao lado. Dali a alguns minutos seria meia-noite, mais um dia terminando. Um dia a menos para viverem.

— E eu não quero perder mais nem um minuto longe de você. — Conrado postou-se atrás de Lorenzo, abraçando-o pela cintura, envolvendo seu corpo com os braços, sentindo o calor do rapaz esquentando seu peito.

Lorenzo fechou os olhos. O barulho da cidade desapareceu quando a escuridão chegou e ele se perdeu no abraço de Conrado. Senti-lo atrás de si, segurando-o com firmeza, trouxe uma sensação de leveza, e ele pôde jurar que estava flutuando além do parapeito do terraço, subindo para o céu e se embrenhando nas nuvens.

Os lábios gelados de Conrado beijaram sua nuca. Cada pelo de Lorenzo se eriçou, e a escuridão que apreciava de repente explodiu em cores, tornando-se um *big bang* quando uma das mãos de Conrado desceu pelo seu peito, passando pela barriga e invadindo sua calça.

— Isso é sua ideia de viver intensamente? — brincou Lorenzo, suspirando enquanto a mão de Conrado o acariciava por cima da cueca.

— É uma das coisas que quero fazer com você um milhão de vezes antes do mundo acabar.

Relaxado nos braços do namorado, Lorenzo se deixou levar pelas sensações que Conrado causava. Os beijos na nuca e o movimento da mão o fizeram erguer a cabeça para o alto, incapaz de segurar um gemido que lhe escapou pelos lábios. O céu parecia cheio de estrelas agora... ou pelo menos era isso que Conrado o fazia ver quando o tocava: céu estrelado. Cores.

O cantor o virou de frente para ele, fazendo-o apoiar as costas no parapeito do terraço. Aproximou-se e o beijou na boca intensamente, como se o asteroide já estivesse ali e aquele fosse o último beijo. Afastando-se, Conrado o olhou nos olhos com um sorriso maroto, e Lorenzo, suspirando, apenas assentiu. O namorado se ajoelhou diante dele e abriu sua calça.

A boca de Conrado o envolvendo era macia. Lorenzo se agarrou no parapeito com uma mão, e com a outra entrelaçou os dedos nos cabelos de Conrado, empurrando sua cabeça num gesto que pedia mais e mais. Poderia ficar ali até que explodisse. Não ligaria se aquele fosse seu último momento. Era a melhor sensação do mundo.

A meia-noite logo se tornou as primeiras horas do dia seguinte, e os dois ainda estavam na cobertura, sozinhos. Tão pequenos, mas tão grandes. Maiores que tudo, quase com uma falsa certeza de que poderiam sobreviver até mesmo ao fim do mundo, sentindo a adrenalina e a excitação correndo por suas veias.

Perto das duas da manhã, estavam deitados no chão, rodeados por garrafas vazias de bebida. Lorenzo olhava para o céu, a cabeça apoiada no peito nu do namorado. Ele podia ver o mundo girando. As nuvens lá no alto se mexiam. Os sons da cidade pareciam ainda mais distantes.

— Eu queria que o mundo parasse de girar agora, que o tempo congelasse — disse, a voz meio embriagada.

Conrado não respondeu, mas sua expressão pesarosa olhando para o alto dizia mais do que qualquer palavra. Se pudesse, ele faria de tudo para voltar no tempo e nunca terminar com Lorenzo. Não teria perdido esse tempo longe dele, mesmo que sua carreira tivesse deslanchado. Poderia ter tido as duas coisas. Poderia ter tido tudo na vida, nem que fosse só por um pouco mais de tempo.

Agora, cada tique-taque do relógio era um segundo a menos que tinham. Ele sabia que pensar assim era uma armadilha e que devia apenas aproveitar o tempo que ainda tinham juntos, mas não conseguia deixar de pensar no fim. Os dias estavam contados.

— Eu queria eternizar esse e todos os nossos momentos — Lorenzo murmurou, os dedos passeando pela pele de Conrado. — Queria ter a habilidade de controlar o tempo, assim a gente sempre ia voltar pros momentos bons e revivê-los.

Conrado se sentou lentamente, levando Lorenzo consigo. De pernas cruzadas, um de frente para o outro, se olharam em silêncio por vários segundos, guardando cada detalhe daqueles olhares apaixonados. O de Conrado com arrependimento e culpa misturados. O de Lorenzo com alegria e tristeza.

— A gente não pode reviver ou mudar o que já passou — o cantor disse, abrindo um sorriso. Seus olhos brilharam com uma ideia repentina, e sentiu doses de empolgação conforme ela lhe tomou a mente. Era agora ou nunca. — Mas a gente pode criar memórias boas em cada um dos nossos dias, até o fim das nossas vidas.

— É tudo que eu quero — Lorenzo disse, segurando a mão do namorado. — Me encher de memórias com você pra que, quando chegar a hora, eu vá sabendo que vivi o máximo que consegui ao seu lado.

Conrado sorriu, beijou a mão de Lorenzo e então começou a gargalhar, como se tivesse ouvido uma piada. Lorenzo, mesmo sem entender, se sentiu contagiado e começou a rir. A tristeza e a culpa que rondavam aqueles dois pareceu se dissolver, mesmo que por alguns instantes.

— Eu tô rindo porque eu tô nervoso — Conrado disse, tentando respirar fundo para continuar. — Eu sei de uma coisa que a gente pode fazer, já que não temos nada a perder.

— O quê? — perguntou Lorenzo, erguendo uma sobrancelha.

— Fica de pé.

Sem questionar, ele se levantou com ajuda de Conrado. O cantor o beijou nos lábios e então se abaixou, apoiando-se em um único joelho. Segurou a mão de Lorenzo e levantou o olhar para encará-lo. Na cena mais estranha possível, na cobertura da gravadora onde dera início à sua carreira, depois das duas da manhã, os dois sem roupa, Conrado fez o pedido que não havia planejado, mas sentia, no fundo de seu coração, que era a hora. A vozinha da intuição lhe disse para não esperar nem mais um segundo, pois cada um era precioso. Não haveria outro momento tão perfeito.

— Lorenzo, você quer se casar comigo?

NIHILUS AINDA MAIS PRÓXIMO

Asteroide segue desafiando especialistas
e se aproxima cada vez mais rápido

Nem mesmo os especialistas ou a NASA conseguem explicar, mas, em análise recente, o asteroide Nihilus se mostrou ainda mais próximo da atmosfera. Todas as missões para tentar diminuir o tamanho do asteroide ou mudar seu curso não obtiveram o sucesso esperado. "Não há mais nada que possa ser feito", relata a dra. Ananda del Rey. "Em menos de dois meses, o asteroide atingirá a atmosfera, e as consequências serão devastadoras. Não há chances de sobrevivência após o impacto. As catástrofes climáticas consequentes podem ser irreversíveis por gerações."

Saiba mais clicando aqui.

ATÉ QUE O FIM DO MUNDO OS SEPARE

~~SEIS~~ MENOS DE DOIS MESES ANTES FIM DO MUNDO

Por muitos anos, desde que tinha se entendido como um homem gay, Lorenzo achou que casamento não era para si. Começando pelo fato de que, até pouco mais de uma década antes, o casamento entre pessoas do mesmo sexo não era nem mesmo legalizado. E ele nunca tinha pensado que encontraria alguém que o amaria o suficiente para pedi-lo em casamento, já que nem mesmo seus próprios pais pareciam amá-lo.

Por isso, sentia como se estivesse vivendo em outra realidade quando acordou na manhã do grande dia. A preparação fora feita às pressas, ainda mais depois das notícias mais recentes.

Olhando-se no espelho do banheiro enquanto dava os retoques finais no cabelo com o secador, Lorenzo abriu um sorriso. Aquela devia ser a cerimônia mais rápida e mais difícil que alguém já preparara. Demoraram quase uma semana para encontrar uma cerimonialista disponível. A única que encontraram cobrou o dobro do preço por causa do fim do mundo, mas Conrado pagou sem titubear.

Lorenzo endireitou a gravata borboleta preta no pescoço, depois alisou o terno *slim* com as mãos, mas o tecido estava impecável. Pela primeira vez desde que podia se lembrar, o rapaz se sentiu bonito. A pele parecia mais hidratada, o sorriso, mais sincero; os olhos, mais brilhantes.

Até mesmo a pose estava mais confiante. Olhou-se no reflexo algumas vezes, virando-se para os lados e de costas para se enxergar em todos os ângulos. Se aquele era o sabor de ter uma boa autoestima, queria tê-la encontrado antes.

Duas batidas na porta desanuviaram seus pensamentos.

— Tá pronto, noivinha? — A voz abafada de Michele veio do outro lado.

Com um último suspiro, Lorenzo saiu para o corredor, encontrando a amiga, que usava um vestido preto justo ao corpo, cheio de pedrinhas brilhantes que pareciam diamantes, o rosto maquiado com sombras escuras ao redor dos olhos e os cílios longos.

— Assim você vai roubar meu brilho hoje — brincou o rapaz, olhando-a de cima a baixo.

— Não tenho culpa se meu brilho ofusca os outros. — Michele o segurou pela mão e o fez girar para olhar melhor sua roupa. — Se bem que você também tá um gatinho. Olha só essa bundinha.

Ela o beliscou de leve por cima da calça e Lorenzo se afastou, rindo.

— Vamos? — Michele estendeu o braço para Lorenzo.

Juntos, os amigos saíram caminhando pelo corredor até chegarem à grande sala do casarão alugado para o evento. Dali, foram em direção ao gramado do quintal dos fundos, enfeitado com luzes amareladas penduradas nas árvores e nos arbustos bem aparados. Caíam como cascatas, amarradas nas cordinhas que as seguravam. Além da iluminação, um pequeno altar havia sido construído abaixo de um arco repleto de folhas e enrodilhado pelas mesmas luzes que cobriam o restante do quintal.

Diante do altar, Lorenzo enxergou o namorado e perdeu o ar. Ele achou que era impossível, mas Conrado estava ainda mais exuberante. Vestia um terno igual ao seu, porém azul-marinho, e o tom combinava com sua pele clara. Seus olhos avelã brilharam de alegria ao vê-lo se aproximar com Michele ao seu lado. O cantor levou às mãos à boca, quase não acreditando que aquele momento era real. Todas as letras de suas músicas românticas não conseguiriam traduzir o que seu coração acelerado sentia.

Lorenzo parou ao lado dele. Só tinha olhos para o noivo, e mal percebeu Michele ficando perto de Samantha a alguns passos. Nem mesmo notou a cerimonialista, uma moça com um lenço florido no cabelo, ao lado dos dois.

— Você tá lindo — disse para Conrado.

— Você tá ainda mais — o cantor retrucou, segurando suas mãos.

A cerimonialista se ajeitou, pigarreando baixinho, e os noivos se viraram para a frente quando ela começou a falar:

— Esse com certeza é o casamento mais peculiar que eu vou realizar em toda minha carreira.

Além da decoração com as luzes no quintal, havia uma mesa em um canto com as opções de comida e uma caixinha de som. Era uma mesa bem pequena, visto que os convidados da festa se resumiam a Michele e Samantha. Ele e Conrado haviam decidido que elas seriam as únicas pessoas presentes. Afinal, foi tudo resolvido às pressas, e não tinham mais ninguém próximo para chamar.

— Não é todo dia que realizo o casamento de uma celebridade... Na verdade, essa é a primeira vez.

A mulher riu, lançando um olhar para Conrado e depois para Lorenzo. Os rapazes devolveram o sorriso, e Lorenzo percebeu Samantha e Michele lado a lado. Elas estavam de mãos dadas? Não teve tempo de olhar melhor, pois a cerimonialista logo voltou a falar:

— E este é provavelmente o último que irei realizar. Fico muito feliz que seja a união de um casal que percebo o quanto se preocupam um com o outro. — Conrado e Lorenzo trocaram um olhar, apertando as mãos entrelaçadas. — Enquanto existir amor, não há nada que possa separá-los. Qualquer força exterior pode tentar, as circunstâncias podem mudar, mas o amor verdadeiro sempre dá um jeito. E foi isso que aconteceu com vocês dois. Vocês se reencontraram. O amor de vocês os trouxe um pro outro novamente. Por isso, estamos aqui hoje para celebrar e oficializar essa união. Então, pergunto: Conrado Dias, você aceita Lorenzo Mendes como seu marido?

Conrado virou-se para Lorenzo, sorrindo tão genuinamente que o mundo inteiro se iluminou.

— Eu aceito.

— Lorenzo Mendes, você aceita Conrado Dias como seu marido?

Lorenzo tinha os olhos marejados quando encarou o rapaz à sua frente. As mãos dele nas suas era uma das melhores sensações que já tinha experimentado. Queria sentir a textura de sua pele macia o tempo todo. Em cada segundo que ainda lhe restava.

— Eu aceito, é claro.

— Dito isso, eu os declaro casados, até que o fim do mundo os separe.

Ao mesmo tempo, os rapazes tomaram impulso, como se fosse impossível ficar longe por mais um segundo sequer. Colidiram como dois mundos que se chocam e se explodem. A explosão aconteceu quando deram o primeiro beijo após estarem oficialmente casados. Os lábios quentes e saborosos de Conrado espalharam uma eletricidade por todo o corpo de Lorenzo. Suas mãos desceram para a cintura dele, prendendo-o junto ao seu corpo, enquanto Conrado o segurou pelo rosto com ambas as mãos, em um encaixe perfeito onde os dois se tornaram apenas um.

Qualquer lembrança de tristeza, dor ou abandono que Lorenzo tinha foi apagada durante o beijo, mesmo que só por um instante. Ele se sentiu o homem mais feliz e amado do mundo. Se o asteroide caísse naquele momento, ele iria embora feliz, pois estava onde queria estar.

Meia hora depois, Samantha se aproximou da caixinha de som com seu celular, mexendo no aparelho para colocar uma música. Michele, ao lado da mesa, a observou enquanto Lorenzo e Conrado estavam mais afastados no centro do quintal, embaixo das luzinhas penduradas. Um tom amarelado misturando-se ao verde da vegetação coloria a noite silenciosa.

— Um pouco de música pra gente celebrar esse acontecimento histórico — Samantha disse ao colocar o celular na mesa.

Os noivos estavam abraçados como se nunca mais quisessem se soltar. As mãos de Lorenzo seguravam a cintura de Conrado, que apoiava seus braços nos ombros do outro. As testas se encostavam, e os olhares cruzados diziam um milhão de coisas ao mesmo tempo, mesmo sem falar nada.

Foi quando a música começou, e eles continuaram nessa pose, rodando lentamente, acompanhando os acordes da canção.

Devia ter amado mais
Ter chorado mais
Ter visto o sol nascer
Devia ter arriscado mais
E até errado mais
Ter feito o que eu queria fazer

Lorenzo fechou os olhos, mas continuou conectado a Conrado, mesmo no escuro. Podia senti-lo muito além do contato físico. Eram um só. Durante aquela dança, tiveram a certeza de que nada os separaria, nem mesmo o fim do mundo.

Devia ter complicado menos
Trabalhado menos
Ter visto o sol se pôr

— *O acaso vai me proteger enquanto eu andar distraídoooo*!

Conrado e Lorenzo abriram os olhos ao mesmo tempo, rindo ao verem Michele cantando a plenos pulmões, pulando e segurando uma garrafa de cerveja numa mão. Com a outra, puxava Samantha para dançar. As duas pareciam se divertir, alheias ao casal que as observava.

— Tem alguma coisa ali — Conrado murmurou.

Lorenzo assentiu, e o olhar de Michele encontrou o dele quando a música dos Titãs terminou e deu lugar a "Sugar", do Maroon 5. Michele trocou um olhar com Samantha, e as duas se aproximaram dos rapazes.

— Amigo, preciso falar com você — ela disse, parando perto deles.

Lorenzo ergueu uma sobrancelha, curioso. Conrado apertou sua mão. Samantha deu um sorriso meio tímido para o cantor, o que pareceu estranho, pois de tímida ela não tinha nada. Aquele sorriso era, no mínimo, suspeito.

— Você promete que não vai ficar bravo comigo? — Michele evitou seu olhar, passando a mão pelo vestido como se estivesse desamassando-o. Chegou mais perto do amigo e ajeitou a gravata borboleta no pescoço dele, tentando diminuir o nervosismo.

— Só vou prometer depois que me contar — o rapaz respondeu, parado enquanto ela mexia na gola da sua camisa. — Anda, fala logo que tô curioso.

— Você lembra que, uns tempos atrás, você me perguntou com quem eu tava de papo, né? — Michele continuou. Lorenzo apenas concordou com a cabeça, e ela emendou: — Então, eu menti quando disse que não tinha ninguém. Eu já tinha alguém, só tava com medo da sua reação quando eu contasse quem era.

Lorenzo nem precisou da confirmação. Entendeu tudo antes mesmo de Michele enlaçar seus dedos nos de Samantha. As duas sorriram para os rapazes, de mãos dadas. Pareciam felizes, mas também nervosas.

— Estamos juntas, amigo — Michele revelou, soltando as palavras de uma única vez.

— Por que isso não me surpreende? — Foi a resposta de Lorenzo. Ele se virou para Conrado, que coçava o queixo num gesto contemplativo. — Você ficou surpreso?

— Nem um pouco. — O cantor encarou Samantha, de braços cruzados, e acrescentou: — Então era ela o amor da sua vida que você não quis me contar no dia do show?

Samantha deu de ombros, olhando para Michele com um sorriso.

— Eu saquei que você tava escondendo alguma coisa faz tempo — Lorenzo falou. — Só não imaginava que era a Samantha. Como foi que isso começou?

— Isso foi culpa de vocês! — Michele rebateu, apontando para os rapazes. — Quem mandou você me levar pro camarim naquele show?

Lorenzo se lembrava do show de Conrado em que Michele o tinha acompanhado. Foi no mesmo dia em que receberam a notícia da morte de Matias, quando comemoravam na pizzaria mais tarde.

— A gente começou a conversar ali — Samantha adicionou. — E aí fomos marcando mais encontros, e as coisas meio que aconteceram.

— Mas eu juro que não queria te magoar, amigo! — interpôs Michele. Ela segurou Lorenzo pelos ombros, encarando-o diretamente dessa vez. — Foi só por isso que eu não te contei antes. Eu queria contar, você sabe que eu odeio guardar segredo, mas fiquei com medo de a gente acabar brigando. Nada no mundo é mais importante do que nossa amizade. Se você me odiar por isso, eu vou entender, mas o mundo tá pra acabar... — ela olhou para Samantha, com o semblante preocupado, depois se voltou para Lorenzo — ... e eu não quero que a gente vá sem eu te...

— Me magoar? Por quê? — Lorenzo interrompeu, segurando os braços de Michele, tentando acalmá-la.

— A coisa começou a ficar séria entre nós duas quando você tinha acabado de terminar com o Conrado, e eu não queria te contar que estava falando com a empresária do seu ex babac... — ela se interrompeu, lançando um sorriso para Conrado. — Desculpa, você foi mesmo um babaca.

Rindo, o cantor balançou a cabeça.

— Eu fui mesmo um babaca...

— Amiga, você poderia ter me contado antes — disse Lorenzo, a voz baixa, porém firme. — Claro que eu não ia ficar chateado. Eu não tenho o direito de escolher com quem você namora ou não. O que importa é que você está feliz. Eu nunca teria me magoado com isso.

Michele o encarou com um brilho de alívio no olhar.

— E por que *você* não me contou? — perguntou Conrado, empurrando de leve o ombro da empresária. — Ficou de segredinho comigo também, é?

— Ah, a Michele queria manter segredo. — Ela lançou um olhar para a moça ao seu lado, depois alisou uma mecha de seu cabelo carinhosamente.

— Mas então, agora que tá todo mundo bem — continuou Michele —, achei que pudesse contar sem peso na consciência. Vê se vocês ficam juntos dessa vez.

— Por favor — pediu Samantha, com um olhar de súplica exagerado. — Essa aqui tava desesperada com medo de alguém descobrir. Parece até que voltei pra minha adolescência vivendo um romance escondido.

Lorenzo encontrou o olhar de Michele. Parecia mais leve agora que tinha compartilhado seu segredo. Sorriu para ela e perguntou, com a voz baixa:

— Você está feliz? — Ela assentiu com veemência. — Então eu também estou. Vem cá.

Ele a puxou para um abraço. Começaram a chorar discretamente, devido ao fato sobre o qual ninguém falava em voz alta, mas que estava ali, invisível e silencioso, à espreita. Conrado os envolveu também, seguido por Samantha. Os quatro ficaram assim por alguns segundos. Mesmo com uma música animada tocando na caixinha de som, um sentimento de melancolia os engolfou. Precisavam continuar a comemoração do casamento, pois nunca mais teriam tempo para outra celebração.

Eles sabiam que aquela era a última vez em que todos estariam juntos.

TODAS AS PEQUENAS COISAS

MENOS DE DOIS MESES ANTES DO FIM DO MUNDO

Ele abaixou o vidro do carro e imediatamente o barulho do vento invadiu o veículo. Conrado o olhou do banco do motorista. Lorenzo fechou os olhos, a pele sendo fustigada enquanto ele inspirava o ar profundamente.

A festa de casamento tinha terminado havia poucos minutos, e os rapazes mal tinham se despedido de Samantha e Michele quando pegaram a estrada madrugada adentro. As pistas estavam desertas, como se o mundo já tivesse acabado e os dois fossem os únicos sobreviventes. Os faróis do carro iluminavam o asfalto ao passo que Conrado ia a oitenta quilômetros por hora.

Lorenzo expirou, soltando o ar preso em seus pulmões e relaxando os músculos.

— Acelera — murmurou.

— O quê? — Conrado perguntou, sem tirar os olhos do caminho.

— Acelera! — Lorenzo repetiu, com a voz mais firme.

O cantor o olhou, desconfiado, mas ao ver a expressão solene estampada no rosto do namorado — ou melhor, marido — abriu um sorriso e pisou fundo no acelerador. Lorenzo inclinou-se, colocando metade do corpo para fora da janela, e esticou um braço, sentindo o vento atingir cada centímetro de pele exposta. À medida que o carro ganhava velocidade, ele se esticava mais, abrindo-se para receber o que quer que viesse. Os cabelos esvoaçando, os olhos fechados e as mãos abertas diziam ao Universo que estava pronto.

Ele tinha corrido a vida toda, sem sequer ter uma linha de chegada. Correu tanto que não teve tempo para parar e aproveitar todas as pequenas coisas no caminho. São elas que valem a pena no final. Lorenzo, sempre tão organizado, aprendeu desde cedo a cuidar de si mesmo, e isso passou a ser um peso. Ter tudo sob controle era o único jeito de conseguir seguir em frente. De não ter surpresas, de saber o que estava por vir. Estava sempre em estado de alerta, para não se machucar.

Mas ali, naquele carro que chegava a cento e cinquenta quilômetros por hora, com o vento açoitando seu rosto, Lorenzo se libertou de todas as suas amarras que ainda restavam. O fardo sobre seus ombros se desfez como mágica e ele pôde sentir a leveza tomando conta. Os dias estavam contados, mas ele sabia que não precisava controlar nada, que podia simplesmente viver e aproveitar cada pequena coisa que ainda lhe restava ao lado de Conrado.

Lorenzo abriu a boca e gritou o mais alto que conseguiu, botando para fora tudo o que lhe fazia mal. Cada comentário maldoso, cada decepção, cada vez que se sentira sozinho, cada dor e cada lágrima de tristeza que já tinha derramado. Tudo se foi com aquele grito.

Pisando fundo no acelerador, Conrado começou a gargalhar e gritou também. Cada vez mais rápido, ele e Lorenzo seguiram, livres, em direção ao fim do mundo.

—

UMA SEMANA ANTES DO FIM DO MUNDO

Lorenzo acordou cedo, deixando Conrado na cama, e saiu para a varanda. Apoiou-se no parapeito de madeira, olhando para a praia deserta que parecia ter saído das mãos de um artista. As águas estavam tão azuis e translúcidas que era como se milhares de estrelas flutuassem pelo mar quando o sol batia nelas, perdendo-se na imensidão do oceano. A casa ficava na beira da areia, a única construção em um raio de vários quilômetros. Eles estavam isolados do mundo ali, cercados pela natureza.

Pegou o celular do bolso para ver se tinha alguma mensagem de Michele, mas o sinal tinha sumido. Como se estivesse em uma ilha remota, separado de todo o resto do planeta. Por um momento, ele realmente desejou que estivesse, assim poderia evitar o fim do mundo e viver com Conrado até o dia em que os dois, velhinhos, tivessem que partir.

Virou-se para trás, observando o cantor dormindo através da porta de vidro que separava a varanda do quarto. Conrado estava nu por baixo dos lençóis que se enrolavam em seu corpo. Era a visão de um verdadeiro deus grego.

No caso, um deus mineiro, pensou Lorenzo, rindo consigo mesmo.

Haviam se distraído tanto um com outro desde que reataram o relacionamento que às vezes até se esqueciam do destino iminente. Não pensavam tanto no fim do mundo, apenas saboreavam cada segundo. Longe de tudo e de todos, sentiam como se fossem os dois últimos sobreviventes num mundo desolado. O silêncio ao redor, quebrado apenas pelo som das ondas do mar, era a trilha sonora do fim.

Os quase dois meses restantes logo se encurtaram para apenas uma semana. Sete dias. Somente mais sete dias juntos em seu paraíso particular. Apesar de tudo, Lorenzo nunca tinha se sentido tão vivo. Cada experiência ao lado de Conrado o dava a certeza de que estava vivendo de verdade, livre, leve e sem medo.

Fechou os olhos, respirou fundo, inalou o cheiro da praia, ouviu o chiado das águas e lembrou-se de cada café da manhã que tomara junto com o marido desde que tinham chegado ali. Era engraçado chamar Conrado de marido.

Mesmo da varanda, sentia os pés afundando na areia quentinha enquanto caminhava com ele pela praia. O gélido toque do oceano quando a água os alcançava. Os risos ecoando, as mãos de Conrado nas suas, as conversas até altas horas da madrugada, deitados olhando para o céu, imaginando como seria quando o Nihilus finalmente aparecesse a olho nu. As estrelas iluminando o firmamento. Lembrou-se também das vezes em que fizeram amor. Na praia, naquela mesma varanda, na cama, no sofá, no banho, no chão da sala, no balcão da cozinha... Eles eram insaciáveis, como dois adolescentes, mas também se sentiam como um casal que já tinha vivido dezenas de anos juntos, que não conseguiria viver um sem o outro. Foram anos espremidos dentro de semanas.

— Você fica lindo assim. — A voz de Conrado o assustou. Lorenzo abriu os olhos, vendo o rapaz se aproximando. O cantor se apoiou no parapeito, vestindo apenas uma cueca preta.

— Você tem algum tipo de superpoder? — Lorenzo perguntou. — Como não te vi chegar?

— Cê tava tão distraído aí nos seus pensamentos, e tão bonito, que não quis te atrapalhar. Tava pensando em quê?

Lorenzo virou-se novamente na direção do oceano, apoiando a cabeça no ombro de Conrado e segurando sua mão.

— Estava lembrando de tudo que a gente viveu nesses últimos dias. Poderia passar mais cem anos fazendo as mesmas coisas.

Conrado ficou em silêncio, olhando para o horizonte. O semblante preocupado em seu rosto começava a revelar um pedaço de medo.

— Tem mais uma coisa que eu queria te mostrar — disse. Lorenzo o olhou, curioso, e esperou. — Mas antes, vem cá mais um pouquinho.

Conrado o puxou pela cintura, encaixando um beijo caloroso em seus lábios. Dali, voltaram para a cama, tirando as poucas peças de roupa que usavam. Lorenzo desejou que já tivesse morrido e que aquela vida fosse o paraíso pós-morte.

Mas sabia que não era.

— Queria acreditar que uma daquelas estrelas é o meu pai olhando por mim — Conrado disse. Deitados em uma canga verde na areia no início da noite seguinte, ele e Lorenzo vestiam apenas seus shorts e olhavam para o céu. Ao lado deles, estava uma mochila fechada que Conrado trouxera e uma caixa térmica para as bebidas.

— Você acreditando ou não, sei que ele está te olhando de algum lugar — Lorenzo disse, os braços cruzados atrás da cabeça.

Conrado ficou em silêncio, respirando lentamente. Ele estivera mais quieto do que o comum. Lorenzo o percebia parado, olhando para o vazio ou encarando alguma paisagem do paraíso particular dos dois de vez em quando. Refletindo sobre algo que não compartilhava.

— Sobre o que você anda pensando, hein? — Lorenzo perguntou, deitando-se de lado para encarar o marido.

— Só fico imaginando como vai ser. — Conrado suspirou. — Quando chegar a hora. Será que vai ser rápido? Vai ser doloroso?

Lorenzo se sentou, apoiando uma mão na barriga de Conrado, os dedos passeando de leve sobre sua pele quente.

— Espero que seja rápido e indolor. Mas vou embora feliz, porque vou estar com você.

Conrado segurou a mão de Lorenzo. Olhou para os dedos entrelaçados com um sorriso preocupado.

— Eu nunca quis te perder — ele disse, sentando-se. — O pior erro da minha vida foi ter terminado com você...

— Deixa isso pra lá — Lorenzo interrompeu. Colocou uma mão na boca de Conrado, depois acariciou seu rosto e o puxou para um beijo. — O que importa é que agora estamos aqui. Juntos.

Conrado passou o polegar pela bochecha de Lorenzo, retribuindo o beijo.

— Eu gosto desse lugar — murmurou, os lábios tão próximos dos de Lorenzo que sentiu cócegas ao falar. O som da água do mar servia de trilha sonora para aquele momento único dos dois. — É só nosso. É tão quieto. Parece até que o mundo já acabou.

— Eu pensei nisso. Não seria nada mal se esse fosse o depois, né? — Lorenzo disse, piscando.

Os dois sentaram-se de frente um para o outro, sem soltar as mãos. Não queriam deixar de se tocar nem por um segundo. Nunca mais queriam deixar de sentir a textura um do outro, nem o sabor de seus beijos, porque sabiam que o tempo estava contado e tinham medo de se perderem antes da hora. Agora que eram como um só, não iriam se separar. Conrado suspirou, então fitou Lorenzo e olhou ao seu redor. Observou o céu, a areia e o mar. Sentiu a brisa da noite e o cheiro da praia.

— Nem um pouco — respondeu. — Eu não me importaria de passar o resto da eternidade nessa vida com você.

Lorenzo se inclinou, sorrindo, e o beijou. Conrado o segurou de leve pelo queixo, devolvendo o carinho, beijando-o lentamente, sorvendo o sabor adocicado do marido. Aos poucos, foi parando, até ficar imóvel. Então levantou-se de repente. Começou a remexer na mochila que jazia ao seu lado, despertando a curiosidade do outro rapaz.

— O que cê tá fazendo?

Ele não respondeu, apenas continuou revirando a mochila até tirar alguns canudos de fogos de artifício de dentro dela, junto com um pequeno isqueiro de metal. Estava mais empolgado a cada segundo. Beijou Lorenzo no rosto de maneira desengonçada e correu pela areia deserta, rindo para o ar.

Lorenzo ficou de pé, observando o cantor plantar os canudos no chão e se agachar para acendê-los. Enquanto ele corria de volta em sua direção, os canudos zuniram, atirando rajadas de fogos coloridas que explodiram no céu, iluminando a noite das mais variadas cores.

Observando as luzinhas que explodiam no céu e caíam, Lorenzo ficou sem palavras, rindo sozinho e incrédulo. Era como se tivesse voltado para a praia na virada do ano, quando fora chutado de escanteio. Mas ali, tudo estava diferente. Ele estava diferente. *Conrado* estava diferente.

— Eu quero ressignificar essa lembrança pra gente — o cantor disse, parando ao seu lado para observar a festa multicolorida no alto. — Não quero que a gente parta com qualquer lembrança ruim.

— Isso seria impossível. As boas meio que já apagaram as ruins. — Lorenzo segurou a mão de Conrado, que virou a cabeça e encontrou o marido olhando para o alto.

Os olhos de Lorenzo brilhavam nas cores dos fogos que estouravam. Verde, vermelho, azul, rosa... Sua pele mudava de tom a cada explosão no céu, a boca aberta num sorriso.

— Eu te amo. — Sem esforço, as palavras escaparam de Conrado. Simplesmente saíram, como se tivessem estado ali o tempo todo. Crescendo em sua boca, andando por sua língua até pularem para fora e se perderem no ar.

Lorenzo virou-se, deixando de observar os fogos para encarar o cantor. Assim como na virada de ano, deu um passo à frente e se aproximou para deixar um beijo na boca de Conrado. Dessa vez foi diferente. Ele sentiu toda a explosão dentro do outro passar para si por meio das línguas que se encontraram, dos lábios que se roçavam, dos toques em sua cintura, da mão segurando seu rosto, da lágrima que escorreu pela face do cantor, dos corpos que se grudaram como um só, apertando-se um contra o outro, querendo nunca mais se soltarem...

— Eu também te amo, Conrado — soltou, entre um beijo ofegante e outro.

Mas palavras não eram o suficiente para expressar o que sentiam. Em sincronia, como se dividissem a mesma mente, Lorenzo pulou, jogando as pernas ao redor da cintura de Conrado. O cantor o segurou pelas coxas e os dois cambalearam pela areia, entre risos e beijos, até caírem na canga ali perto. A essa altura, os fogos haviam acabado e o silêncio da praia deserta os envolveu.

Por cima, Conrado pressionou seu corpo contra o de Lorenzo, cujas mãos percorriam toda a extensão das costas nuas do cantor, como quem queria mais. O peso de Conrado sobre si, com o calor de seus corpos unificando-se, o fazia suspirar de desejo. Um desejo tão profundo que poderia explodir a qualquer momento.

Tirou o short de Conrado, e ele tirou o seu. Totalmente despidos, os dois se esfregavam, se beijavam e se amavam como se aquele sentimento primitivo estivesse guardado dentro deles a vida toda.

Lorenzo prendeu Conrado com as pernas, forçando-o para perto de si. Mas não era preciso, pois ele o beijava com tanto afinco que seus gemidos saíam abafados. Sentir Conrado duro o penetrando sob a noite estrelada foi o mais próximo que Lorenzo chegou do divino. Suspirando a cada estocada, o som do amor dos dois se perdeu em meio ao barulho das ondas do mar.

Ondas que, em poucos dias, deixariam de existir, assim como eles.

PARTIR AO SEU LADO

O FIM DO MUNDO

Quando abriu os olhos em seu último dia na Terra, Lorenzo achou que o asteroide já tinha chegado e que ele estava morto. A luz do sol invadia o quarto através do vidro da porta da sacada e pintava o ambiente com tons amarelo-alaranjados brilhantes, jogando sombras para todos os lados e no chão amadeirado. As águas do mar rugiam ao encontrar com a areia e pássaros cantavam ao longe.

Lorenzo piscou algumas vezes, acostumando-se com a claridade do dia raiando, e se espreguiçou por baixo dos lençóis brancos e finos que o cobriam. Ao seu lado, Conrado respirava num sono tranquilo. Ele ajeitou-se de lado para poder observar o marido dormindo. Era uma visão tão pacífica que ele se sentiu leve.

Essa podia ser a vida após a morte, pensou, desejando que tudo tivesse acabado num piscar de olhos, tão suavemente quanto pegar no sono, e que eles tivessem acordado do outro lado como se nada tivesse acontecido.

Lorenzo acariciou o cabelo de Conrado, descendo a mão para seu rosto e deslizando os dedos levemente pela bochecha, sentindo as fagulhas que surgiam diante daquele contato se espalharem pelo seu braço e depois por todo seu corpo. Queria guardar o máximo de detalhes possíveis em sua memória antes de partir. O cabelo numa tonalidade avelã que combinava com seus olhos. O nariz que, só de olhar, tinha vontade de beijar e morder. A pele meio rosada por causa do sol. Seu corpo, a sensação da pele dele quando entrava em contato com a sua. E a voz dele cantando... A voz que o fizera se apaixonar antes de qualquer coisa.

Perdido no Universo Conrado, Lorenzo digeriu cada detalhe. Conrado abriu os olhos e piscou algumas vezes antes de focar no marido. E então o mar veio nas lágrimas que fluíram até encharcar o rosto do cantor e desfazerem-se na fronha do travesseiro.

— Ei... — Lorenzo se aproximou dele, envolvendo-o com os braços. — Tá tudo bem.

Conrado se ajeitou em seu peito, abraçando-o de volta em meio aos lençóis.

— Como pode estar tudo bem? — disse, a voz embargada. — Não tem nada que eu possa fazer pra mudar o que tá vindo!

Em silêncio, os dois ficaram abraçados, somente eles e suas respirações. Por fim, Conrado voltou a se deitar. Continuaram se olhando, com sorrisos tristes no rosto, e perderam a conta de quanto tempo permaneceram assim.

— Tudo que eu quero hoje é te olhar nos olhos e partir ao seu lado — soltou Lorenzo.

Conrado o puxou para um beijo. Lento. Leve. Carregado de amor, pesar e arrependimento. Por mais que tentasse, não conseguia deixar de se culpar pelo tempo perdido.

— Que horas vai acontecer? — perguntou.

— Eu não sei. Não vi mais nenhuma notícia. Nunca mais carreguei meu celular.

Conrado se levantou da cama e caminhou até uma pequena cômoda em um canto do quarto, onde pegou seu celular desligado em uma gaveta.

— Sem sinal — disse, mostrando o aparelho e depois o jogando na cama. — Vamos tomar nosso último café?

Pesaroso, Lorenzo concordou. A casa silenciosa era o prenúncio do fim. Podiam sentir a tensão no ar enquanto iam de um cômodo para o outro. Comeram juntos na cozinha, os pés descalços se tocando por baixo da mesa. Não queriam se soltar por um instante sequer.

Tomaram um banho, transaram debaixo do chuveiro. Sorriram. Choraram, as testas coladas, a água caindo sobre os dois. Abraçados. Sabiam que aquele tinha sido o último café, o último banho, a última vez que fariam amor. Depois de tantas primeiras vezes, agora só lhes restavam as últimas.

Quando o sol começou a se pôr, sentaram-se juntos na varanda, de frente para a praia deserta. O vento era refrescante, e a vista a mais linda de todas. Uma ironia do destino para rir da cara da humanidade, entregando-lhe as coisas mais belas para poder tomar tudo.

Olharam para o céu, que ia de azul para laranja a cada tique-taque do relógio. O laranja foi se desvanecendo até que a noite tomou conta, as estrelas surgindo pouco a pouco para se despedirem deles.

Conrado apoiou a cabeça nos ombros de Lorenzo e segurou sua mão, repousando-as em sua coxa. Agora só lhes restava esperar...

Foi então que o celular de Conrado começou a tocar, causando-lhes um sobressalto. Entreolharam-se, confusos por um segundo, até que o toque veio outra vez.

— Quem...? — ele começou a perguntar, já se levantando e entrando no quarto para atender a ligação. Atendeu no viva-voz para que Lorenzo também pudesse ouvir. — Samantha, o quê...?

— Porra, finalmente, Conrado! — A voz da empresária veio do outro lado da linha, com um chiado ao fundo. A ligação estava fraca e entrecortada. — Tentei... ligar... cê... atendia nunca.

— O sinal aqui é bem fraco. — Ele caminhou de volta para a varanda, com o celular na mão, falando com Samantha, mas olhando para o marido. — A ligação tá cortando. O que tá acontecendo? Já começou?

— Ent... me... cuta!... chance! Tem um lugar seguro... — Ali do lado de fora, o sinal pareceu melhorar um pouco. — Um bunker com acesso limitado!

Conrado arregalou os olhos. Seu semblante iluminou-se com um resquício de esperança e ele apertou o braço de Lorenzo. Samantha continuou:

— O governo estava escond... informação. Mas eu consegui acesso... Michele, pra mim e pra vocês. Vocês precisam vir pra cá agora!

— Do que você tá falando? Onde fica isso? — Conrado perguntou, quase gritando. Quando Samantha respondeu, o resquício de esperança de que talvez pudessem escapar do fim do mundo desvaneceu-se em um milésimo de segundo. — Mas isso fica...

— ... a uns trinta quilômetros daqui — Lorenzo completou. Viu as lágrimas no rosto de Conrado começarem a surgir de novo e segurou uma das mãos dele entre as suas.

Houve um chiado na ligação, e então outra voz saiu do aparelho:

— Onde é que vocês estão, caralho?

— Michele! — Lorenzo sentiu uma pontada de alívio ao ouvir a voz da amiga. Pelo menos ela teria uma chance de sobreviver, mesmo que mínima. — A gente tá... — ele hesitou, encontrando o olhar desolado do cantor à sua frente — ... a gente tá...

— A gente tá indo! — Conrado interrompeu, mas a ligação caiu antes mesmo que que ele terminasse a frase. Nunca saberiam se Michele e Samantha tinham ouvido ou não.

Determinado, o cantor se virou para o quarto, puxando a mão de Lorenzo. O rapaz resistiu, puxando-o de volta com gentileza, mas também com firmeza. Foi então que viram. Distante, no céu. Um pequeno brilho, tão pequeno como uma estrela, mas que parecia se mover. O asteroide Nihilus, ou um de seus pedaços entrando na atmosfera, trazendo morte e destruição.

— Conrado... — Lorenzo tentou dizer, mas o cantor parecia perdido, olhando para todos os lados, buscando uma saída.

— Vamos! Ainda dá tempo — dizia, as palavras saindo apressadas. — O carro tem gasolina, a gente pode correr. Vai dar tem...

— Conrado! — Lorenzo chamou com mais firmeza, e o outro rapaz pareceu sair do transe frenético em que se encontrava. Lorenzo deu um passo em sua direção, segurou suas duas mãos para tentar acalmá-lo, e continuou: — Não temos tempo.

— Mas a gente precisa tentar! — ele insistiu, com a voz trêmula, até que não aguentou e começou a chorar. — *Eu* preciso tentar. Preciso tentar te salvar. Compensar por tudo que te fiz passar. A gente tem uma chance, Lorenzo. Só mais uma...

— Você não precisa me compensar por nada, meu amor. Muito menos me salvar. — Lorenzo segurou o rosto de Conrado, fazendo-o olhar diretamente em seus olhos. Vê-lo chorando era uma das piores coisas do mundo, e não queria que sua última visão dele fosse essa. — Eu já fui salvo no dia em que nos conhecemos.

Eles se encaravam, então não perceberam o brilho cada vez mais forte do lado de fora.

— Cada segundo dos últimos dias fez tudo valer a pena — Lorenzo continuou. — Eu não mudaria uma vírgula do que a gente passou, porque tudo nos trouxe até aqui. Juntos. No fim. E com lindas memórias. Eu amei a vida ao seu lado. — Lorenzo sentiu vontade de chorar, mas se conteve. — E vou continuar amando enquanto eu existir, seja neste plano ou em qualquer outro.

— Eu te amo tanto! — Conrado torceu o rosto, tentando segurar as lágrimas, mas elas insistiam em cair, a voz embargada, quase falhando.

— E eu amo *você*. — Lorenzo o puxou, e os dois se beijaram pela última vez. A energia que aquele beijo produziu era capaz de destruir o planeta por si só.

— Eu não quero te perder.

— Você não vai. Mesmo se a gente saísse daqui agora, não conseguiríamos chegar nesse lugar a tempo, e não acho que ele seria capaz de nos salvar... Fora o desequilíbrio ecológico terrestre depois. De um jeito ou de outro, este é o nosso fim. — Lorenzo apontou para a praia deserta. As ondas do mar continuavam sua dança, alheias ao fim iminente. — Neste momento, não tem lugar mais bonito e companhia melhor pra mim.

Conrado concordou com a cabeça, respirando fundo, finalmente parando de chorar.

— Promete que vai me encontrar do outro lado, seja lá onde for? — perguntou, sem tirar os olhos dele.

Lorenzo ergueu uma sobrancelha, surpreso pela pergunta. Conrado sempre tinha sido tão racional. Ele realmente tinha mudado.

— Você acha mesmo que existe outro lado? Que existe algo depois da morte?

— Quero acreditar que sim. — Ele passou uma mão pelo rosto, limpando o resquício de uma lágrima. — E que a gente vai se encontrar lá. Não sei como é, nem se vamos acordar no mesmo lugar, ou se *vamos* acordar, mas... se houver algo do outro lado, você promete, Lorenzo, que vamos nos encontrar?

Conrado não conseguia manter a firmeza na voz. Seu coração batia tão forte que ele poderia ter um ataque cardíaco ali mesmo. Em meio ao turbilhão mental, só queria poder sentir o toque suave da mão de Lorenzo sobre a sua, como quando pegou um avião pela primeira vez, o que parecia ser décadas atrás.

— Promete que é pra sempre? Que vamos nos encontrar, custe o que custar? Ainda temos muito pra fazer juntos. Você promete?

Apoiando o queixo no ombro de Conrado e chegando com os lábios bem perto do seu ouvido, Lorenzo proferiu o que poderiam ser suas últimas palavras:

— Eu prometo.

Mas Conrado não aceitava. Não aceitava que aquele fosse o fim. Depois de tudo que tinham passado e de quanto tinham lutado para poder ficar juntos, não era justo. Não era justo que terminassem assim. Não quando tinham uma chance, por menor que fosse.

— Me desculpa — murmurou. — Mas eu preciso tentar, pela última vez.

Ele agarrou Lorenzo pela cintura num rompante, jogando-o sobre o ombro. Lorenzo, surpreso, tentou se soltar, mas Conrado se manteve firme, correndo o mais rápido que podia. Só o largou quando estavam diante do carro, estacionado na garagem.

— Só mais essa aventura — o cantor pediu, suplicando com os olhos. — Por favor?

Lorenzo riu, vendo a dedicação no semblante do marido. Ele nunca desistiria. Afinal, aquele era Conrado. Iria até o fim para conseguir o que queria.

— Só mais essa — respondeu, entrando no carro e batendo a porta com firmeza.

Conrado sentou-se no banco do motorista. Quando os dois haviam afivelado os cintos de segurança, deu partida, saindo para a rua, pegando a estrada sob o firmamento colorido de violeta. Um violeta que ia brilhando mais forte à medida que o Nihilus se aproximava.

Eles correram contra o tempo estrada afora, o carro ganhando velocidade nas pistas vazias. Lorenzo e Conrado contra o fim do mundo. Juntos, poderiam vencer qualquer coisa, até mesmo o apocalipse.

Foi então que tudo aconteceu. Um clarão cortou o céu, e a noite de repente se transformou em dia. O tempo paralisou e cada ser vivo, cada átomo que formava o planeta Terra sentiu o que estava por vir. Mas Conrado não desistiu. Acelerou com toda sua força. O mundo estava sumindo. Eles, não.

Eles viveriam.

Não enxergaram mais nada, somente o branco infinito quando a luz do Nihilus engoliu tudo.

EPÍLOGO

DOIS MESES APÓS O FIM DO MUNDO

Lorenzo ajeitou o celular na mesinha de madeira próxima ao pé da cama e apertou o botão para iniciar a gravação. Fitou o aparelho por alguns segundos, pensando em como começar.

— Não sei quando ou quem está vendo este vídeo — disse, olhando para a câmera. — Pode ser que, quando você assistir, eu já nem esteja mais aqui. Mas eu preciso compartilhar uma coisa.

Fez uma pausa, observando os detalhes do lugar que tinha sido seu quarto pelos últimos dois meses. As paredes de concreto davam um ar sombrio ao local, mas os móveis de madeira e a cama grande traziam certo conforto.

O ambiente era iluminado por uma única lâmpada, forte o suficiente para clarear todo o cômodo. A escrivaninha onde o celular estava, ficava perto de uma luminária de mesa. A pia com um armário embutido abaixo dela e ao lado de um fogão pequeno de duas bocas.

Não era muito, mas era o que tinha sobrado.

— Faz dois meses que o mundo acabou — continuou. — Dois meses desde que o asteroide Nihilus dizimou a vida na Terra. Eu fui um dos poucos que tiveram a sorte e o privilégio de sobreviver, mesmo que dentro desse bunker. A vida lá em cima ainda não é segura. O desequilíbrio ambiental deixou a atmosfera tóxica para os humanos. Então, estamos aqui embaixo, até encontrar uma nova saída.

Um ruído vindo da porta do banheiro em um canto do quarto chamou sua atenção. Lorenzo a encarou por alguns instantes, ouvindo o barulho da água do chuveiro. Com um sorriso, voltou à gravação, falando para a câmera:

— Mas não estou aqui pra falar sobre isso. Espero que, quando você, seja lá quem for, encontrar este vídeo, tudo esteja diferente. Que as coisas tenham recomeçado e estejam melhores. Eu tô gravando isso aqui pra falar sobre viver.

Ajeitou-se na ponta da cama, passando a mão pelo cabelo para tirar uma mecha de frente do rosto. Precisava de um corte o quanto antes.

— Antes do Nihilus, eu não percebia, mas não estava vivendo minha vida — continuou. — Estava apenas sobrevivendo, existindo sem realmente viver tudo que eu merecia. Tudo que eu *podia*. Demorei a entender que a vida é para ser vivida. Quando finalmente entendi, me restava pouco tempo. Bem, pouco tempo com a Terra de antes.

Parou outra vez, ouvindo o barulho do chuveiro com um sorriso no rosto. Olhou para a porta de saída do quarto, imaginando as outras pessoas do lado de fora andando pelos corredores, saindo de seus próprios quartos, indo até a lanchonete. Seriam eles os últimos humanos? Será que as pessoas nos outros bunkers ao redor do globo tinham sobrevivido também? Não saberia tão cedo, não enquanto a comunicação de longa distância não fosse reestabelecida.

Michele e Samantha deviam estar saindo do quarto delas naquele mesmo instante. Tal pensamento o fez voltar ao vídeo. Precisava terminar a gravação para encontrá-las dali a pouco.

— Não sei se foi um milagre, destino ou apenas a força de vontade do meu marido — retomou. — Mas conseguimos chegar neste bunker e fomos alguns dos poucos que sobreviveram pra contar história.

Suspirou, lembrando dos dois na estrada. Ainda conseguia ver o céu brilhando. Foi a coisa mais bonita e mais assustadora que tinha visto em toda a sua vida.

— Enfim, o que quero falar com este vídeo é: não perca tempo. Não se apegue a mágoas passageiras. Diga o que tiver que dizer, faça o que tiver vontade de fazer. Fique perto de quem você ama. Experimente coisas novas, crie laços, grite, dance, cante, saia, conheça novos lugares.

Lorenzo fechou os olhos, apreciando o poder das próprias palavras. Estava falando para algum desconhecido que poderia ver seu vídeo no futuro, mas falava também para si mesmo.

— Sinta a brisa na sua pele, sinta o cheiro do mar, ouça o barulho da vida pulsando ao seu redor. Pode ser que agora, lá em cima, não tenha vida. Mas, um dia, ela vai voltar. A natureza sempre volta. E o importante é fazer o melhor que pudermos enquanto pudermos.

Ouviu o chuveiro no banheiro sendo desligado, mas Lorenzo estava tão absorto que nem deu atenção.

— Essa pode não ser a sua última chance. — Abriu os olhos, olhando diretamente para a câmera. — Mas também pode ser. A gente nunca sabe. Eu tive a sorte de saber que o fim estava próximo e aproveitei meus últimos dias antes de tudo explodir. Mas nem todo mundo tem essa chance. Nem todo mundo recebe um aviso de quando tudo irá acabar. Por isso, vá viver enquanto pode. Tudo pode deixar de existir num instante. Não espere o fim pra se arrepender do que não fez.

Terminou a gravação no mesmo momento em que a porta do banheiro se abriu. Por ela, saiu Conrado, com uma toalha branca nas mãos. Lorenzo não conseguiu evitar um sorriso ao passar os olhos por cada parte à mostra de seu corpo ainda meio molhado. Os cabelos estavam bagunçados e úmidos. Mesmo depois do fim do mundo, aquele homem continuava sendo o mais bonito de todos.

— Bom dia, amor — o cantor disse. — Tava falando com quem?

— Eu tava gravando um vídeo — respondeu. Levantou da cama e se aproximou do marido. Abraçou-o, recebendo um beijo, sentindo o cheiro de sua pele recém-saída do banho. — Queria registrar umas coisas que talvez possam ser úteis pra quem vier depois da gente.

— Hmm. — Conrado o abraçou forte. Lorenzo o apertou ainda mais. — Vou poder ver depois?

— Pode. Mas não tem nada que eu já não tenha te falado antes.

— Então tá. — Conrado se afastou, indo até um canto do quarto e abrindo uma gaveta. — Vamos tomar nosso café?

Lorenzo assentiu, observando o marido se vestir. O mundo podia ter acabado na superfície, mas o dele estava bem ali, a alguns passos de distância. Eles tinham sobrevivido. E tinham muito mais ainda para viver.

O planeta Terra precisaria de mais tempo para se regenerar. E eles faziam parte desse processo, mesmo presos no bunker. A cura aconteceria de dentro para fora. Poderia levar semanas, meses ou até anos, mas isso não tinha importância.

Não importava quanto tempo tinham ou se viveriam o suficiente para ver o lado de fora outra vez. Só o que importava era aproveitar todas as pequenas coisas ao lado de Conrado.

Ele iria viver cada uma delas como se fosse a última.

AGRADECIMENTOS

Durante a escrita deste livro, e enquanto escrevo estes agradecimentos, estive passando por um período bem conturbado da minha vida. Ao mesmo tempo em que muitas coisas boas aconteceram, tive e estou tendo que enfrentar maus bocados.

Foi na reta final do livro que recebi uma das piores notícias minha vida: a morte do meu irmão mais velho, de maneira repentina. Ninguém esperava que isso fosse acontecer. Em questão de dias, minha família e eu o perdemos por causa de um problema de saúde que ninguém esperava. E isso me fez pensar ainda mais em como o tema deste livro mexe muito comigo.

A finitude da vida sempre foi algo que despertou meu interesse. Minha ideia ao escrever *Todas as pequenas coisas* era falar exatamente sobre isso. A vida pode acabar a qualquer instante. Nem sempre temos a sorte de Conrado e Lorenzo, que receberam um aviso sobre o fim. Por isso devemos viver todos os dias. Aproveitar cada chance que tivermos. Mesmo em meio às adversidades, devemos aproveitar todas as pequenas coisas, todos os pequenos momentos, cada detalhe, e criar memórias, conexões, espalhar o amor enquanto ainda estamos aqui. Porque a qualquer momento, podemos simplesmente ir.

Victor, meu irmão, este livro é dedicado a você. Queria que tivéssemos tido mais tempo. Queria ter dito mais, ter feito mais. Perdemos muito tempo e agora não podemos mais recuperar, mas sei que você está bem aí do outro lado e um dia a gente vai se encontrar de novo. Até lá, eu vou vivendo e cuidando da nossa família por aqui.

Enquanto escrevia este livro, tomei um baita susto ao receber uma notificação judicial de um processo aberto contra mim por uma organização de extrema direita, alegando que, com minha literatura, estou causando "um dano à juventude" por trazer personagens LGBT+ como protagonistas e contar suas histórias. Isso me abalou muito emocionalmente, ao ponto de eu começar a me questionar se realmente deveria seguir contando nossas histórias. Mas, depois do apoio que recebi de várias pessoas, tomei um novo fôlego e decidi continuar. Ninguém deve calar nossas vozes. Esse processo é só mais uma tentativa de nos silenciar, para que a gente viva com medo e se esconda, para anularmos nossas existências. E isso, é claro, não vai acontecer.

Meus agradecimentos especiais a Guta Bauer e Alba Milena, minhas agentes, que me guiam por essa aventura que é a carreira literária e sempre me apoiam em todos os momentos. Obrigado, meninas, vocês me ajudam a não desistir!

À Thais Bergmann, que deixou de ser apenas irmã de agência e colega de editora e que hoje posso chamar de amiga. Tive um bloqueio criativo gigante durante a escrita deste livro, e foi você quem me tirou desse lugar escuro e me ajudou a retomar a escrita quando me convidou para seus sprints. Obrigado!

Aos meus amigos, que estão sempre comigo em todos os momentos, principalmente durante os acontecimentos mais recentes: Carolina Mancini, Fábio Barros, Renata Feltrim, Luana Vilas Boas, Michele Costa, Samantha Pinheiro, Juliana Peres e tantos outros. Vocês sabem quem são!

Por último, mas não menos importante, aos meus queridos leitores, principalmente aos participantes do nosso grupinho ViniVips. Obrigado por lerem minhas histórias, por vibrarem com meus personagens e por não desistirem de mim, mesmo quando terminam meus livros precisando de terapia. Amo vocês e escrevo para vocês!

Primeira edição (novembro/2025)
Papel de miolo Luxcream 60g
Tipografias PSFournier e Amatic SC
Gráfica LIS